KB242953

양주사
凉州詞

맛좋은 포도주 야광 술잔에 담아
마시려는데 비파가 말 위에서 떠나기를 재촉하네
술 취하여 사막에 누웠다고 그대 웃지 말지니
예로부터 전쟁에 나가 몇이나 돌아왔던가

葡萄美酒夜光杯
欲飮琵琶馬上催
醉臥沙場君莫笑
古來征戰幾人回

Fantastic Oriental Heroes
노병귀환
老 兵 歸 還

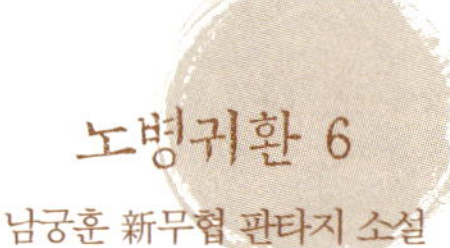

# 노병귀환 6

남궁훈 新무협 판타지 소설


초판 1쇄 찍은 날 § 2005년 4월 13일
초판 1쇄 펴낸 날 § 2005년 4월 23일

지은이 § 남궁훈
펴낸이 § 서경석

편집장 § 문혜영
편집책임 § 김민정
편집 § 장상수 · 최하나

펴낸곳 § 도서출판 청어람
등록번호 § 제1081-1-89호
등록일자 § 1999. 5. 31
어람번호 § 제2-0575호

주소 § 경기도 부천시 원미구 심곡1동 350-1 남성B/D 3F (우) 420-011
전화 § 032-656-4452  팩스 § 032-656-4453
http://www.chungeoram.com
E-mail § eoram99@chollian.net





ISBN 89-5831-498-2 04810
ISBN 89-5831-324-2  (SET)

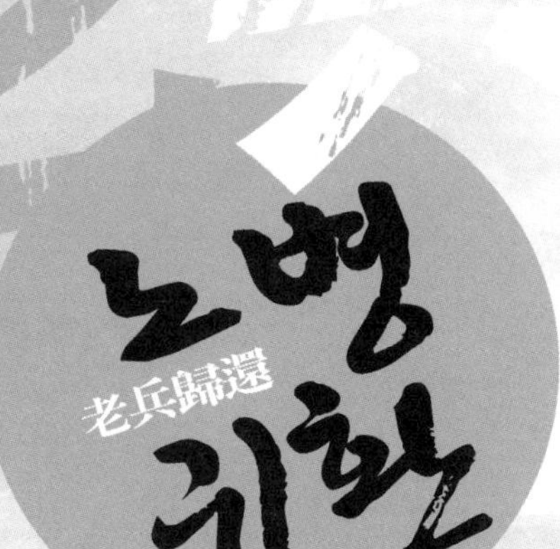


■ 남궁훈 新무협 판타지 소설
Fantastic Oriental Heroes

**6** 과거의 부활


도서출판
청어람

# 목차

第 四十九 章
강시

# 강시



다급히 숲으로 들어서던 두주개의 발걸음이 멈칫했다. 손을 들어 그를 제지시킨 냉한상이 아니었더라도 그의 발걸음은 본능적으로 멈추어 섰을 것이 분명했다.

"저거… 혹시……."

"강시(殭屍)다."

눈앞의 강시만큼이나 차가운 냉한상의 전음이 들려왔다. 두주개는 입에 고인 침도 제대로 삼키지 못했다. 강시에게 청각이 없다는 것을 알면서도, 함부로 목 울대 울리는 소리를 내기가 겁이 난 까닭이었다.

"…자네가 옳았군."

냉한상의 전음에 두주개는 가만히 고개를 끄덕였다. 친우의 인정에 나름의 희열이라도 느껴야 하겠지만, 그것은 지금 이 자리를 벗어나 마교의 존재를 천하에 알린 후에라도 늦지 않았다. 강시술은 배교와 함께 지상에서 사라졌고, 그런 배교의 잔당이 마교에 흡수되었다는 것은 천하가 다 아는 사실이었다.

"마교의 잔당이 남아 있었다니……."

"잔당이라는 말은 어울리지 않는군."

전음을 날리던 냉한상의 눈빛은 장내로 향해 있었다. 십 년 전, 마교 토벌의 마지막 대회전이었던 파양호의 혈사에서도 강시의 모습은 찾을 수 없었다. 그 후 십 년간 숨어 지낸 마교의 잔당이라 할지라도, 이제는 감히 잔당이라 부를 수 없게 되었다. 눈앞의 마물들은 그만큼 위험한 것들이었다. 두주개는 고민하고 있었다. 마교의 출현 혹은 그들과 버금가는 세력의 존재를 확인하였으니 소기의 목적은 달성한 셈이었다. 이제는 천하에 이 사실을 알리는 일만 남았다. 문제는 이대로 물러날 것이냐, 위기에 처한 저들을 구해야 하느냐였다. 그리고 그 질문의 답은 검을 잡아가는 냉한상의 손이 대신하고 있었다.

*　　　*　　　*

"장 대인!!"

일삼을 부둥켜안고 영우가 울부짖고 있었다.

"저놈들이… 저놈들이……."

철웅의 눈은 차갑게 내려앉아 있었다. 아니, 차갑게 얼어붙고 있었다. 영우가 끌어 앉고 있던 사내. 등판에서 흐른 피가 바닥을 흥건히 적시고 있었고, 그 흐름이 자신의 발 앞에까지 닿아 있었다. 영우의 얼굴은 피와 눈물로 범벅이 되어 있었다. 그런 영우의 눈빛은 고통과 슬픔, 분노로 일그러져 있었다. 영우의 품에 안겨 있던 사내. 그의 등판이 그렇게 낯설 수가 없었다.

"일… 삼……."

걸음을 내딛는 철웅의 앞을 가로막는 강시는 없었다. 오히려 주춤거리며 물러서는 듯 보였다. 그 모습에 놀란 것은 하건뿐이 아니었다.

'강시가… 물러선다? 어떻게 이런 일이! 감정과 이성, 그 무엇도 존재하지 않는 강시가 상대를 피해 물러선다는 것이 있을 수 있는 일인가?!'

한수는 당황하고 있었다. 처음 그 사내가 장내에 나타났을 때는 너무나 기뻤다. 드디어 자신의 손으로 일검의 빚을 갚을 수 있게 되었으니. 자신이 직접 나설 필요도 없었다. 이대로 강시들의 손에 갈가리 찢겨 나가는 것을 보는 것만으로도 즐거울 것 같았다. 한데 지금 이 상황은 무엇이란 말인가? 당혹스러움은 한수뿐이 아니었다. 사내의 등장을 이미 알고 있었던 적유 역시 적잖게 당황하고 있었다.

'강시가 두려움을 느낀다는 것은 있을 수 없다. 본능조차 남아 있지 않은 병기이다. 아니지… 혹 생전의 반응이 두려움으로 표현되는 것인가?'

활강시는 여타의 강시와는 많이 달랐다. 생전의 전투적인 본능이 고스란히 남아 있는 무적의 병기였다. 평생을 갈고닦은 초식의 운용이나, 임기응변도 가능한 능동적인 병기였다. 그러한 병기가 두려움을 느끼는 것과 같은 반응을 보인다면…….

'말도 안 돼. 강시를 공포에 떨게 할 수 있을 만큼의 고수란 말인가?'

적유는 자신의 말도 안 되는 가정을 털어버리기 위해 고개를 내저었다. 그런 것이 가능할 리 없었고, 자신이 본 묵검의 사내는 결코 그 정도의 고수가 아니었다. 자신 역시 절정에 다다른 상태였다. 자신의 눈을 속일 정도의 고수가 천하에 존재할 리 없었다. 그것은 결단코 불가능한 일이었다.

그들의 생각이 어떻게 돌아가든 철웅의 발걸음과는 무관한 일이었다. 물론 철웅의 가슴속에서 이글거리는 분노와도 아무런 상관이 없었다.

"일… 삼……."

영우 앞에서 걸음을 멈춘 철웅이 힘겹게 입을 열었다. 영우의 눈이 철웅의 눈을 향해 있었다. 영우의 눈에서 일렁이던 원독이 철웅의 망막을 태울 듯이 불타오르고 있었다. 영우의 눈은 정상이 아니었다. 노기가 정신을 지배하고 있었다. 그에게 더 이상 두려운 것은 없었다.

"저놈들을 다 죽여 버려요……."

"……."

"…하나도 남김없이 다 죽여 버려요!! 일삼을… 일삼을 이렇게 만든 놈들 전부 죽여 버려요!!"

영우는 절규하고 있었다. 죽은 일삼과 동고동락한 세월이 짧지 않았다. 어떤 때는 동지로, 또 어떤 때는 친구로, 형제로… 그를 보낸 영우의 눈에는 일말의 광기마저 보였다. 그리고 그의 그런 광기만큼이나 짙은 분노가 철웅의 두 눈을 타오르게 하고 있었다. 철웅은 말없이 돌아섰다. 그의 시야에 여덟 개의 인영이 잡혔다. 그리고 하나의 낯익은 얼굴.

"너였나?"

철웅의 목소리가 울렸다. 그것은 울림이었다. 음의 고저도 없고, 감정의 흔적도 없는. 마치 무저갱에서 울려오는 사자의 호곡성과도 같은 울림이었다. 그 목소리에 흠칫 놀란 한수였지만 한 걸음 물러서거나, 말을 더듬거나 하지는 않았다. 목소리만으로 기세를 꺾기엔 한수의 무공이 결코 낮지 않았다.

"오랜만이군. 이렇게 다시 만나게 되다니… 반가워서 미칠 지경이로군."

철웅은 한수의 말에 답하지 않고 한 걸음 나아갔다. 하지만 그의 발목을 붙잡는 외침이 동시에 터져 나왔다.

"안 됩니다!"

"멈추세요!"

하건과 강추의 외침마저 무시할 순 없었다. 철웅은 미처 날뛰려는 노기를 잠시 진정시키며 그들을 바라보았다. 자신을 멈추게 한 이유를 설명하라는 듯.

"저들은 인간이 아닙니다. 강시라는 무서운 마물입니다. 웬만한 도검으로는 저들의 단단한 피부를 뚫지 못합니다. 또한 저들은 보통의 강시보다도 수십 배는 빨라 쉽게 그 움직임을 잡기가 어렵습니다!"

강추의 외침에 철웅의 고개가 강시들에게로 향했다. 어두운 밤이었고, 다급한 마음이었기에 그들의 모습을 자세히 살펴볼 여유가 없었다. 그리고 달빛 아래 드러난 그들의 모습은, 노기로 가득했던 철웅을 놀라게 하기에 충분했다.

'강시?'

눈앞에 있는 그들이 산 자가 아니라는 사실에 놀랐고, 그것들이 산 자처럼 움직이고 있다는 사실이 그를 더욱 놀라게 하였다. 쭈글쭈글한 머리에는 몇 가닥의 머리카락이 듬성듬성 나 있었고, 두 눈이 있어야 할 자리에는 동혈이 검게 뚫려 있었다. 코가 있던 자리 역시 있어야 할 것이 보이질 않았고, 다물어진 입에는 입술이 없어 누렇다 못해 검게 변한 이빨들이 그대로 드러나 있었다. 하지만 그 귀기스러운 모습에 식욕이 달아나기는 해도, 끓어오른 분노와 투지를 꺾기에는 많이 부족한 모습이었다.

"내… 식솔을 해한 빚을 받아야겠다."

"좋을 대로……."

한수의 손이 들렸다. 그리고 영롱한 방울 소리가 다시금 좌중의 고막을 파고들었다.

"가라… 놈을 찢어라."

한수의 목소리에 강시들이 한 걸음씩 다가서기 시작했다. 하지만 무척이나 조심스러운 움직임. 한수는 석연치 않은 느낌을 받으면서도 그 움직임을 주시할 수밖에 없었다.

'강시의 움직임이 이상하군. 딱히 꼬집어 말할 순 없지만… 마치…….'

'저 사내를 두려워하는 듯한 움직임이다.'

적유의 생각이 이어지고 있었다. 강시의 조종은 어렵지 않다. 방울과 척살해야 할 상대만 있다면 그것으로 족했다. 죽인다, 파괴한다라는 목적과 대상뿐이었다. 서두른다거나 천천히라는 등의 세심한 조종은 불가능했다. 필요도 없었다. 죽이라는 명령만 내려진다면 칠령은 누구보다 빨리 그 임무를 완수할 테니. 그러한 칠령이었으니, 지금 눈앞에서 벌어지고 있는 상황은 확실히 이해하기 힘든 것이었다. 소교주의 조종술이 탁월하여 천천히 공격하라는 명을 내린 것이 아닌 바에야, 어찌 저렇게 조심스러운 움직임을 보일 수 있단 말인가? 다른 무엇도 아닌 파괴의 명령만을 알아듣는 강시가?

"저들을 돕는 것은 잠시 미루도록 하자. 상당히… 흥미롭군."

냉한상의 전음에 두주개는 말없이 고개를 끄덕였다. 자신의 친우야 강시가 두렵지 않을 수도 있지만, 자신은 아니었다. 가능하면 이 자리를 서둘러 떠나고 싶었지만, 친우의 눈을 보고 있자니 그것은 불가능할 것 같았다. 냉한상의 두 눈은 강시들과 철웅을 번갈아 보고 있었다. 그들의 거리가 이 장까지 좁혀들고 있음에도, 강시들은 이렇다 할 공격을 퍼붓지 못하고 있었다. 강시에 대해 조금이라도 식견이 있는 자라면 이 상황에 놀라 눈을 떼지 못하리라. 지금의 냉한상처럼.

"망자(忘者)를 이용하여 살인을 하다니……."

철웅의 눈에 노기가 한 겹 덧씌워졌다. 죽고 사는 것은 하늘에 달린 것. 어찌 죽은 자를 조종하여 산 자를 죽일 수 있단 말인가? 이것이 정녕 인간이 할 짓이란 말인가?

"순리가 천리라면 역리도 천리라 배웠다. 생존을 위한 투쟁은 순리 안의 역리일 수 있다. 하나 이 모습은 무엇이란 말인가?"

분노와 함께 격한 감정이 몰려오고 있었다. 자신을 향해 다가오는 일곱 구의 송장. 철웅에게 강시는 가공할 마물이 아니라, 천리를 거역한 역리의 부산물일 뿐이었다.

"어찌… 어찌 망자를 욕되게 하며 이러한 살상을 벌일 수 있단 말인가? 죽은 자의 손에 죽은 내 식솔이 어찌 고이 눈을 감을 수 있을 것이란 말인가?"

철웅과 강시들의 거리는 더욱 좁혀들고 있었다. 그 모습을 바라보는 강추와 하건의 검이 더욱 굳게 쥐어졌지만, 철웅의 손은 아직 검으로 향하지 않고 있었다.

"내 이들의 역천(逆天)을 끊고 네놈을 단죄할 것이다!"

철웅의 손이 검으로 향했다. 검이 검집에서 뽑히려는 순간, 천천히 거리를 좁히던 강시들이 불현듯 바닥을 차며 철웅에게 쇄도했다. 철웅의 검이 뽑히며 전면으로 달려들던 강시의 가슴 어림을 베어냈다. 그의 좌우에 서 있던 강추와 하건이 다른 강시들을 노려 검을 휘두를 찰라, 놀라운 일이 벌어지고 있었다.

쉬이익!

치이이익~

카캉!

가르르르.

가슴을 베인 강시가 다급히 뒤로 물러나며 거리를 벌렸다. 그 움직임과 함께 밀물처럼 밀려들던 강시들이 썰물처럼 빠져나갔다. 놀란 것은 철웅뿐만이 아니었다. 강시를 상대하기 위해 달려들었던 하건과 강추, 그리고 그 모습을 지켜보던 사람들의 놀람 모두 철웅에 못지않았다.

'검이 베어내려는 순간 몸을 뒤로 내뺐다. 베어낸 것이 아니라 그

저 스친 것뿐이다.'

철웅은 손끝으로 전해진 감각을 떠올리며 괴이하게 여기고 있었다. 도검이 불침한다던 강추의 말과는 달리, 그의 손끝으로 전해진 느낌은 분명 베어지는 느낌이었다. 그리고 그것이 단순한 착각이 아님은 뒤로 물러선 강시의 가슴 어림에 남은 흔적이 말해 주고 있었다.

"사… 상처가?"

하건의 목소리가 떨리고 있었다. 자신의 검으로 수없이 내려쳐도 혈선 한 번 그어지지 않던 강시의 피부가 철웅의 일검에 갈라져 있었다. 갈라진 틈으로 허연 김이 피어오르다 멈추었다. 한 뼘은 갈라져 가슴 속 갈빗대가 훤히 보이는 상처. 놀람은 그들뿐이 아니었다.

'어찌… 이럴 수가!'

적유와 한수의 뇌리에 동시에 떠오른 생각이었다. 저 사내의 묵검에 검기가 실리는 것은 그들도 보았다. 제법 매서운 검세였던 것은 사실이지만, 그 정도의 검기로 강시의 몸에 흔적을 남기는 것은 불가능했다. 하지만 눈앞의 현실은 그들을 경악하게 만들고 있었다. 지금 이 순간 그들처럼 놀라지 않는 사람은, 정작 검을 휘두른 철웅뿐이리라.

'저들의 피부는 평범하기 그지없다. 강추가 나에게 거짓을 고하지는 않았을 터… 설마?'

한순간 철웅의 뇌리를 스치던 목소리가 있었다.


"…이것에 큰 효용은 없으나, 약간의 주술을 부려놓아 사마외도의 살기 짙은 물건과 대적할 때 네게 작은 도움을 줄 것이다……."

'…사부님.'

철웅은 자신의 검을 다시 한 번 내려다보았다. 아무런 특색 없는 장검. 거무튀튀한 묵색의 검신에, 아무런 문양도 그려 넣지 않은 평범한 장검이었다. 하나 강시의 철갑과 같은 피부를 갈라놓을 수 있는… 삼척 장검이었다.

"망자의 안식을 빼앗은 것은 하늘의 천명을 거역한 것. 또한 망자를 이용해 산 자를 해한 것 역시 순리를 역행한 것. 이들을 평온케 한 후 네놈의 죄를 물을 것이다. 차아앗!"

철웅이 강시들을 향해 쇄도하고 있었다. 의식과 본능이 없는 강시들이었지만, 자신들을 향해 달려오는 위험은 감지할 수 있었나 보다. 등을 보이며 달아나지는 않았지만, 함부로 그 검에 대적하지도 않았다. 간간이 철웅의 틈을 향해 빠른 수도를 찌르는 것이 고작이었다. 하지만 반사적인 공수 전환은 철웅의 장기였다. 과거 수없이 많은 전투를 치루며 초식과 같은 것은 잊은 지 오래였다. 날아오면 막고, 틈이 보이면 가른다. 그것이야말로 철웅의 검이었다.

쉬이익!

쐐애액!

철웅의 검은 끝없이 휘몰아쳐 갔다. 강시들은 감히 그 검을 맞상대하지 못하고 이리저리 피해 다니기만 할 뿐이고, 검이 스친 자리에서는 하얀 김이 피어오르고 있었다. 마치 양 떼 속을 휘졌고 다니는 한 마리 야수와도 같았다. 강시의 움직임이 조금만 느렸다면, 진즉 팔다리를 잘라낼 수 있었으리라.

'이런… 빌어먹을……'

한수의 눈에 불똥이 튀었다. 자신의 아버지가 친히 거느리고 있던 칠령이었다. 련에서 구마를 제외하곤 최강의 자리를 빼앗긴 적이 없는 무적의 병기들이었건만. 한수는 결심을 해야만 했다.

"칠령! 너희는 저들을 공격하라!"

바닥을 차고 오르던 한수의 손이 떨렸다. 철웅의 주위를 맴돌던 강시들이 사방으로 비산하더니, 철웅의 뒤편에 있던 강추와 하건을 향해 날아들었다.

"이놈!"

철웅이 급히 바닥을 차며 강시들의 뒤를 쫓으려 하였지만, 그의 앞을 가로막으며 나타난 한수로 인해 발걸음을 멈추어야만 했다.

"네놈의 상대는 내가 해주지. 너에겐 일검의 빚이 있거든."

한수는 방울을 떼어 가슴 어림에 집어넣고는 자신의 왼쪽 어깨를 쓰다듬었다. 하지만 철웅의 눈은 그런 한수에게 집중하지 못하고 있었다. 강시들의 공세가 강추와 하건의 지척까지 날아들고 있었기 때문이다.

"이… 비열한!"

철웅이 다급히 한수를 돌아 강추에게 달려가려 했지만, 한수의 연검은 그런 철웅의 발목을 놓아주지 않았다.

채챙!

카강!

다급히 들어 올린 철웅의 묵검이 한수의 연검과 맞부딪치며 불꽃을 토해냈다. 한수의 연검은 물러서는 철웅의 전신 요혈을 노리며 긴 혓바닥을 날름거렸다. 철웅은 묵검을 휘두르며 그 공세를 차단하고 있었지만, 이미 일행 쪽으로 신경이 분산된 그였기에 적절한 방어를 하지 못하고 있었다. 하나 목으로 날아들던 한수의 일검을 막아낸 철웅의 귓가로 폭음과 같은 커다란 마찰음이 들려왔다.

카강!

거리를 벌린 한수와 철웅의 시선이 한곳으로 쏠렸다. 그리고 이 장 가까이 나가떨어지는 한 구의 강시가 그들의 시야를 가득 메웠다. 일행의 앞을 막아선 몇 사람의 모습도.

"어려움을 보고 지나치는 것은 무인의 자존심이 허락지 않는 일."

새파란 귀광을 내뿜는 한 자루의 검. 그 검을 들고 서 있는 사내가 인상만큼이나 차가운 목소리로 말했다.

냉한상, 천하제일쾌검의 재출도였다.

＊　　　＊　　　＊

'놀라운 쾌검이로군.'

적유의 눈에 기광이 어렸다. 남쪽에서 올라온 자들. 그들이 결국 검을 뽑아 들고 나섰다.

'낯설지 않은 쾌검이다. 하나 저자의 모습이 기억나지 않으니……'

적유의 뇌리로 쾌검으로 이름난 자들의 면면이 지나치고 있었으나, 한광을 뿌리며 강시들을 몰아치는 자의 모습은 그의 뇌리 어디에서도 찾을 수가 없었다.

'함께 나타난 거지는 분명 개방의 제자. 개방이라… 내가 나서지 않

을 수가 없구나.'

적유의 눈이 빛나고 있었다. 이미 구파일방 중 세 곳에 자신들의 모습이 노출된 것이었다. 화산과 소림, 그리고 개방까지. 아직은 자신들의 소문이 천하에 퍼져 득 될 것이 없었다. 자신이 나서게 된다면 소교주의 입장이 난처해지긴 하겠지만, 이대로 대계에 차질을 줄 수는 없었다. 하지만 당장이라도 뛰쳐나갔어야 할 적유의 신형은 나무 그림자 속에서 움직이지 않고 있었다.

'하지만 지금 내가 나서게 된다면, 주작홍기와의 연이 끊어질 수도 있다.'

주작홍기. 성화령을 피워 올릴 성물의 존재가 적유의 발목을 붙잡고 있었다. 지금 나서서 소교주를 도와 저들을 죽여 입을 막는 것은 여반장이었다. 숲의 외곽에서 대기하고 있는 자신의 시위 '적랑대'만 보내어도 일각 안에 마무리할 수 있었다. 하나 그것이 쉽지 않았다.

'모두 생포할 수 있다면 문제 될 것이 없지만, 저들의 무위가 그리 간단하지 않다. 파검과 쾌검을 구사하는 저 둘만 하더라도, 죽일 수는 있어도 생포하기는 쉽지 않은 고수들이다. 더군다나 어쩌면 정작 필요한 자는 저 파검일 가능성이 높다. 이 일을 어찌 풀어야 좋단 말인가……'

적유의 머리가 맹렬히 회전하고 있었다. 이들을 죽이는 것은 소교주의 임무였지만, 자신의 임무는 대계 전체를 관장하는 것이었다. 그 대계에 커다란 열쇠가 될 주작홍기의 존재는, 이들의 죽음 따위와는 비교할 수도 없는 큰일이었다. 적유의 시선이 다시금 마차로 향했다.

'사로잡아 토설시키지 못한다면……'

어둠 속에 웅크리고 있던 적유의 시선은 마차 안의 한 사람에게 집중되어 있었다. 그리고 그 시선을 받고 있던 소소는 아무것도 눈치채지 못한 채 바깥의 소음에 괴로워하며 떨고 있었다.

*　　　　*　　　　*

"하아앗!"
"차앗!"
하건과 강추의 손에 기운이 넘치고 있었다. 하건은 두 구의 강시를 상대로 분전하고 있었고, 강추는 두주개와 합공하며 한 구의 강시를 막아내고 있었다. 냉한상의 검은 네 구의 강시를 상대하면서도 뒷걸음질치지 않고 있었다. 그의 눈에 어린 차가운 한광만큼이나, 그의 애검 빙섬(氷閃)이 한기 가득한 검기를 날리며 다가서는 강시들을 떨쳐 내고 있었다.

'과연 강시. 내 칠성의 공력이 실린 검에도 작은 흠집조차 나지 않는구나.'

냉한상의 얼굴은 한 치의 변화도 없었다. 강시들의 공세가 갈수록 격해짐에도 그는 여유를 잃지 않고 있었다. 하건의 모습이 조금 위태롭기는 하였으나 당장 어찌 될 것 같아 보이지는 않았고, 강추와 두주개 역시 힘들어하면서도 곧잘 강시의 철수를 막아내고 있었다.

철웅과 한수의 공방 역시 치열하기 이를 데 없었다. 한수의 연검은 한 마리의 뱀과 같이 철웅의 검을 타오르곤 하였으나, 철웅의 검은 그런 연검의 역류를 허용하지 않았다.

'이놈! 검에 실린 경력이 이전과는 천양지차다! 소림에서 겨루었던 검은 속임수였다는 말인가?'

한수는 적지 않게 놀라고 있었다. 한 달 전만 해도 자신의 검을 제대로 맞받지도 못했던 자다. 한데 지금은 전혀 다른 자를 상대하고 있는 듯한 착각을 불러일으킬 정도였다. 물론 그것이 승패와 큰 관계가 있는 것은 아니었다. 단지 승패를 가르기까지의 시간이 조금 더 필요할 뿐이었다.

"차아앗!"

한수의 검이 철웅의 하체를 노리며 들어왔다. 철웅은 그 검을 맞아 몸을 뒤로 물리며 검을 내뻗었다. 경쾌한 마찰음과 함께 철웅의 몸이 두어 걸음이나 물러서고 있었다.

'놈의 움직임을 쫓는 것은 어렵지 않으나 힘과 속도의 차이가 아직도 크기만 하구나. 두 달의 시간만 있었더라도…….'

철웅의 판단이었다. 이미 네 개의 단환, 사부의 말이 옳다면 사십 년에 가까운 내력이 쌓여 있는 철웅이었다. 그럼에도 한수의 검을 정면으로 맞받기가 버거웠다. 이해하기 어려운 것은 철웅이나 한수나 마찬가지였다. 고작 서른 초반에 사십 년 내력을 가진 철웅을 압도하는 한수나, 불과 한 달 사이에 괄목할 만한 변화를 이룬 철웅이나.

카가가강!

뒤로 물러서던 철웅을 노리며 한수의 연검이 원을 그렸다. 철웅 역시 마주 검을 내뻗어 달려드는 뱀의 머리를 휘감았다. 검극끼리 마주치며 울리는 소리가 장내에 울리고 있었지만, 아직은 어느 한쪽으로도 승기가 기울지 않고 있었다. 뒷걸음질치며 물러서던 철웅의 눈에 일행이 잡혔다. 모두 비지땀을 흘리며 분전하고 있었으나 강시의 기세는 줄어들 줄 모르고 있었다. 홀로 네 구의 강시를 맞아 싸우는 사내의 모습이 인상적이었지만, 죽어도 죽지 않는 마물을 퇴치할 방법은 없어 보였다. 철웅의 눈빛이 굳어지며 들고 있던 검에 십성의 공력을 모두 주입시켰다. 묵검에 새하얀 검기가 덮히며 진한 진동음을 내뿜고 있었다.

웅웅웅~

철웅을 압박하던 한수의 눈에 자신을 향해 쇄도하는 철웅의 검이 보였다. 새하얀 검기. 한수 역시 감히 자만할 수 없는 기세였다.

쐐애애액!

한수의 가슴 어림을 노리며 올려쳐진 검. 몸을 비튼 한수의 곁을 스친 그 검이 다시금 한수의 허리를 노리며 휘둘리고 있었다.

"차앗!"

한수는 외마디 기합성과 함께 허리를 뒤로 꺾으며 공중제비를 돌았다. 허공에서 몸을 비튼 한수가 철웅의 검세를 피해 일 장 밖에 내려앉았다. 그리고 뒤이을 공세에 대비하려는 찰나, 검을 던지는 철웅의 모습에 경악하였다.

"이놈이?!"

철웅은 검을 던지고 있었다. 자신을 향해서가 아니라, 네 구의 강시에게 둘러싸여 있는 냉한상을 향해…….

"이 검을 받으시오!"

번개처럼 날아간 검이 냉한상의 발 앞에 내려 꽂혔다. 냉한상은 철웅의 목소리가 들림과 동시에 바닥에서 부르르 떨고 있던 검을 뽑아 강시들을 압박해 나갔다.

쉬이익!

푸슈슉!

냉한상의 검은 정녕 빨랐다. 손에 익지 않은 검임에도 바닥에 꽂아둔 빙섬만큼이나 빠르게 철웅의 묵검을 휘둘러 가고 있었다. 묵검이 휘둘릴 때마다 강시들의 팔다리 가죽이 베어져 나가고 있었다. 그들이 서 있던 장내가, 강시들의 팔다리에서 뿜어지는 허연 김으로 인해 안개에 휩싸였다 느껴질 정도였다. 강시들의 몸놀림이 빠르긴 하였지만, 천하제일을 다투던 쾌검의 고수인 냉한상의 검보다 빠를 수는 없었다.

'이러다간 활강시들이 모두 당하고 말겠구나.'

적유의 눈에 다급함이 어리고 있었다. 이렇게 이름없는 숲에서 사라질 활강시가 아니었다. 그들은 대계의 발동과 함께, 앞으로의 행보에 앞장서야 할 귀중한 재산이었다. 더 이상 참을 수 없었던 적유가 바닥을 차고 날아오르려 했다. 하지만 바닥을 차고 오르려던 적유의 눈이 경악으로 물들면서 나무를 집으며 그 자리에 멈추어 섰다.

'…저것은?!'

적유의 눈은 놀라움과 경악으로 물들고 있었다. 적유의 시선이 향해 있는 곳에 그가 서 있었다. 철웅의 손에는 어느새 결합된 그의 애병이 들려 있었다. 환후지우란 네 글자가 새겨져 있는 창날과 오묵철로 이루어진 창대. 철웅은 자신의 창을 비껴 든 채 한수를 노려보고 있었다.

"주작… 홍기……."

적유의 입에서 나온 나지막한 목소리가 숲의 흔들림 속에 묻혀가고 있었다.

*    *    *

"교세의 확장은 더 이상 어렵습니다. 신규 교단의 확보도 불가능하고, 그나마 살아남은 교단들도 모두 지하로 잠적하라 지시했습니다."

적유의 말에 이륜거에 앉아 있던 노인이 고개를 끄덕였다.

"그래야겠지. 황실의 암중 탄압이 이미 극에 달한 상태이니……."

"금의위까지 동원되고 있습니다. 만약 미리 준비하지 않았더라면 태반의 교도들이 잡혀 참수당했을 것입니다."

이륜거를 밀고 있는 적유의 손에 힘이 들어가고 있었다. 죽어간 교도들의 수만 어림잡아 오만이 넘었다. 오만의 교도라면, 전체 교도의 이 할에 가까운 엄청난 수였다.

"그래… 파양호는 어찌 되었는가?"

"…혈호(血湖)로 변했습니다. 선택된 교도들 모두……."

노인의 눈가에 작은 이슬이 맺히는 듯했다. 마지막까지 자신들의 뒤를 쫓던 정도 고수들의 손을 피하기 위해 애꿎은 교도들만 오천 가까이 희생되었다. 교의 뒤를 이을 인재들이 태반이었건만…….

"그들의 희생으로 저희가 지금 이 자리에 있을 수 있는 것이니……."

"분명 미륵의 품으로 갔을 것이네. 그들이 다시 우리 품으로 돌아오려면……."

"서둘러 용화세계를 건설해야겠지요."

그 말을 끝으로 두 사람은 긴 침묵에 빠져들었다. 너른 호수가 저녁놀을 삼키고 있었다. 물속으로 가라앉기를 거부하던 노을이 발버둥을 치고 있었으나, 결국 출렁이는 손길을 뿌리치지 못한 채 호수의 물결 위에서 점차 그 빛을 잃어가고 있었다.

"아직 주작홍기의 행방은 찾질 못했는가?"

"백방으로 수소문하곤 있지만……."

백련교의 교주 한림아의 물음에 련의 광명좌사인 적유가 고개를 떨군 채 말끝을 흐렸다. 이미 삼십여 년 전에 죽었다 알려진 한산동의 아들 한림아가 살아 있음도 놀라운 일이었지만, 그가 아직도 백련교라는 잊혀진 이름 안에서 교주로 군림하고 있다는 것 역시 놀랍기 그지없는 일이었다.

"성화령의 불꽃이 꺼진 지 이미 이십 년. 성화령의 불꽃을 다시 살리기 위해서는……."

"제가 보관하고 있는 화정(火淨)과 죽은 우사가 가지고 있던 주작홍기가 있어야만 하지요. 화정으로 성화령을 다시 살리고, 주작홍기로 그 불꽃이 다시 살아났음을 천하에 알리는……."

"그래, 지난 이십 년간 본교 안에서 일어났던 수많은 암투와 세력 다툼이 결국 성화령이 꺼진 것에 기인하고 있다는 것을 모르는 이는 없네. 그리고 그 분란의 씨앗이… 본 교의 현재 모습이고……."

노인, 한림아의 노안에 깊은 고뇌의 빛이 그려지고 있었다. 한림아의 뒤에 서 있던 적유는 보지 않아도 알 수 있었다. 한림아의 두 어깨에 내려앉은 고독과 번뇌의 그림자를…….

'너무 많은 사람들이 죽었지요. 한 톨 값어치없는 교의 대권을 얻기 위해……. 이제 남은 것은 소교주님 하나뿐이건만, 교의 교리보다는 세상의 권세를 더 탐하고 있으니…….'

적유의 가슴에도 찬바람이 일었다. 소교주의 나이 이제 겨우 서른하나. 또래에 비해 지모가 출중했고, 무예 또한 비범한 군계일학이요, 인중용이었다. 하나 그것은 어디까지나 범인의 기준. 수십만 교도를 이끌고, 백련의 교리를 천하에 전파해야 할 동량으로서 그는 적유의 마음을 충족시키기에 부족함이 많았다.

'소교주는 아직 어리다. 수십만 교도들을 아우르고 이끌어야 함에도 권력이라는 작은 덩어리에 만족하려 하고 있다. 이미 인성은 굳어지고 있고, 집착과 아집이 크게 자리해 가고 있다. 교주님은 그것을 걱정하는 것이다. 당신 사후에 벌어질 교의 위기를…….'

적유의 사색이 길어지는 것을 느꼈는지, 지는 해를 물끄러미 바라보던 한림아가 입을 열었다.

"주작홍기를 찾게. 수단과 방법을 가리지 말고… 대계의 준비와 주작홍기의 행방을 찾는 것이 본 교의 제일과제일세."

"예."

"휴우… 우사만 살아 있었더라도……."

한림아의 입에서 기어코 참았던 한숨이 새어 나오고 있었다. 적유의 눈이 한림아가 바라보던 노을로 향했다. 그곳에는 한림아가 보았던 누군가의 영상이 아직 남아 있었다.

'그만 살아 있었더라면……'

적유의 시선을 받고 있던 노을이 하얗게 변하고 있었다. 붉게 물들었던 사위가 어느새 검게 변해 있었고, 그의 앞에 펼쳐져 있던 너른 호수는 푸른 숲으로 바뀌어 있었다. 고요했던 그의 고막으로 병장기 부딪치는 소리가 들리고 나서야, 그는 과거와 이어져 있던 상념을 깨고 현실로 돌아올 수 있었다.

'파검이라는 자가 들고 있는 것은 분명한 주작기. 우사와의 인연은 정녕 그곳과 닿아 있었구나……'

적유의 눈은 철웅이 들고 있는 창의 끝을 향해 있었다. 장판교(長坂橋) 위에서 홀로 대군을 격파한, 촉(蜀)의 맹장 거기장군(車騎將軍) 장익덕(張翼德)이 사용했다는 장팔사모와 비슷한 모양이었다. 아니, 주작기야말로 그의 신병인 장팔사모의 현신이었다.

'주작기야말로 장익덕이 친히 들고 전장을 누볐던 그것. 창의 끝이 갈라지지 않고 뾰족한 것이야말로 저것이 주작기라는 표시이고, 장팔사모라는 증거이다.'

본래 사모라는 창은 송대에 이르러 천하에 널리 알려진 창이었다. 과거의 기병으로 몇몇 장수들이 사용하던 모습을 후대에 재현하며, 그 끝을 갈라 살상력을 높인 것이 현재의 사모창이었다.

'주작기의 또 다른 이름 환후자우. 그 창을 들고 있다는 것 하나만으로도… 그대는 본 교와 무관할 수 없지.'

적유의 눈이 하늘에 떠 있는 별들만큼이나 반짝이고 있었다. 수십 년을 찾아 헤매었던 주작홍기. 주작홍기에 달려 있어야 할 주작번은 보이지 않았지만, 그것은 천천히 알아보아도 될 일이었다.

"주군, 고산덕 일행이 접근하고 있습니다."

수하의 전음에 적유는 잠시 생각을 하다 명했다.

"…숲 밖에 억류해 놓고 있어라. 조용히……."

적유의 시선은 장내를 향해 있었다. 자신이 나서야 할 때를 가늠하듯…….

第五十章

# 인질(人質)

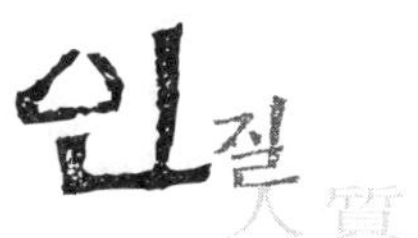

인질
人質



철웅과 한수의 대결은 그 절정을 향해 치닫고 있었다. 정순한 내력과 상승의 무공으로 무장한 한수. 내력의 차이를 수십 년간 다져진 실전 경험으로 막아내고 있던 철웅. 두 사람의 대결은 서로의 무공이 가진 장단점들로 인해 밀고 밀리기를 반복하고 있었다.

"차아앗!"

한수의 연검은 더 이상 연검이 아니었다. 내력이 집중된 탓인지, 은빛으로 반짝이던 연검의 검신이 새하얀 광채로 빛났고, 그 광채가 단순히 눈을 현혹하기 위함이 아니라는 듯, 가공할 기세로 철웅의 창을 압박하고 있었다. 맞서는 철웅의 창 역시 크게 물러섬이 있는 것은 아니었다. 중원에서 구하기가 하늘의 별 따기보다 어렵다는 오묵철로 만들어진 창대였고, 수백, 수천의 피를 머금고도 그 빛을 잃지 않던 철웅의

사모창이었다. 본래 도검보다는 창을 선호하는 철웅이었기에, 절정에
다다른 한수의 검세를 맞아 이만큼이나 버틸 수 있었는지도 모른다.

타다다당~!

두 사람의 격돌은 실로 전광석화라는 말이 무색할 정도로 빨랐다.
한수의 검은 실체와 허상이 구별가지 않을 정도로 수많은 잔상을 남기
며 철웅을 압도하고 있었고, 그런 공세를 맞아 철웅은 창의 장점인 거
리를 두며 조금씩 밀리는 속도를 줄여가고 있었다.

'대단한 검세. 검에서 뿜어지는 압박에 함부로 운신하기조차 힘들구
나. 그나마 사부님의 단환이 아니었다면……'

철웅의 이마에 식은땀이 흐르고 있었다. 대결이 격해지면 격해질수
록 손발이 어지러워짐을 느낄 수가 있었다. 상대는 정통의 무공을 수
련한 절정의 고수였다. 내력을 얻었다고는 하나, 단기간 쌓아 올린 내
력의 허점이 여실히 드러나고 있었다. 철웅은 지쳐 가고 있었다.

'놈은 정통의 고수다… 정통의……?!'

철웅의 눈가에 차가운 한광이 머물다 사라졌다. 그리고 자신을 향해
쇄도하는 한수의 검을 맞아 창을 휘둘렀다.

'음? 반격인가?'

한수의 입가에 조롱의 빛이 일고 있었다. 수세에만 몰리다 보니 오
기가 발동했으리라. 이렇게 밀리다 죽느니 발악이라도 한번 해보고 싶
었을 테지. 한수는 자신의 검과 정면으로 맞부딪쳐 오는 철웅의 창을
보며 득의의 미소를 지었다. 이것이 승부의 분수령이 되리라.

"하아앗!"

정면으로 찔러 들어가던 철웅의 창이 한수의 어깨 부위를 꿰뚫고 있

었다. 하나 창이 훑고 지나간 자리에선 터져 나왔어야 할 핏줄기가 보이질 않았다. 잔상을 훑고 간 철웅의 창대 아래로 사라졌던 한수가 모습을 드러낸 것은 바로 그 순간이었다.

"이젠 끝이다!"

한수의 외침과 함께 창의 중간에서 철웅의 심장을 노리며 검광이 내뿜어지고 있었다. 창과 창을 들고 있던 팔 사이로 찔러들던 검이었기에 피하는 것은 불가능해 보였다. 하지만,

"타앗!"

검이 찔러 들어옴과 동시에 철웅의 손목이 비틀리며 묘한 기계음이 한수의 귀에 들려왔다.

철컥!

무언가 이상하단 것을 느낄 틈도 없이 빠르게 찔러 들어가던 한수의 검이, 꺾여진 창의 틈에 끼어 잡힌 것은 그 순간이었다.

찰캉!

"허엇?!"

철웅은 날아들던 검과 함께 창대를 접어버렸다. 실전 감각으로 만들어진 교묘한 허초였다. 너무나 순간적으로 일어난 일이었기에 한수가 다급히 검을 회수하려 하였으나, 접힌 창대 사이로 일순 검이 끼어버리고 말았다. 찰나의 순간이었지만 분명한 틈이 생겼다. 그 틈 사이로 몸을 움직인 철웅이 당황하는 한수의 목줄을 향해 창을 뻗었다. 철웅에 비하자면 실전 경험이 많이 부족하다 말할 수 있는 한수였다. 또한 철웅의 임기응변이 실로 절묘했고, 사람의 의표를 찌르는 것이었기에 대비하지 못하고 있던 한수로서는 당황할 수밖에 없었다. 하나 역시 한

수는 한 수 위의 고수였다.

쐐애액!

잠시 놀랐던 한수가 일순 벌어진 창의 틈으로 검을 회수하며 다급히 허리를 꺾어 철웅의 창을 피해내었다. 이 불의의 일격에 얼마나 놀랐는지, 한수는 검과 함께 허공을 날아 거의 삼 장 밖까지 물러나고 나서야 몸을 바로 했다.

"헉… 헉……."

철웅의 눈에 어렸던 차가운 한광은 그대로였으나, 창을 들고 있던 손은 배어 나온 땀에 미끄러지려는 창을 잡기 위해 배로 힘이 들 정도였다. 적절한 임기응변으로 호기를 맞이할 뻔하였으나, 역시 상대는 자신보다 한 수 위의 고수였다. 회심의 일격은 그렇게 무산되고 말았다. 무의식적으로 목전을 매만지던 한수의 눈에 이전에는 볼 수 없었던 노기가 어리고 있었다. 방심했다 말할 순 없지만, 하수로 보았던 적에게 의표를 찔렸으니 수모를 당한 것과 진배없었다.

"네놈이 감히……."

"아쉽구나. 네놈의 목을 끊어 역천의 고리를 끊고, 내 식솔의 원한을 갚아야 하거늘……."

두 사람의 살기 가득한 눈싸움에, 차갑던 밤공기가 뜨겁게 달궈질 정도였다. 하지만 그런 두 사람의 눈싸움을 멈추게 한 것은, 또 한 번의 격돌이 아니라 무엇인가가 땅으로 엎어지며 나는 소리였다.

풀썩.

철웅과 한수의 시선이 약속이라도 한 듯 소리가 난 방향으로 향했다. 그리고 한수의 눈가엔 더한 분노가, 철웅의 눈가엔 안도의 한숨이 내쉬어지고 있었다.

"이것으로… 그대만 남은 셈이로군."

냉한상이 묵검을 휘둘러 검신에 걸려 있던 검은 가죽 조각들을 털어내며 입을 열었다. 그의 주변으로 허연 김을 내뿜으며 쓰러진 수많은 조각들이 널려 있었다. 한수는 아차 싶었다. 철웅과의 대결에 온 전력을 다하는 사이, 믿고 있던 칠령들이 계획에도 없던 자의 손에 의해 갈기갈기 찢겨져 나가고 말았던 것이다.

"네… 네 이놈이……?!"

한수의 이가 격렬하게 부딪쳤다. 격한 분노에 이성의 끈이 끊어지려 하고 있었다. 그 증거로 한수의 연검에는 더없이 짙은 광채의 검기가 어리고 있었다. 이미 노기가 이성을 지배하고 있었다.

이것으로 두 번째, 아니, 세 번째의 실책을 하게 되었다. 물론 한수는 자신의 실책이라 생각지 않았다. 화산에서 흑기당을 잃었고, 소림에서 혈기당을 잃었다. 이제는 칠령까지… 그들이 조금만 더 제 몫을 하였더라면 자신의 행보에는 아무런 문제가 없었을 것이다. 중요한 순간, 결정적인 순간마다 수하들의 무능이 자신의 발목을 붙잡았다. 한수는 자신에게 조금만 더 강한 수하들이 있었다면, 조금만 더 유능한 수하들이 있었다면 이런 일은 벌어지지 않았으리라 생각하였다. 그리고 그런 분노가 그의 검에 그대로 표출되고 있었다. 검끝에 머물던 살기가 방울져 바닥으로 떨어져 내리는 듯했다.

철웅은 단단히 긴장하고 있었다. 하지만 일곱 망자의 영혼을 돌려받은 하늘은 더 이상의 다툼을 원하지 않고 있었다.

"그만……."

장내에 있던 모든 이의 귓가로 한 사람의 목소리가 울렸다. 그 낮은 목소리에 실린 내력이 어쩌나 가공했는지, 한수는 물론 냉한상마저도 미간을 살짝 찌푸려야 했을 정도였다. 커다란 외침이 아니었음에도, 그 낮은 목소리에 장내의 모든 사람들이 긴장하였다.

'고수?!'

두 사람이 걸어나오고 있었다. 아니, 한 사람이 걷고 있었고, 다른 이는 그의 한 팔에 안겨 나오고 있었다.

"아니, 당신은?!"

"소소야!!"

한수와 철웅의 입에서 한마디 다른 외침이 동시에 터져 나왔다. 어둠 속에서 천천히 모습을 드러내는 붉은 복면의 사내, 그리고 그의 손에 안긴 채 정신을 잃은 듯한 소소. 정적이 사람들의 발치를 휩쓸고 있었다.

"오늘은… 이만하는 것이 좋겠소."

붉은 복면으로 얼굴을 가린 적유는 한수를 바라보며 덤덤히 말했다. 하나 악에 받친 한수의 외침은 절대 불가함을 말하고 있었다.

"무슨 소리! 이것은 어디까지나 나의 임무… 당신이 제아무리……."

"그만! 이들 앞에서 무엇을 말하고 싶은 것이오!"

적유의 일갈에 한수의 입이 다물어졌다. 아무리 감정이 격해졌다 하더라도 넘어서는 안 될 선이 있었다. 자신들의 정체, 적유는 그것을 막았던 것이다.

"이만 돌아가시오. 이미 많은 것을 잃었소. 임무를 성공시킨다 해도 그것은 이미 성공이라 말할 수도 없는 일. 나머지 이야기는… 돌아가서 하도록 하겠소."

적유의 음성에는 지엄한 꾸짖음이 있었다. 한수의 눈에 불길이 일었지만, 그는 엄연히 임무에 실패한 상태였다. 그것도 두 번씩이나. 게다가 너무나 큰 손해를 보고 말았다. 칠령을 잃다니… 제아무리 소교주라 하더라도 문책받을 수 있는 일이었다. 더군다나 자신에게 돌아가라 말하는 자는 백련교의 좌사. 교주와 거의 동등한 실권을 부여받은 련의 실세였다. 임무에 실패한 소교주를 교로 불러들일 수 있을 만큼…….

"저 사람이 이곳을 떠나는 것을 막지 않길 바라오."

적유의 시선이 철웅과 사람들에게 향했다. 아무도 그의 말에 반박하지 못하고 있었다. 적유의 팔이 꿈틀거림과 동시에 정신을 잃고 있던 소소가 가는 신음을 내뱉고 있었기에. 서툰 짓을 한다면 소소를 해할 것이라는 무언의 시위였다.

"비겁하게… 아녀자를 인질로 삼다니……."

냉한상의 입에서 나온 차가운 목소리가 적유에게 향했다. 단순한 시비가 아닌, 이해하기 힘들 만큼 진지한 살기가 담긴 음성이었다.

"이제야 그대가 누군지 알 것 같군. 빙섬 냉한상. 어쩐지 그 쾌검이 낯익더라니……."

적유의 말에 강추는 물론, 한수 역시 놀랍다는 듯 그에게로 시선을 옮겼다.

"그대는 나를 아나, 나는 그대를 모르니 불공평하오."

냉한상의 말에 적유가 웃으며 답했다.

"내가 누구인지는 차차 알게 될 터. 지금은 조용히 떠남을 이해해

주시오.”

“그 아이는 놓고 가시오. 당신과는 아무런 상관도 없는 아이오.”

철웅이 분기를 삭이며 말했다. 어찌 되었든 소소의 목숨이 저자의 한 손에 달린 상태였다. 더욱이 장내의 누구보다도 고강한 고수라는 것을 철웅도 알 수 있었다. 그 역시 내공이 상승함에 따라 상대를 보는 눈도 조금씩 뜨여가고 있던 중이었으니. 하지만 적유는 소소를 놓아줄 생각이 없었다.

“미안하지만 이 아이는 분명 나와 상관이 있는 아이이오. 그것은… 그대도 마찬가지이고. 파검 장철웅 대협.”

철웅의 눈빛이 흠칫 놀라고 있었다. 자신을 아는 것은 그렇다 칠 수 있었다. 어쨌든 자신들을 노리고 뒤쫓은 자들이니. 하지만 소소가 그들과 상관이 있다는 이야기는 무슨 뜻인가? 위기를 모면하기 위한 거짓은 아닌 듯싶었다.

“먼저 가시오, 곧 뒤따를 터이니.”

적유의 말에 한수의 눈이 철웅에게 향했다. 이것으로 두 번이나 그를 꺾지 못하고 뒤돌아서는 셈이었다.

“차라리 지금 이들을 치겠소. 문책은… 감수하겠소.”

한수의 손이 검을 잡아갔다. 그 모습에 좌중의 인물들이 일순 긴장할 수밖에 없었다. 인질을 잡힌 상황. 적의 복면인의 손에 잡혀 있던 여인이 어떤 사람인지는 모르나, 창을 든 철웅이 쉽게 판단하지 못하고 당황하는 것을 보아 평범한 사이는 아닌 듯싶었다. 그런 상황에서 한수가 다시 검을 들고 달려든다면 철웅의 패배는 불을 보듯 뻔한 일이었다. 더군다나 새로이 나타난 절정의 고수가 그런 한수의 편이라면…….

"그만두시오. 정녕 그분께 문책당하고 싶으신 거요? 임무에 대한 실패는 작은 문책이지만, 명을 어긴 문책은 중징계할 수밖에 없소."

적유의 눈이 엄해지고 있었다. 그리고 수긍의 기색을 보이질 않는 한수에게 전음을 보내었다.

"일단 돌아가시오, 소교주. 인질을 잡은 것도 이유가 있고, 이자들을 살려두는 것도 다 이유가 있소. 그 이유가 막중한 것임은 칠령의 파괴를 지켜본 것만으로도 충분한 설명이 되었다 생각하오."

"그게 무슨 뜻이오?"

"이유는… 차후에 설명해 주도록 하겠소. 단, 칠령을 잃은 데 대한 문책은 없을 것이오. 내 이름을 걸고 약속하리다."

한수의 눈이 기광을 발했다. 칠령보다도 중요한 이유. 그 이유가 무척이나 궁금했지만, 지금은 그의 말을 따라주어야 할 때였다.

"…알았소."

한수의 검에 맺혔던 검기가 아쉬움을 머금고 천천히 사라져 가고 있었다. 검을 집어넣은 한수가 철웅을 바라보며 으르렁거렸다.

"기억하고 있어라. 네놈의 목은 반드시 내가 취할 것이다."

철웅은 그의 눈을 바라보며 아무런 말도 하지 않았다. 단지 들고 있던 창을 세워 땅을 짚은 것이 그가 취한 행동의 전부였다.

'나 역시… 너에게 일삼의 목숨 빚이 남아 있음을 잊지 않겠다.'

한수와 철웅의 눈싸움은 잠시뿐이었다. 한수는 바람이 일 정도로 세차게 몸을 돌려 어둠 속으로 사라져 갔다. 그의 뒷모습을 보며 아쉬워한 것은 바닥에 널브러진 칠령의 잔해들뿐이었다. 사람들의 이목이 다시금 적유에게 집중되었다. 적유는 그런 사람들의 시선을 받으면서도 일말의 동요를 보이지 않았다.

"이제는 내가 사라질 차례로군."

"그 아이를 어찌할 셈이오?!"

철웅이 한 발 나서며 격한 음성으로 물었다. 하지만 적유는 가만히 고개를 저으며 그런 철웅을 달래었다.

"허허, 그리 급한 성격이 아니라 보았거늘……. 아니면 이 아이가 그대에게 그리 소중한 것이오?"

적유의 말에 일순 말문이 막힌 철웅이었다. 물론 소중하고, 언제가 지라도 보살펴야 한다면 그리할 것이라 말할 수 있는 아이였다. 하지만 그것이 어떠한 마음인지는 철웅 자신도 정의를 내릴 수 없었다. 철웅의 말문이 막힌 이유였다.

"이 아이에겐 아무 일도 일어나지 않을 것이오. 단지… 그대와의 끈을 이어주는 담보로 잠시 데려가겠소."

"허튼소리! 마교도의 말을 믿는 것은 돼지가 나무를 오른다는 말을 믿는 것이나 다름없소!"

상황을 지켜보던 두주개가 참지 못하고 소리쳤다. 그런 두주개를 바라보는 적유의 눈빛이 싸늘해졌다.

"감히 개방의 제자 따위가 본 련의 행사에 참견하려 하는가?"

"…련 …백련? 설마……."

적유의 말에 반응한 것은 호통에 놀라 한 걸음 물러선 두주개가 아니라, 그의 옆에서 두 눈을 크게 뜨고 있던 강추였다. 더듬거리는 그의 목소리가 그가 얼마나 놀라고 있는지를 말해 주고 있었다.

"그대가 강추였군. 막야조의 제일령주. 그대에게도 좋은 소식을 알려주고 떠나도록 하지. 본 련에서는 그대에 대한 추살령을 오늘부로 거둘 것이니 더 이상 저들의 그늘에 숨어 있지 않아도 된다."

청천벽력 같은 말이었다. 추살령 따위가 없어지는 것은 아무래도 좋았다. 하나 련이라니……. 지금껏 자신들을 노렸던 것이, 자신들을 버렸던 그곳이라니……. 강추는 들고 있던 검을 바닥에 떨어뜨리며 그 자리에 털썩 주저앉고 말았다. 멍해진 표정의 영우 역시 일삼을 쓰다듬던 손길을 멈출 수밖에 없었다. 철웅의 앞길에 드리워진 먹장구름의 정체가 자신들이 몸담고 있던 그곳이었다니……. 입이 있어도 할 말이 없었다. 그런 강추의 변화에 아랑곳하지 않고 적유가 입을 열었다.

"이제는 떠나도록 하겠소. 조만간 다시 찾아오리다."

"만약 당신의 길을 막겠다면?"

냉한상의 손에는 어느새 철웅의 묵검이 아닌, 그의 애검 빙섬이 들려 있었다. 서릿발 같은 검세가 실린 검이 바닥을 향해 있었지만, 그것이 적유에게 향하는 것은 찰나도 걸리지 않을 것이다. 하지만 그 역시도 검을 쉽게 떨칠 수는 없었다.

"그대의 쾌검이 일가를 이루었다는 것은 인정하지. 하지만 냉한상의 빙섬 따위를 두려워할 내가 아니다. 그래도 내 앞길을 막겠다면, 아쉽지만… 누군가는 죽어야겠지. 내게 칼을 든 그대들이나… 아니면 이 숲의 밖, 내 수하들에게 억류되어 있는 소림의 속가제자들이나……."

좌중의 모든 이가 놀라고 있었다. 대호표국 일행이 늦어지는 이유가 그것이었던가? 이미 도착했어도 오래전에 도착했을 사람들이었다. 그들이 아직 모습을 드러내지 않았다는 것만으로도, 이자의 말을 믿지 않을 도리가 없었다. 인정해야 했다, 자신들에게는 눈앞의 복면인을 막을 방법이 없다는 것을.

"만일 소소에게 무슨 일이 생긴다면……."

철웅의 눈이 차갑게 얼어붙었다. 그 모습을 바라보던 적유가 입가에 웃음을 띠며 말했다.

"나는 그대에게 약속을 해도 그만, 하지 않아도 그만이오. 그럼에도 이 아이에게 아무런 일도 일어나지 않을 것이라 장담하는 것은 그대와 분명 다시 만나야 하기 때문. 다시 한 번 말해 주리다. 이 아이에게는 아무 일도 일어나지 않을 것이오. 또한 이후 북평까지 그대들의 뒤를 쫓는 자는 없을 것이오. 그리고 때가 되면 이 아이를 이 모습 그대로 그대에게 돌려 드리리다. 물론… 그것은 그대가 어찌 나오느냐에 달린 일이지만……."

말을 이어가던 적유의 신형이 조금씩 뒤로 밀리며 어둠 속으로 사라져 갔다. 하지만 누구도 그의 뒤를 따르지 못했다. 창을 들고 서 있던 철웅의 눈빛이 고통으로 일그러지고 있었다. 적유의 모습이 어둠 속으로 완전히 사라지자 들고 있던 창을 들어 힘껏 바닥에 찧었다.

쿵!

사람들의 시선이 그에게 향했다. 그리고 그들은 볼 수 있었다. 분노와 고통과 자괴로 일그러진 한 인간을…….

고개를 숙인 채 철웅은 그렇게 서 있었다. 고산덕과 이승수 등이 다급히 숲으로 들어서고 있었음에도 철웅은 미동조차 하지 않았다. 강추와 영우의 침묵. 일삼의 시신이 밤공기에 차갑게 얼어붙고 있었음에도 그는 움직이지 않았다.

　그렇게 그들은 새로운 태양을 맞이하고 있었다. 그러나 모든 위험에서 해방된 새로운 날이 밝아오고 있음에도, 아무도 즐거워하지 않았다. 그럴 수가 없었다.

＊　　　　＊　　　　＊

　언덕 위에 서 있는 적유의 뒤로 적포사내가 다가왔다. 아니, 사내의 적포는 어깨에서 떨어져 나와 바닥에 깔려 있었다. 그리고 그 붉은 포단 위로 수혈을 짚힌 소소가 잠들어 있었다.
　"인질을 잡으시다니… 주군답지 않으십니다. 왜 그들을 없애지 않으셨습니까?"
　적포사내의 말에 적유가 가늘게 웃었다. 그의 말대로였다. 이런 식의 일 처리는 자신이 즐겨 사용하는 방법이 아니었다. 오차를 용납하지 않는 계책. 미리 짜놓은 각본대로 움직이는 것을 선호하는 그였기에, 계획에 없던 인질 따위의 존재는 어색하기만 했다.
　"알아내야 할 것이 많았다. 그리고 지금은 그때가 아니었고. 저 아이는 그것을 이어주는 끈이다."
　"혹… 주작홍기 때문입니까?"
　사내의 말에 적유는 아무 말도 하지 않았다. 당금 교에서 주작홍기의 모습을 기억하는 자는 얼마 남아 있지 않은 상태였다. 교주인 한림아와 좌사인 자신. 원로로 구분되는 구마와 자신의 뒤를 받치고 선 적랑대의 대주 '낭아도 조철산' 정도. 외견상 삼십대 중반으로밖에 보이지 않는 그였지만, 이미 이십 년 가까이 적유를 호위해 온 심복이자 련에서도 손꼽히는 고수였다. 그와 함께 적랑대를 구성하는 인원이 스무명에 달했지만, 적유와 이렇듯 편안히 대화할 수 있는 자는 오직 조철산뿐이었다. 조철산의 맹목적인 충성도 중요한 이유였지만 그와 함께보낸 이십 년의 세월은 상관이자, 교의 좌사인 적유로서도 존중해 주어야 할 시간이었다.

입으로만 구전되던 주작홍기의 이름은 백련교의 발호에 커다란 열쇠 중 하나였다. 성화령의 불꽃만이 진실한 용화세계의 강림을 이룰수 있는 길이었고, 그런 성화령의 불꽃을 살리기 위해선 좌사의 화정과함께 주작홍기가 반드시 필요했다.

"주작기가 모습을 드러내었다. 하지만 무력으로 빼앗을 수는 없는일."

"그것을 가진 자가 파검이기 때문입니까?"

조철산의 물음에 적유는 피식 웃음을 짓고 말았다.

"파검이나 그 명호 뒤에 서 있는 석위강 따위가 나의 의지를 꺾을 수는 없는 일. 단지 석연치 않은 부분이 있기에 그랬던 것이다. 주작홍기를 취하는 것은 그것을 확인한 다음이라도 늦지 않다."

적유는 자신이 고민하고 있던 부분을 조철산에게 말하지 않았다. 중요하고 위험한 정보는 공유하지 않는 것이 좋았다. 아끼는 수하라면더욱더. 그것이 그가 수하를 대하는 태도였다. 너무 많은 비밀을 알고있는 수하는 훗날 부담이 된다. 원치 않은 함구로 이어질 수도 있다. 그것은 수하를 다루는 도리가 아니다.

'주작번의 행방이 확실하지 않은 상태에서 주작기만 탈취할 수는 없는 일. 주작기를 들고 있던 파검을 사로잡을 수 있다면 모르지만, 쉽게 제압할 수 있는 자가 아니었다. 그는 일류 중에서도 상위. 절정의 문턱에 다다른 소교주와 싸워 크게 밀리지 않던 자다. 그런 자를 사로잡으려면 희생이 따르지. 불필요한 희생이다. 주작번의 행방이 중요한 것이다. 그들의 북평행은… 시간을 끄는 것 이외에는 아무런 의미가 없는 일.'

적유의 상념 사이로 조철산의 목소리가 들려왔다.

"그래도 그자들을 모두 살려주신 것은……."

걱정스럽다는 조철산의 말에 적유의 시선이 움직였다. 이 우직한 수하는 자신의 결정을 신뢰하지 않는 것이 아니다. 다만 그것이 몰고 올 파장이 혹 자신에게 해가 될까 염려하는 것이다. 이런 수하를 어찌 필요에 의해 죽이고 살릴 수가 있을까.

"그곳에 개방의 제자가 있었다. 아마 어느 정도 눈치를 채고 있겠지. 화산과 소림의 안마당을 뒤집어놓았음에도 우리의 존재를 모를 정도라면, 더 이상 그들을 두려워할 이유가 없을 것이다. 또 그들이 우리의 존재를 눈치채고 대비한다 하여도… 우리의 대계를 막을 수는 없는 일."

적유의 자신에 찬 말에 조철산은 가만히 고개를 끄덕였다. 십 년을 준비한… 아니, 그 이전부터 준비되어 온 대계였다. 비록 파양호의 혈사로 인해 수많은 기재들이 목숨을 잃어야 했지만, 십 년의 세월은 그들의 빈자리를 채우는데 충분했다.

'이 소녀는 분명 파검과 깊은 인연이 있는 것이 분명하다. 당혹과 걱정으로 얼룩진 파검의 눈빛에 거짓은 없었다. 어쩌면 이 소녀야말로 주작기와 주작번을 되찾게 될 중요한 끈이 될지도 모른다. 그리고…
내가 알고자 하는 그것 역시……'

적유는 만족스러웠다. 소교주의 공명을 위해 만든 자리였지만, 그것
보다 더 큰 소득을 얻었다. 소교주의 실책은 불문에 붙일 수도 있을 만
큼. 비록 소교주에게 작지 않은 상처가 되긴 하겠지만, 그것은 시간이
해결해 줄 수 있을 것이다. 공명의 발판은 다시 만들면 그만이었다. 그
것은 자신의 몫이었고, 그리 어렵지 않은 일이었다.

"머지않아 대계의 준비가 완성된다. 이러한 시기에 때맞춰 주작홍기
의 행방을 알게 되었으니, 이것 또한 천운이 우리에게 있음이 아니겠느
냐."

적유의 말에 조철산이 고개를 숙였다. 모든 일은 그들의 계획대로
이루어지고 있었다. 칠령을 잃은 것이나, 이들의 북평행을 막지 못한
일 모두 대계라는 이름 안에서는 작은 조각들에 불과했다. 그리고 그
것들과는 비교할 수 없을 만큼 큰 조각 하나를 발견했다. 대계의 완성
이 눈앞으로 다가오고 있었다.

그들이 원하는 세상이 다가오고 있었다.
그들은 그것을 용화세계라 불렀고, 다른 이들은 그것을 난세라 불렀
다.

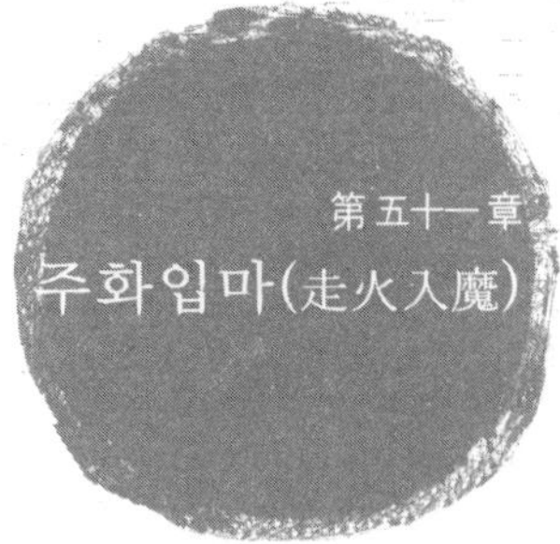

第五十一章
# 주화입마(走火入魔)

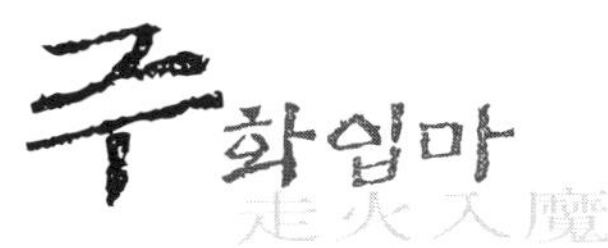

주화입마
走火入魔



장 의원과 소아는 수혈이 짚힌 듯 곤히 잠들어 있었다. 고산덕에게
이야기를 들으니 소소를 납치해 간 괴인의 말이 허언은 아니었다는 것
을 알게 되었다. 숲의 외곽에서 그들을 제압한 적포 괴인의 수는 모두
이십여 명. 그들 개개인이 고산덕과 겨루어 손색이 없을 일류고수들이
었다고 했다. 그런 자들이 스무 명. 제압되지 않을 도리가 없었을 것이
다. 적포 괴인이 숲을 나오자 그의 뒤를 따라 모두 사라졌다고 했다.
그 괴인의 품에 소소가 있음을 알았지만, 순식간에 사라진 그들을 쫓을
수 없었다고 했다. 평범한 소녀의 안위보다는 주고치의 안위가 더욱
중요했겠지. 탓할 수는 없었다.

잠에서 깨어난 장 의원은 두 손으로 얼굴을 가린 채 아무 말이 없었
다. 소아 역시 겁을 잔뜩 집어먹은 표정이었지만, 기특하게도 울고불

고 난리를 치지는 않았다. 철웅은 소아의 머리를 한 번 쓰다듬어 주는 것으로 대신했다. 자신의 의형에게 다가가서도 별다른 말을 꺼내진 않았다. 마차 안에 들어가 일각이나 함께 있었음에도 그가 한 말은 이 한 마디가 전부였다.

"반드시… 찾아내겠습니다."

철웅은 마차를 나와 숲의 한편으로 걸어갔다. 그곳에서는 강추와 영우가 힘겹게 땅을 파고 있었다. 그들도 무인인데 땅을 파는 일 따위가 무에 힘들까만은, 동료의 묘 자리를 파는 일이 어떤 것인지는 해보지 않은 자는 모르는 일이었다. 더욱이 그 동료를 죽인 자들이, 다름 아닌 자신들이 오랜 시간 몸담았던 바로 그 무리임을 알게 된다면. 지금까지 그들의 뒤를 쫓았던 자들과 자신들이 무관하지 않음을 알게 되었을 때 어떤 심정이 되는지는 철웅도 짐작할 수 없었다.

퍽!

퍽!

한쪽에는 일삼의 시신이 뉘여 있었다. 그의 죽음을 위로했던 자들도 하나둘 자리를 피했다. 강추의 굳은 표정이, 영우의 멈추지 않던 눈물이 그들과 자신들 사이에 깊은 고랑을 파놓고 있었다. 철웅이 다가옴에도 그들은 땅을 파던 손을 멈추지 않았다. 무슨 낯이 있어 그를 볼 수 있겠는가. 이제 일삼의 죽음을 슬퍼해 달라 말하기도 힘들어졌다. 이미 몸과 마음이 떠난 련이었건만, 이 모든 상황에 대한 책임의 무게가 두 사람의 어깨를 짓누르고 있었다. 누가 시킨 것도 아니고, 그들을 나무란 적도 없었지만 그들은 스스로 자중하고 있었다. 잊고 있던 수인의 신분을 기억해 낸 것 같이……. 그들의 모습을 바라보던 철웅의 눈에 아픔이 어렸다.

"그만 하게."

철웅의 목소리에 강추와 영우의 손놀림이 멈추었다. 하나 고개를 들어 그를 바라보거나 다음 지시를 기다리지는 않았다. 그대로 멈추었을 뿐이다. 하지만 뒤이은 철웅의 말에 그들은 고개를 들지 않을 수 없었다.

"돌아오는 길에 다시 시신을 옮겨야 하니… 너무 깊이 파지 말게."

강추의 눈이 철웅의 눈을 좇았다. 무엇을 확인하고 싶었을까? 나락으로 떨어졌음에도 강추의 눈에는 일말의 기대가 지워지지 않고 있었다. 그리고 철웅은 그의 그런 기대를 저버리지 않았다.

"…일삼은 내 사람이었네. 내가 품는 것이 당연한 일이네. 그건… 자네들도 마찬가지……."

강추는 고개를 숙인 채 입술을 깨물었다. 영우의 눈에서 잠시 흐름을 멈추었던 눈물이 다시금 흘러내리고 있었다. 그들이 믿었던 사람은, 그 믿음을 저버리지 않았다. 무엇인가가 가슴속에서 북받쳐 오르려 하고 있었다. 영우의 눈물이 바닥으로 떨어져 내렸다.

"이 자리에서 맹세하겠네. 일삼의 빚은… 내가 반드시 받아내겠네."

"흑!"

영우의 입에서 결국 참았던 오열이 터져 나왔다. 한 자나 파진 구덩이 속으로 무릎을 꿇고, 자신의 팔뚝을 깨문 채 소리 죽여 오열했다. 강추의 고개가 하늘로 들렸다. 고인 눈물을 보이지 않으려 했겠지만, 뺨으로 내리는 눈물은 떠오르던 일출에 더욱 빛을 발하고 있었다.

"이전에도 그랬고, 앞으로 마찬가지. 자네들의 과거는 화산에서 모두 지워졌네. 차후 누구도… 그것을 따져 왈가왈부하지 못할 것이네.
내가… 그것을 허락지 않겠네."

강추와 영우에게 한 말이었지만, 그들에게 다가서던 고산덕과 하건
의 귀에 더 또렷이 들린 말이었다. 철웅은 걸음을 돌려 일삼의 시신으
로 다가갔다. 한쪽 무릎을 꿇고 앉은 철웅이 손을 내밀어 일삼의 얼굴
을 덮고 있던 옷자락을 내렸다. 평온한 모습. 고통스러웠을 것이 분명
함에도 그의 창백한 얼굴에선 고통의 흔적을 찾아볼 수 없었다. 만족.
두 눈을 감고 있는 일삼의 얼굴에는 여한은 없어 보였다.

"편히… 잠들게."

복수의 염도, 슬픈 탄식도 없었다. 덤덤한 한마디. 하나 그 음성에
담긴 쓸쓸한 기운이 듣는 이들의 가슴에는 더욱 슬프게 밀려들고 있었
다. 철웅은 오랜 시간 그렇게 일삼의 얼굴을 바라보고 있었다. 두 눈에
새겨놓겠다는 듯. 절대 잊지 않겠다는 듯. 철웅은 말없이 일삼의 시신
을 안아 들었다. 그리고 강추와 영우가 물러선 구덩이로 걸음을 옮겼
다. 이제는 쉬어야 할 때였다.

"곧… 돌아오겠네."

일삼을 조심스레 내려놓은 철웅이 건넨 마지막 말이었다. 철웅은 몸
을 돌려 그 자리를 떠났다. 그 뒷모습을 바라보던 강추의 손. 그 손에
들려 있던 삽을 건네받으려는 손이 있었다. 강추는 그 손의 임자를 보
곤 잠시 망설였지만, 이내 쥐었던 손에서 힘을 풀었다. 하건은 받아 든
삽으로 흙을 퍼 일삼의 시신 위에 뿌렸다. 영우에게서 삽을 건네받은
고산덕 역시 아무 말 없이 일삼의 시신 위로 흙을 뿌렸다. 근처로 모여
들었던 사람들이 하나둘 다가서고 있었다. 전립이 흙을 뿌렸고, 이승

수가 흙을 뿌렸다. 일삼의 모습이 흙에 묻혀 사라져 갈수록, 사람들의 가슴에는 더욱 또렷이 기억되고 있으리라. 마지막으로 삽을 건네받은 임정의 손끝이 조금 떨렸다.

"자네와는… 제법 좋은 친구가 될 수 있겠다 싶었는데……."

하루의 만남이었지만, 오래 기억에 남을 사람이었다. 임정의 손에서 뿌려진 흙이 마지막 남아 있던 일삼의 얼굴 위로 떨어졌다.

'나도 자네를 잊지 않겠네… 친구.'

임정은 죽은 일삼을 위해 친구의 자리를 비워주었다. 십 년을 만나도 사귀지 못하는 사람이 있고, 하루를 만나도 마음을 줄 수 있는 사람이 있다. 임정에겐 일삼이 그런 사람이었다. 비록 하루의 기억이었지만, 그 하루만으로도 마음 한편에 자리를 마련해 주었다. 그 마음을 머리로 이해할 필요도 없었다. 사내들의 우정은 그런 것이었다.


일행과 조금 떨어진 곳에서 철웅은 걸음을 멈췄다. 하늘을 물들였던 붉은 빛이 이내 푸르게 변해가고 있었다.

'어디에 있느냐…….'

철웅의 눈이 허공에 그려진 소소의 모습을 좇고 있었다. 한 사람을 잃었고, 한 사람을 빼앗겼다. 이미 죽은 이는 어쩔 수 없다 하더라도, 소소만큼은 반드시 구해내야만 했다.

'널… 지켜냈어야만 했는데…….'

철웅은 자신의 두 손을 바라보았다. 강해졌다. 지난날과 감히 비교해 볼 수 없을 정도로 그는 강해져 있었다. 하지만 부족했다. 소중한 이를 지켜야 했건만, 그는 그러지 못했다. 자신의 두 손이 한없이 초라

하게 보였다. 일류고수라는 고산덕을 제압했고, 악명 높은 천살장 추일마저 물리친 손이었다. 하나 아직 그의 두 손은 연약했다. 자신을 따르던 일삼을 지키지 못했고, 적도의 손에 사로잡힌 소소를 구해내지 못했다.

'다시는 누구도 잃고 싶지 않았건만……'

사람들은 알지 못했다. 날카롭게 철웅의 가슴을 후벼 파고 있던 자괴감을. 한없이 무력해지려 하던 그의 마음을. 전장에서 흘린 수하들의 피가 얼마이며, 그의 눈앞에서 죽어간 수하들이 그 얼마였던가. 이제는 그 모든 것에서 자유롭다 생각했었다. 다시는 자신의 눈앞에서 그런 일이 벌어지지 않을 것이라 생각했었다. 하지만 오산이었고, 착각이었다. 무림이라는 세계에 발을 들여놓은 이상, 그는 멈추었던 전쟁을 다시 시작하게 되었음을 깨달았어야 했다. 스스로 강해졌다는 자만이 그 자신도 모르게 생겨나고 있었다. 모든 일의 책임은 그에게 있었다.

'이들을 홀로 둔 것이 잘못이었다. 두 손에 담긴 힘에 홀려 사리를 분별하지 못했다. 모든 것이… 나의 탓이다.'

철웅의 고통은 이루 말할 수 없었다. 누구에게도 그런 모습을 보일 수 없다는 것이 가장 큰 고통이었다. 그도 알고 있었다. 이미 일행의 중심에 자신이 있었다. 원했던 일은 아니었으나, 그의 힘이 그렇게 만들었다. 그는 자신이 취해야 할 행동을 잘 알고 있었다. 사람들 앞에서 의연해야 했고, 이 모든 일들을 냉정하게 받아들여야 했다. 적어도 북평에 도착하기 전까지는 그래 보여야만 했다.

'이런 것을 바라고 세상으로 돌아온 것이 아니었는데……'

철웅은 두 눈을 감았다. 심마가 일고 있었다. 지금 그의 모습은 그가 원한 것이 아니었다. 모든 일이 그가 원치 않았던 방향으로 향하고 있었다. 그리고 자신이 해야 할 일도, 가야 할 방향도 점점 흐려져만 갔다. 천리가 다 무엇이고, 순리가 다 무엇이란 말인가? 썩은 판자 하나에 몸을 내맡긴 채 망망대해를 떠도는 느낌이었다. 암울했고, 어두웠으며… 희망이 보이질 않았다. 철웅의 안색이 점점 창백해져 갔다. 딛고 있던 발에 경련이 일고 있었다. 이마에 흐르던 식은땀은 금세 얼굴을 타고 내려 그의 가슴을 적시고 있었다. 주화입마. 그는 주화입마에 빠져들고 있었다.

'고통스럽다. 내 과거, 내 현재, 나의 미래… 모든 것이 고통스럽다. 이 고통에서 벗어나고 싶다……'

철웅의 손이 풀리며 경련하고 있었다. 일행과 떨어진 숲의 한곳. 그를 걱정하였기에 누구도 그의 사색을 방해하지 않고 있었다. 그리고 사색이라 생각하던 그의 발길은, 무인으로서 가장 경계해야 할 주화입마로 드는 발길이었다.

'그대들이 나를 부르는 것인가?'

환영이 보였다. 검은 철갑을 두른 사내들이 그의 앞에 신기루처럼 모습을 드러내고 있었다. 결코 잊을 수 없는… 그들이었다.

'장군님… 힘드십니까?'

'…힘이 드네.'

'고통스러우십니까?'

'…고통스럽네.'

철웅의 이성은 이미 그의 정신을 통제할 수가 없었다. 허옇다 못해 푸르게 변한 그의 안색이, 그의 상태가 위험하다는 걸 알리고 있었다. 하지만 일행의 누구도 그의 변화를 알아차리지 못했다. 그를 위한 배려였지만, 그러한 배려로 그는 죽어가고 있었다. 기혈이 역류하고 있었고, 통제를 벗어난 내력이 중구난방으로 날뛰고 있었다. 푸르게 변했던 안색이 붉게 변하고 있었다. 온몸의 혈관이 폭발할 듯 팽창하고 있었다. 그의 목숨이 경각에 달려 있었다.

'끈을… 놓아버리고 싶으십니까?'

'나는……'

학질에 걸린 사람처럼 부들거리는 육체와는 달리 그의 정신은 평온하기 이를 데 없었다. 영면으로 들기 전에 느껴질 고요. 그는 사선 위에 서 있었다.

'힘들다면… 고통스럽다면… 저희에게 오십시오……'

'나는… 나는……'

철웅의 안색이 검게 변하고 있었다. 역류한 기혈이 나갈 길을 찾지 못해 전신에 퍼진 미세한 혈맥들마저 팽창시켰기에 벌어진 현상이었다. 철웅은 육신의 고통과 정신의 혼란 속에서 방황하고 있었다. 그는 혼미한 정신 속에서 선택을 강요받고 있었다. 그는 인지하지 못하고 있었으나, 그것은 생과 사의 선택이었다. 그의 선택이 의지가 되어 그의 육체를 지배할 것이었다. 그는 선택해야만 했다.

'장군님… 어서……'

'……'

철웅은 선택했다. 그리고 마음속 한 걸음을 떼어놓기 위해 발을 들었다. 이 한 걸음이면 그는 폭발하는 혈맥들과 함께 생을 마감하게 될

것이다. 철웅의 발이 그들에게 다가서려는 그 순간, 그의 뇌리로 인자
하면서도 단호한 음성이 그들의 환영을 물리치며 들려왔다.

'…그것이 네가 선택한 길이냐?'

'…사부님?'

철웅의 이성에 가는 실 한 가닥이 걸렸다.

'네가 선택한 길이 정녕 그 길이더냐?'

'저는…….'

'너의 선택이 너 하나의 문제로 끝나는 것이 아님을 아직도 모르겠
느냐?'

'사부님…….'

'네가 천리의 한 부분임을 벌써 잊었느냐?'

'너무나… 너무나 힘이 듭니다…….'

철웅은 울고 있었다. 누구에게도 보이지 않았던 눈물을 그의 사부에
게 보이고 있었다. 강해지는 것이 힘들었다. 누군가를 잃어버린다는
것이 고통스러웠다. 누군가를 지키지 못한 것이 비참했다. 이 모든 것
을 짊어져야 한다는 것이 너무나 고통스러웠다. 그 짐을 벗어버리고
싶었다. 고통에서 벗어나고 싶었다.

'제자야… 불쌍한 아이야… 네가 가야 할 길이 가시밭길임을 아직
모르겠느냐? 너만이 그 길을 갈 수 있음을 아직 모르겠느냐?'

'왜 저여야 합니까? 도대체 왜…….'

'…너의 몫이다. 천리가 너를 그 길로 인도하고 있음이다. 그것은
외면해서도, 피해가서도 안 되는 것이다.'

철웅은 고개를 흔들었다. 그의 정신이 고개를 흔들자 그의 육체 역

시 고개를 흔들었다. 그의 코를 통해 피가 흘러내리고 있었다. 위험한 징조였지만, 그는 아직 선택하지 못하고 있었다.

'힘들고 고통스러운 것을 피하고자 하는 것은 인간의 본성이다. 하나 너는 그래서는 아니 된다. 그것을 하늘이 바라지 않고 있음이다.'

'그 하늘을 피하고 싶습니다. 그 하늘을 버리고 싶습니다.'

'누군가는 가야 할 길이다. 하나 네가 아니면 누구도 갈 수 없는 길이다.'

'왜… 왜 저입니까?!'

철웅은 울부짖고 있었다. 천명, 천리, 순리… 고통 앞에서 그러한 말들은 아무런 도움이 되질 않았다. 오히려 그를 고통 속으로 옭아매는 사슬일 뿐이었다. 하지만 구도인의 목소리는 한 점의 동요도 없었다.

'가야 할 길이 있다면… 가야 하는 것이 도리이니라. 길을 피해 어디로 갈 수 있겠느냐? 네가 서 있는 곳에서 되돌아갈 길은 없느니라. 멈추어 설 수도 없는 법이니라. 주어진 길을 가는 것이… 인간의 숙명이다. 네가 그 길을 포기하는 것은 네가 지금껏 걸어왔던 길을 포기하는 것이나 다름없는 일……. 너는 잃어야 할 자보다 구해야 할 자가 많은 숙명이니…….'

'구해야 할 자…….'

철웅의 눈에 한 가닥 광채가 머물고 있었다. 그가 걸어온 길. 혈로였을지언정 사로는 아니었다. 그는 주어진 삶 속에서 살기 위해 싸웠고, 구하기 위해 전력을 다했다. 작게는 그를 따르던 사람들… 크게는 위협받는 사람들을 구하기 위해 싸워왔다. 죽음을 내림에도 삶을 위함이 있었다. 그것이 지금껏 그가 걸어왔던 길이었다.

‘…누구를 어떻게 구해야 하는 것입니까? 어떤 길을 어떻게 걸어야 한단 말입니까?’

‘제자야… 그 길은 네 앞에 있구나. 그리고 그 길을 어떻게 걸어갈지는 걸어가는 자의 몫. 네가 가야 할 길을 의심하지 말거라…….’

사부의 목소리가 멀어지고 있었다. 철웅은 그 목소리를 붙잡기 위해 안간힘을 썼지만, 이미 그 목소리는 흔적조차 남아 있지 않았다. 환영들이 사라지고 있었다. 그를 감싸던 빛 무리들이 사라져 가고 있었다. 이성이 되돌아옴과 동시에 그의 전신을 압박하는 고통이 그의 이성을 마비시키고 있었다.

‘크으윽!!’

겨우 제자리를 찾아가던 혼미한 정신 속에서도 그는 신음을 뱉지 않았다. 단환의 고통을 참아내던 버릇이었지만, 그것이 그의 목숨을 건져 내는 한 가닥 지푸라기가 되어주고 있었다.

‘내력이… 폭주하고 있다. 사지가 찢어지는 것 같구나… 크윽…….’

철웅은 자신의 상태를 어림짐작하고 있었다. 온몸을 찢어발기는 듯한 고통이 그의 뇌리를 강타하고 있었다. 철웅은 조급해하지 않았다. 폭주하는 내기를 다스려야 한다는 것을 본능적으로 인지할 수 있었다. 그러나 어려웠다. 이미 모든 통제를 벗어나 야생마처럼 들끓는 내기였다. 사념의 집중만으로는 그 통제 불능의 내기를 다스릴 수가 없었다.

‘모든 것은 순리대로…….’

철웅은 고통을 참으면서 날뛰는 내기에 천천히 염을 불어넣었다. 진정하라는 염, 돌아오라는 염. 모든 것이 끝났으니 이제는 제자리를 찾아 진정하라는 염을 전신의 혈맥을 통해 끝없이 불어넣고 있었다. 내기를 다스린다는 것은 정녕 쉬운 일이 아니었다. 주화입마에 빠지면 외부의 도움으로 진기를 다스리기 전에는 헤어날 길이 없었다. 그것도 자신보다 높은 공력으로 내기를 눌러 다스려야만 했다. 하지만 철웅의 곁에는 아무도 없었다. 그 혼자만의 힘으로 주화입마에서 벗어나야만 하는 위험한 상황이었다. 철웅은 날뛰는 내기를 억지로 잡아끌지 않았다. 오히려 날뛰는 방향으로 더욱 힘을 분산시켰다. 단지 조금 더 쉽게 주천할 수 있는 방향을 잡아줄 뿐이었다.

'흐르는 것을 막는 것은 순리가 아니다. 벽으로 가 부딪쳐 흩어지는 것이 아니라면, 아무리 작은 길이라도 그 길로 흐르도록 그냥 두는 것이 났다.'

철웅은 진기의 소통을 원활히 하는 것에 모든 정력을 쏟아 붓고 있었다. 팽창한 혈맥으로 막대한 진기가 흘러들고 있었지만, 그 진기가 모두 원활히 소통하기에는 그의 혈맥은 좁기만 했다. 그럼에도 그는 진기의 흐름을 역류시키지 않았다. 역류는 혈맥의 폭발을 가속할 뿐이었다. 흐름을 이끄는 것만이 그가 할 수 있는 유일한 선택이었다.

'좁은 길로 흐르는 것이 고통스럽긴 하겠지만, 그렇게 흘러든 내기를 다스린다면……'

혈맥은 극이 없다. 돌고 돌아 제자리로 돌아오는 끝없는 순환의 연속이다. 폭주하던 진기도 언젠가는 다시 단전으로 모이게 될 것이다. 그렇게 주천을 끝내고 돌아오는 진기를 잡아야 했다. 시간이 걸리더라도, 미처 흐르지 못한 진기로 인해 혈맥이 파괴되더라도 지금은 그 방법뿐이었다.

'조금씩이지만… 다시금… 돌아오고 있다.'

철웅은 폭주를 끝낸 진기를 거두어들이고 있었다. 사방으로 풀려 있던 진기의 실타래를 단전이라는 얼레에 걸어 다시금 모으고 있었다. 이제 문제는 혈맥의 폭발이 먼저냐, 단전으로의 회수가 먼저냐뿐이었다. 그의 혈맥이 얼마나 버티느냐가 문제의 관건이었다.

'…진정되고 있다!'

철웅의 가슴속에 한 가닥 희열이 일고 있었다. 진기의 폭주는 계속되고 있었다. 하나 그 움직이는 진기의 양이 조금씩 줄어들고 있었다. 그와 비례해 단전으로 모이는 진기의 양은 늘어나고 있었다.

'천우신조… 위기는 넘겼다.'

철웅의 혈색이 조금씩 검은색에서 붉은빛으로 되돌아오고 있었다. 갈 곳을 못 찾아 사방으로 뒤엉키던 진기들이 조금씩 제자리를 찾고 있었다. 철웅의 전신은 땀으로 목욕을 하다시피 흠뻑 젖어 있었다. 그의 코를 통해 나오던 핏줄기도 멈춰 딱딱하게 굳어졌다. 얼마나 오랜 시간이 걸렸는지 모를 정도로 진기의 회수는 더디게 이루어지고 있었다. 하나 그것은 철웅의 느낌이었을 뿐. 그가 주화입마에 빠지고, 다시 그것을 진정시키는 데까지 걸린 시간은 반 각도 채 되지 않았다.

"휴우……."

철웅의 입에서 긴 한숨이 터져 나왔다. 온몸에 일던 경련은 끝나 있었다. 철웅이 천천히 감았던 눈을 떴다. 아침 햇살을 받아들이던 그의 눈이 투명하게 빛나고 있었다. 변한 것은 아무것도 없었다. 그의 옆을 스치던 바람도 그대로였고, 멀리서 떠날 준비를 하던 사람들 역시 그대로였다. 철웅의 눈빛이 조금 더 깊어졌고, 그의 의복이 비를 맞은 듯

흠뻑 젖어 있었다는 것. 그리고 그의 코에서부터 이어진 작은 혈선만이 그에게 심상치 않은 일이 있었다는 것을 알 수 있는 전부였다.

"몸이 참으로 가볍구나……."

철웅은 자신의 두 손을 들어 보며 이상한 기분에 휩싸였다. 온몸의 기력이 이전보다 더욱 충만한 듯했고, 고통이 가신 그의 전신에서는 알 수 없는 활력이 샘솟는 듯했다. 기연, 그는 또 다른 기연 하나를 얻은 것이었다. 전신으로 폭주한 내기가 혈맥들을 자극하며, 그의 몸 안에 있던 탁한 기운들마저도 대부분 걷어가 버렸다. 그의 코로 나온 피는 탁한 붉은빛이었다. 죽은 피를 토해낸 듯한 모습이었고, 그것이야말로 그의 혈맥에 쌓여 있던 탁기였다는 것을 그 자신은 모르고 있었다. 단지 온몸에 도는 상쾌한 느낌에 어리둥절해하고 있을 뿐. 철웅의 눈이 하늘로 향했다. 그리고 하늘에 있을 누군가에게 자신의 심정을 전하고 있었다.

"아직도 잘 모르겠습니다. 어떤 길을 어떻게 가라는 말씀인지… 하지만 조금은 알 것도 같습니다. 왜 그 길을 가야 하는지… 왜 제가 가야 하는지… 나의 길… 내가 가야 할 길……."

사람들에게 다가가는 철웅의 모습이 조금은 달라 보였다. 하지만 그 이유를 알 수 있는 사람은 아무도 없었다. 단지 비혈(鼻血)의 흔적과 흠뻑 젖은 모습만이 사람들의 궁금증을 자아내게 하고 있었다.


사람들은 철웅에게 벌어진 가장 큰 변화를 눈치채지 못하고 있었다. 지금껏 그의 걸음에 남아 있던 한 가닥 주저함이 사라진 것을 사람들은 알지 못하고 있었다.

　　　　　＊　　　　　　＊　　　　　　＊

“개방 무창 분타주 두주개입니다.”

“개방 무창 분타의 황만입니다.”

“냉한상이오.”

사람들의 수인사가 오갔다. 그들이 나타나 도와주지 않았더라면 주 왕자의 신변을 장담할 수 없을 지경이었으니, 고산덕과 하건 등의 감사는 쉽게 끝나지 않았다. 사람들과의 인사가 거의 끝날 무렵 철웅이 다가왔다.

“고맙습니다. 덕분에 큰 위험을 넘겼습니다.”

“별말씀을……..”

서로 포권하며 인사를 나누고 나자 철웅이 손을 내밀었다. 냉한상이 말없이 들고 있던 묵검을 철웅에게 건넸다. 허리에 검을 매던 철웅의 귀로 냉한상의 목소리가 들려왔다.

“훌륭한 병기였습니다.”

“…고맙습니다.”

평소 같으면 얼굴에 잔잔한 미소라도 지어주었겠지만, 가까운 이들을 잃은 직후였기에 덤덤히 말을 받았다. 철웅의 뒷모습을 바라보는 냉한상의 눈에 묘한 감정이 떠올랐다. 다른 사람은 감지할 수 없었지만, 오랜 친우인 두주개는 그 눈빛을 놓치지 않았다.

“자네… 저 사람을 아는가?”

“풍문을 들었지.”

“파검 장철웅. 당금 강호에 가장 빨리 퍼지고 있는 소문 중 하나지. 한데… 자네 눈빛이 이상하구먼. 그냥 소문으로 듣던 사람을 만난 눈 빛이 아닌데?”

“…그런 게 있어.”

“……?”

냉한상의 말에 두주개가 고개를 갸웃거렸다. 궁금한 것은 못 참는 그의 성격이라면 끈덕지게 눌러 붙어 그 이유를 알아냈어야 하지만, 지 금은 그보다 중요한 일이 있었기에 다음으로 기회를 미뤘다. 두주개는 걸음을 돌려 고산덕에게 향했다. 무창에서 여기까지 자신을 이끈 그것 을 확인해야만 했다.

“고 국주님, 잠시 시간을 내주실 수 있으십니까?”

“…그러지요.”

고산덕은 내심 내키지 않았지만 거부할 수 없었다. 개방의 분타주 정도 되는 인물이 직접 찾아온 것이라면, 분명 냄새를 맡아도 단단히 맡은 것이리라. 고산덕은 두주개를 이끌고 자신의 마차로 향했다. 마 차 안에 자리한 두 사람은 한동안 아무 말이 없었다. 두주개는 쉽게 입 을 열지 않고 있었다. 대화에는 수순이 필요한 법. 그는 자신이 꺼낼 말을 고산덕이 받아들일 수 있도록 시간을 주고 있었다.

“제가 이곳에 오게 된 이유를 말씀드리는 것이 순서겠군요.”

두주개는 무창 분타에서 화산파의 사람들을 만난 일부터 하남성을 찾아왔던 일, 주왕부에 들렀던 일과 인근에서 얻게 된 정보를 통해 이 곳까지 달려온 일들을 제법 상세히 말해 주고 있었다. 상대에게 진실 을 알아내려면, 자신도 상대가 대답할 수밖에 없도록 적당한 진실을 털어놔야 한다는 것이 그의 지론이었다. 두주개의 말을 듣던 고산덕의 표정이 점점 굳어져 갔다. 자신들의 행보를 찾아온 능력도 능력이었지만, 이 사실을 알게 된 이가 천하제일의 정보통이라는 개방이라는 데에 긴장하고 있었다.

"이 사실을… 또 누가 알고 있소이까?"

"아직은 저 혼자만 알고 있는 일입니다."

거짓말이었다. 개봉 분타의 철두개가 알고 있다. 자신의 행보 자체는 이미 총단의 귀에도 들어갔을지 모른다. 하지만 그것은 이 자리에서 중요한 것이 아니었다. 대답을 듣기 위해 거짓을 말했다. 그 말을 믿든 안 믿든 그건 중요한 것이 아니었다. 고산덕은 대답해야만 할 테니까.

"제가 궁금한 것은 이미 다 알아낸 셈입니다. 화산과 소림, 주왕부와 이어진 고리가 마교였다는 것. 오늘 제 눈으로 확인하였으니, 기실 이곳까지 온 목적은 달성했다고 봐야겠지요."

두주개의 말에 고산덕이 침음성을 흘렸다. 두 눈으로 직접 보았다는데 무슨 할 말이 있겠는가. 하나 두주개의 공격은 지금부터였다.

"한데… 한 가지 부족한 것이 있더군요. 그들이 무엇을 노렸는가. 그리고 지금 이 표행이 어디로 향하는가. 총단으로 올릴 보고서에 적을 내용이 너무 빈약해서 말이지요."

두주개의 눈이 은근한 시선을 보내고 있었다. 은밀한 위협이었다. 개방 총단으로 보고가 올라간다면 명백한 강호의 행적이 되어버린다. 자신들이야 상관없다. 표국이 표행을 한 것은 문제 될 것이 없으니. 하나 소림은 다르다. 마교의 준동을 알고 있었음에도 천하에 알리지 않았다는 것 하나만으로도 세인들의 손가락질을 받게 될지도 모른다. 더군다나 그 표행이 왕부의 왕자를 호송하는 일이라면, 얼마나 구구한 억측으로 이어질지 누구도 장담 못할 일이었다. 소림이 연왕부의 위세를 등에 업기 위해 마교의 준동까지도 함구해 버렸다. 경천동지하고도 남을 대사건이 될 수도 있었다. 그리고 그것은 눈앞의 두주개라는 자가 남길 보고서가 명백한 증거로 작용할 것이었다.

하나 쉽게 표행의 정체를 밝힐 수도 없는 입장이었다. 대외적으로는 의뢰받은 표행이었고, 대내적으로는 사문의 명이었다. 자신이 함부로 누설할 수 있는 사안이 아니었다. 두주개는 그 사안의 발설을 원하고 있었다.

"표행의 의뢰가 소림인 것만은 말씀드릴 수 있소. 하나 표물의 내용을 발설치 않는 것은 표국의 금기라는 것을 잘 아시겠지요?"

"물론이죠. 잘 알고 있지요. 하면… 화산과 소림으로 이어진 마교의 출현과 이후 벌어진 대호표국의 표행에 관한 부분은 제 임의로 적어 보고해야겠군요. 물론… 이 표물의 목적지를 알아야겠지만."

두주개의 의미심장한 표정에 고산덕은 할 말을 잃었다. 마교의 출현과 소림의 표행을 어떤 식으로 생각할지는 불을 보듯 뻔한 일이었다. 더욱이 표행의 도착지가 연왕부라는 것을 알게 된다면, 자신이 염려하는 상황이 벌어지고도 남을 일이었다. 고산덕의 입장은 난처하기 그지없었다. 자신이 판단할 만한 사안이 아니었다. 그렇다고 이대로 돌려보낼 수도 없는 일이었다. 자신 홀로 해결할 수 있는 일이 아님을 인정해야 했다.

"음… 잠시만 기다려 주시오. 내 독단으로 처리할 수 있는 문제가 아니오. 다른 사람들과 이야기해 볼 터이니 잠시만 기다려 주시오."

마차의 문을 열고 나가는 고산덕의 모습에 두주개는 내심 쾌재를 불렀다. 이곳에 오기 전까진 심증뿐이었다. 어떤 식으로 일을 풀어야 할지 난감하기만 했다. 한데 모든 고민은 이곳에서 결말이 났다. 강시의 출현 하나만으로도 모든 심증에 물증을 더하게 된 셈이었다. 두주개는 마차 밖으로 고개를 내밀어 냉한상을 찾았다. 고산덕이 다른 자들의 의견을 묻겠다는 것이 꺼림칙했다. 만사불여튼튼. 그에게는 든든한 우군이 있었다.

"이보게, 한상. 잠시만 이리로 와주게."

두주개의 전음을 받은 냉한상이 마차로 걸어오고 있었다. 그가 함께 자리하는 것만으로 무력으로는 자신을 위협할 수 없을 것이다. 두주개는 구파일방이라는 이름을 믿지 않는다. 정보를 관장하는 개방의 인물이었기에 더욱 그러했다. 그 허울 좋은 구파일방이라는 테두리가 얼마나 부실한 것인지, 서로의 목적을 위해 얼마나 쉽게 무너질 수 있는지 잘 알고 있었기 때문이다. 역시나 고산덕은 홀로 돌아오지 않았다. 그의 곁에는 두 사람이 함께해 있었다. 전립의 모습에 내심 긴장이 되었다. 하남 유림이 인정한 지자였다. 어떠한 논조로 자신을 공박하게 될지 모를 일이었다. 장철웅이란 자의 모습도 보였다. 그의 신위는 자신이 목도하였으니, 이 역시도 쉽게 긴장을 늦출 수 없었다. 하지만 자신의 옆에는 냉한상이 있었다. 천하제일쾌검이라 불리던 친우가 자신의 옆에 앉아 있었다. 긴장이 반으로 줄어들었다.

"우리의 행보에 관심이 많으시다고요?"

역시 서두는 전립이 장식하였다. 온유한 눈빛이 두주개의 눈을 바라보고 있었다. 하나 두주개 역시 꿇릴 것이 없는 입장.

"무례하다 생각지 마시길 바랍니다. 원래 호기심이 왕성한 성격이고, 또… 저희 개방이 하는 행사가 다 그런 것 아니겠습니까. 하하!"

개방의 이름을 끌어다 놓았다. 무림의 태산북두라는 소림이라 하더라도 개방의 이름을 무시할 수는 없었다.

"개방의 노고를 모르는 것은 아니나… 이것은 엄연히 표행이고, 상거래인데……."

"아, 제가 비록 거지이긴 하지만 그 정도로 소양없는 놈은 아닙니다. 표물이 무엇인지 궁금하긴 하지만, 억지로 알아낼 생각은 없습니다. 단지 저도 일문에 매인 몸인지라, 보고라는 것을 해야 하기 때문에……."

두주개는 자신이 가진 패를 유감없이 휘두르고 있었다. 숨겨야 하는 자와 알아내려 하는 자. 알아내려는 자가 유리했다.

"개방의 입장이 그렇다 하더라도 저희의 입장이라는 것이 있습니다. 한데 전후 사정을 모두 알아보지도 않고, 심증만으로 상부에 보고하겠다는 것은 개방의 정보에 대한 신빙성을 떨어뜨리게 되는 것은 아닌지……."

전립이 조금은 느긋한 눈빛으로 두주개를 바라보고 있었다. 명색이 정보를 다루는 문파에서 심증으로 된 보고서를 가지고 진위를 따지려 한다면 그 정보를 믿어줄 사람은 아무도 없다는 비꼼이었다. 하나 두주개도 생각해 둔 바가 있었으니.

"물론 그렇지요. 어찌 심증을 사실이라 우길 수 있겠습니까. 단지… 지금까지 제가 파악한 정보의 부실한 점을 보완하고자 이렇게 도움을 요청하는 것이지요. 지금이라도 보고서에 쓸 내용은 많습니다. 화산과 소림의 변괴야 이미 정보랄 것도 없는 것이긴 하지만, 강시의 출현은 화산과 소림의 변괴가 누구의 손에 의해 저질러진 것인지를 입증할 만한 충분한 증거가 될 것 입니다. 다만 문제는… 그 일이 벌어진 것이 벌써 넉 달이 넘었다는 것이지요.”

두주개는 마교를 지목하고 있었다. 그리고 넉 달, 아니, 소림에서 변괴가 일어난 한 달 전을 말하고 있었다. 천하 각처에 마교의 출현을 알리고도 남았을 그 시간을. 소림은 마교의 출현을 은폐하고 있었다는 오명을 벗기 힘든 입장이었다.

“그런…….”

전립조차 쉽게 반박할 수 없었다. 엄연한 사실이었고, 모종의 이유가 있었다고는 하나 그 이유를 발설키는 어려운 일이었기에.

“단도직입적으로 말씀드리지요. 저는 대호표국의 표행을 의심하고 있습니다. 이 표행을 노린 것이 마교라는 것 하나만으로도 세인들의 관심을 충분히 충족시킬 수 있을 것입니다. 다른 아홉 문파… 아니지, 화산도 알고 있었을 것이니 여덟 문파 역시 웃으며 넘어가지는 않을 것입니다.”

두주개의 말에 허점은 없었다. 억측이긴 했지만, 실현 가능성이 너무나 큰 억측이었다.

“저는 진실이 알고 싶은 겁니다. 타당한 이유가 있다면 총단에서도 이 사실을 함부로 다른 문파에 넘기지는 않을 것입니다. 저 역시 소림과 화산이 무슨 저의가 있다고는 생각하지 않습니다. 분명 무슨 이유가 있겠지요. 하지만 두 문파만이 끌어안기에는… 마교라는 이름이 얼마나 위험한지 다들 아시겠지요?"

두주개의 최후통첩이었다. 두주개의 진실에 대한 갈망은 너무나 간절했다. 소림과 화산을 적으로 돌릴 수도 있는 발언이었지만, 그는 끝내 자신의 생각을 모두 전달해 버렸다. 다른 이들도 그가 말하고 있는 것이 얼마나 위험한 것인지 잘 알고 있었다. 정보란 그런 것이었다. 단 몇 줄의 글귀로도 천하 대문파에 엄청난 오명을 안겨줄 수 있는 위험한 것이었다. 그러한 위험을 볼모로, 그들은 선택을 강요받고 있었다. 진실을 밝혀 위험을 벗어날 것인지, 끝내 함구하여 위험을 감수할 것인지…….

"소림에 물어보시오."

두주개의 눈이 목소리를 따라 움직였다. 그 사내는 무표정하게 자신을 바라보고 있었다.

"지금… 무어라고 하셨는지…….”

"소림에 물어보라고 했소."

"장 대협?!"

두주개보다는 오히려 고산덕이 더 놀라고 있었다. 이것은 협상이었다. 서로 간에 내놓을 것과 내놓지 않을 부분을 놓고 벌이는 협상. 그것을 철웅이 나서 원점으로 되돌리고 있었다.

"나는 그대의 말이 무슨 뜻인지를 모르겠소. 개방의 정보가 그렇게 공신력있는 것이라면 뜻대로 하시오. 하나 당사자에게 진위를 알아보지도 않은 그런 정보를 누가 믿어줄지 궁금하구려. 당연히 우리는 당사자가 아니오. 우리는 의뢰를 받고 움직이는 사람들. 의뢰인에게 가서 따져야 할 것을 우리에게 따지는 것이야말로 이해하기 힘든 노릇이구려. 개방이 그렇듯 떳떳한 문파라면 어찌 소림의 산문을 두드려 보지 않는 것이오?”

“소림은 봉문에⋯⋯.”

“그대가 소림에 도착할 때쯤이면 한 달의 봉문은 이미 풀려 있을 것이오.”

두주개는 말문이 막혔다. 신경도 쓰지 않던 자로 인해 주도권이 넘어가게 생겼다. 두주개의 눈에 불쾌하다는 듯한 눈빛이 어렸다.

“내가 하고자 하는 일은 무림의 대의를 위한 일입니다. 무림의 안녕을 위해 진실을 구하고자 함인데⋯⋯.”

“강호의 안녕을 위한다 말하면서, 어찌 우리의 안위는 생각지 않으시오? 필유곡절이라 했소. 그대들이 강호의 태산북두라 부르는 소림에서 그러하지 못했다면 응당 그에 걸맞는 이유가 있었을 것. 우리가 어떤 상황에 빠졌었는지 잊으셨소? 그대들의 도움은 고맙소. 그대들의 도움으로 구사일생했다는 것을 잊지는 않겠소. 하지만 지금의 이 처사는 납득하기 힘들구려.”

철웅의 눈에 위엄이 어렸다. 두주개의 가슴에 서늘한 무엇인가가 지나치고 있었다. 꾸짖음. 철웅은 두주개를 꾸짖고 있었다.

“위험한 일을 행하고 있소. 이것이 소림의 영달을 위한 일이었다면, 나는 결코 나서지 않았을 것이오.”

“당신이⋯⋯.”

두주개는 말을 삼켰다. 당신이 뭐기에 나서고 말고를 따지느냐 묻고 싶었지만, 파검이라는 명호와 그가 보여준 무위는 그리 호락호락한 것이 아니었다. 하지만 철웅은 덤덤히 그가 묻고자 했던 것에 답하고 있었다.

"나는 장철웅, 화산의 아홉 번째 장로요."

철웅의 품에서 나온 하나의 영패. 두주개는 역시나 개방의 인물이었다.

"매화조령?"

협상은 결렬되었다. 철웅은 단호하게 거절했고, 친절하게 방법까지 제시해 주었다. 소림에 물어봐라. 답해 줄 것이다. 두주개는 분하다는 표정으로 그의 말에 반박하였다.

"화산파 역시 소림과 한배를 탔다 말하지 못할 상황 아닙니까? 먼저 마교의 습격을 받은 것은……."

"갈!"

철웅의 입에서 결국 일갈이 터져 나왔다. 좌중 모두 놀랐고, 냉한상의 손이 흠칫 떨렸다. 덤덤했던 눈빛에 차가운 한광이 서리고 있었다.

"많은 사람이 죽었다. 내 식솔 역시 희생되었고, 내 여식 같은 아이가 적도들에게 납치되었다. 어떠한 대답을 바라는 것인가? 내 친족 같은 식솔들을 모두 희생시키더라도 얻어야만 하는 무엇인가가 있다라는 대답이 듣고 싶은 것인가!"

철웅의 일갈에 두주개의 입이 벌어진 채 다물려지지 않고 있었다. 잠자코 있던 고산덕과 진립의 눈에도 노기가 일고 있었다. 자신들의 일행도 적지 않게 희생당했다. 그들이 이러한 억측을 감당해야 할 이유가 없다는 것을 깨달았다. 그것은 냉한상도 마찬가지였다.

"그만 해라."

냉한상의 손이 두주개의 손을 잡아갔다. 두주개의 눈이 철웅의 눈을 좇고 있었다. 고개 숙이던 두주개의 입에서 작은 탄식이 흘러나왔다.

"죄송합니다. 결례를 범한 것 같군요. 사과드리겠습니다."

두주개의 말에 사람들의 노기가 조금씩 풀어지고 있었다. 누구를 탓하겠는가. 그 역시도 자신의 임무에 충실했을 뿐인데.

"정히 진실이 궁금하다면… 우리와 함께 가도록 합시다."

고산덕의 말에 두주개의 고개가 들렸다.

"분타주의 말도 일리가 있소. 마교의 마수가 표면으로 드러나고 있는 이상, 언제까지 함구해 달라 말할 수는 없소. 이렇게 합시다. 지금까지의 일은 개방의 총단으로 보고하도록 하시오. 단, 우리와 동행을 하되 동행하지 않는 것처럼 보고해 주시오. 그리고 모든 진실이 밝혀질 때까지 함께합시다."

고산덕의 말에 두주개는 생각에 잠겼다. 내심을 짐작할 수 있는 제의였다. 많은 사람들이 죽었다. 하지만 위험이 없을 것이라는 적포 복면인의 말만 믿고 표행을 계속하기에는 불안함이 남아 있다. 하지만 천하제일쾌검이라는 자가 눈앞에 있다. 어떤 식으로든 붙잡고 싶었을 테지. 두주개는 냉한상을 바라보았다. 어찌 되었든 이들에게 필요한 건 자신이 아니라 자신의 친우였으니.

"나는 괜찮다."

냉한상은 무감한 목소리로 답했다. 두주개는 그의 대답에 고마워했다. 위험할지도 모르는 길임에도 선뜻 대답한 친우의 마음이 참으로 고마웠다.

"좋습니다. 그렇게 하도록 하지요."

그들의 동행은 그렇게 이루어졌다. 하지만 두주개조차 모르고 있는

것이 있었다. 동행을 허락한 냉한상의 결정이 자신과의 우정 때문만이
아니었음을.

냉한상의 시선이 머물고 있던 곳에는 철웅이 있었다.

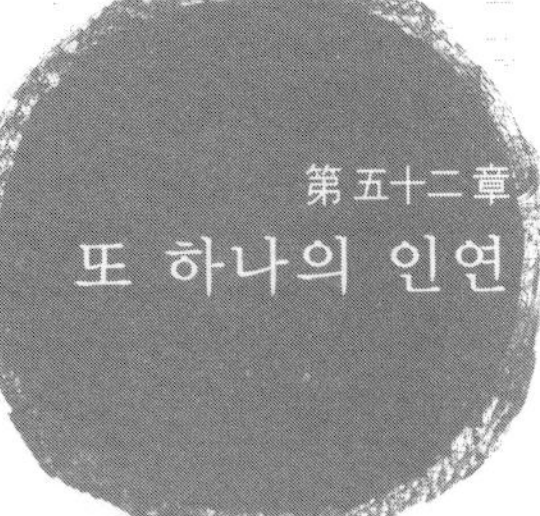



# 또 하나의 인연

# 또 하나의 인연



"…앞으로의 행보에 차질은 없겠는가?"

"감히 허언을 드릴 수는 없사오나, 큰 고비는 넘겼사오니 그리 심려치 않으셔도 될 듯하옵니다."

주고치와 하건은 그 대화를 끝으로 아무 말이 없었다. 마차가 출발하고 반나절이 지나갈 때까지도 그들이 타고 있던 마차에선 아무런 목소리도 들리지 않았다. 주고치가 타고 있던 마차는 원래대로 행렬의 중앙에 놓여 있었다. 고산덕 일행이 타고 있던 마차가 선두에서 일행을 지휘하고 있었고, 철웅이 타고 있던 마차가 후미를 따르고 있었다. 출발할 때와 바뀌지 않은 것은 마차의 위치뿐이었다. 일삼이 앉아 있던 마부석에는 강추가 자리하였고, 주고치의 마차는 죽은 위사들을 대신해 표두 역산이 고삐를 잡고 있었다. 마차의 주변을 따르던 표사는 세 사람이 전부였다. 그나마 냉한상과 두주개, 임정 등이 합류하였기에 마차를 따르는 인원의 구색이 그리 적어 보이진 않았다.

희생이 너무 컸다. 표사 열 명 중 일곱이나 죽었고, 낙양부의 위사는 전멸했다. 일삼이 죽었고, 소소는 납치되고 말았다. 전력적으로야 어떨지 모르지만, 사람들의 마음이 편할 리 없었다. 표사들을 잃은 고산덕은 눈에 띄게 말수가 줄었고, 위사들을 잃은 하건 역시 주고치가 타고 있던 검은 마차에서 나올 생각을 하지 않고 있었다. 철웅 역시 마차에 들어선 후 모습을 보이지 않고 있었다. 사람들은 말을 아끼고 있었다. 그러자 입을 맞춘 것이 아닌, 자연스러운 행동들이었다. 떠나간 이들의 빈자리를 메우기 위한…….

해가 질 무렵이 되어 당도한 곳은 안국(安國)이라는 곳과 백여 리 정도 떨어진 한 야산이었다. 사람들은 그곳에서 여장을 풀었다. 서너 개씩 피우던 모닥불도 두 개면 족했다. 사방으로 퍼지는 음식 냄새에 몰려드는 사람도 없었다. 침울한 분위기는 모두에게 전염되어 있었다.

"조금 더 드시지요."

하건이 절반도 채 먹지 않은 그릇을 보며 말했으나, 주고치는 고개를 저었다.

"나는 되었네."

"그래도……."

하건은 더 권해보려다가 그릇을 들고 조용히 마차에서 나왔다. 하건이 들고 나온 그릇을 본 육당이 혀를 찼다.

“한 그릇을 비우는 걸 보질 못하겠군.”

“목소리가 너무 크네.”

육당의 투덜거림을 전립이 나무랐다. 냉한상과 두주개 일행은 조금 멀리 떨어진 곳에서 식사를 하고 있었다. 아직은 그들과 쉽게 어울리지 못하는 듯한 모습이었다. 그릇 하나를 비우고 내려놓던 임정이 이상하다는 듯 물었다.

“점심도 한 그릇을 다 못 비우시더니… 혹 무슨 문제라도 있으신 건가?”

임정의 말을 받은 것은 하건이 아니라 육당이었다.

“문제는 무슨. 단지 이런 음식을 고귀하신 목구멍으로 넘기기 힘들 뿐이지.”

육당의 말에 임정이 끓고 있는 솥단지를 바라보았다. 누런 국물 위로 건포와 건량들이 풀어진 모습. 죽도 아니고 국도 아닌 그런 모습이었지만, 특별히 비위에 맞지 않을 그런 모습은 아니었다. 입 안이 썼다.

“그만들 하게. 그것이 어찌 그분의 탓이겠는가. 이미 힘든 고초를 겪으셨고, 집으로 돌아가는 길마저 평안치 않으니 그러시는 것이지.”

고산덕의 나무람에 육당은 입을 다물었다. 할 말이 없어 다문 것은 아니었는지 불만 어린 표정은 쉬이 풀어지지 않았다. 주 왕자에 대한 호칭은 ‘그분’ 으로 통하고 있었다.

두주개는 눈치가 빠른 자였다. 다른 이들에게도 모두 그리하라 일렀지만, 두주개나 냉한상이 있는 자리에서는 주고치에 대한 이야기는 입도 벙긋하지 못하게 하였다. 검은색의 마차에는 단지 위중한 표사들이 있다고만 해놓았다. 언제나 검은 차양으로 가려진 마차이니 억지로 보려 하지 않는 한 들킬 염려는 없었다.

고산덕의 건너편에 앉아 있던 철웅의 눈은 모닥불을 향해 있었다. 그 자신에게 너무나 많은 일들이 닥쳤고, 풀어야 할 난제가 적지 않았기에 주 왕자에게까지 신경 쓸 겨를이 없었다. 하나 가장 큰 이유는 철웅 자신이 의도적으로 주 왕자를 피하고 있다는 것이었다.

'그러고 보니 장 대협은 아직까지 한 번도 주 왕자에 대한 이야기를 꺼낸 적이 없구나.'

하건은 문득 떠오른 의문에 고개를 갸웃거렸다. 자신의 상관과 막역한 사이다. 낙양부주와 막역한 사이라는 것은 그 역시 평범하지 않은 배경을 가진 사람이라는 뜻이다. 그의 무위가 놀랍기는 하나, 그것이 배경이 될 수는 없었다. 군부에 몸담았던 사람. 적어도 낮은 직위에 있지는 않았으리라. 그런 사람이 황실의 인물에게 무신경하다는 것이 쉽게 이해되지 않았다. 그런 하건의 궁금함은 전립과 철웅의 대화에서 작은 실마리 하나를 찾고 있었다.

"장 대협은 그분과 인사를 나누신 적이 없지요?"

"그렇군요."

전립의 지나가는 듯한 말에는 뜻이 있었다. 처음 무리와 합류했을 때야 대호표국이 일행을 주재했고, 철웅의 존재가 그리 크지 않았기에 유야무야 넘어갔었다. 하지만 지금은 달랐다. 어떤 식으로든 철웅은 일행의 한 축으로 자리잡고 있었기에, 주 왕자를 알현하여 그의 존재를 알릴 필요가 있었다. 고산덕이 의식적으로 목소리를 낮추며 말했다.

"그러고 보니 그렇군요. 장 대협이 아직 그분과 일면식도 하지 않았다는 것을 내 미처 생각지 못했습니다."

"괜찮습니다. 그런 불필요한 요식은 피하고 싶군요."

철웅의 말에 놀란 것은 말을 꺼낸 고산덕만이 아니었다. 좌중의 인물들 모두 조금 놀랐다는 표정으로 그를 바라보고 있었다.

'황실의 인물. 그것도 대명 최고의 실세라는 연왕의 장자와 안면을 트는 일을 거부하고 있다. 이것을 어떻게 이해해야 하는가?'

하건은 철웅의 행동을 이해할 수 없었다. 단순히 강호인의 생리라 말하긴 힘들었다. 제아무리 관부와의 인연을 달갑게 생각지 않는 강호인이라 하더라도 쉽게 거부하기 힘든 호기였다. 더군다나 철웅은 군에 몸담았던 인물. 하건의 생각은 다른 사람들의 생각과는 조금 달랐다.

'황실을 피하고 있는 것이 아닐지도 모른다. 주 왕자… 그 사람을 피하고 있는 것이다.'

철웅은 말없이 비워진 그릇을 내려놓으며 자리에서 일어섰다. 그의 뒤를 좇던 눈빛들이 하나둘 돌아섰지만, 하건의 시선만은 그가 마차 안으로 사라질 때까지 거두어지지 않았다.

철웅은 아무도 없는 마차 안으로 들어가 등을 기댔다.

'소소를 데려간 자는 분명 나를 다시 찾을 것이라 했다. 원하는 것이 있다는 뜻이다. 그렇지 않다면 소소를 인질로 삼을 이유가 없다. 일행이 목적도 아니다. 주 왕자를 노린 것이었다면 그 자리에서 결론을 볼 수도 있었다.'

적포 복면인의 무공은 자신보다 훨씬 높았다. 아마 그 혼자라 하더라도 장내의 인물들을 충분히 해할 수 있었을 것이다. 하나 그는 그러지 않았다. 아귀가 맞지 않았다. 소림의 본산을 넘보았을 정도로 그의 목숨을 원했다. 그를 노리고 보낸 이들만 기백에 달했다. 귀주사괴와 괴불나탁이라는 고수들도 있었다. 강시라는 마물까지도 그를 노렸다. 한데 이제 와 공세를 거둔다는 것은 이치에 맞지 않았다. 마음만 있었다면 고산덕을 억류했던 그의 수하들과 함께 자신들의 목을 쉽게 취할 수 있었을 텐데……

'그는 나를 지목했다. 나에게 원하는 것이 있다고 했다. 그는… 내가 누구인지 알고 있다는 뜻인가?

철웅은 그 점이 가장 혼란스러웠다. 그가 지칭한 자신은 장철웅을 이야기하는 것이 아니었다. 아마도 자신의 진면목을 알고 꺼낸 이야기일 것이다.

'나에게 원하는 것… 내가 가진 것이 없거늘 무엇을 원한단 말인가? 또 원하는 것이 있다면 왜 그 자리에서 말하지 않았는가?

이해할 수 없는 일들의 연속이었다. 자신과 소소의 관계를 짐작할 일도 없었다. 한데 그는 소소를 인질로 삼았다. 자신의 가장 큰 약점이 될 수 있는 그 아이를……

'단순히 여아이기 때문에 인질로 삼았다는 말은 납득하기 힘들다. 더 어린 소아도 있었다. 도무지 그자의 의도를 알 수가 없구나.'

하나 그가 할 수 있는 일은 없었다. 소소의 행방을 알아낼 도리도 없었고, 그가 원하는 것이 무엇인지도 알 수 없었다.

'그자는 분명 고수다. 무현 진인이나 검절 어른과도 비교할 수 있는 절정의 고수다. 이해할 수는 없지만, 그는 분명 나에게 소소의 안위를 걱정하지 말라고 했다. 털끝만한 상처도 없을 것이라 호언장담했다. 무언가를 진정으로 원하고 있다는 뜻이다. 그 정도의 고수가 호언장담

을 했다면…….'

한편으론 안심이 되었다. 그자는 적일지언정 자신에게 적의를 보이지 않았다. 그 이유를 알 수 없다는 것이 그의 마음을 답답하게 하고 있었다. 철웅의 상념은 계속되었지만, 답이 없는 고민들의 연속이었다. 하나 무력감에 지쳐 가지는 않았다. 그는 자신이 가야 할 길에 대한 미련을 털어버린 상태였다. 어떠한 슬픔과 고통이 그를 기다리고 있더라도… 다시는 그 길을 의심하거나 후회하지 않을 것이다.

그런 철웅의 상념을 깨우는 목소리가 들려왔다.

"잠시… 볼 수 있을까요?"

철웅의 눈이 반짝였다.

'냉한상이라는 자다.'

철웅은 가만히 자신의 허리에 매달려 있는 검을 매만져 보았다. 그가 자신을 보자는 이유가 자신이 생각하는 그런 것이 아님을 바라면서.

철컥.

마차의 문이 열리며 철웅이 모습을 드러냈다. 그의 시선이 십여 장 정도 떨어진 나무 무리에 닿아 있었다. 너른 평원에 어울리지 않는 굵은 고목들이 옹기종기 모여 있는 그곳. 차가운 눈빛의 한 사내가 그를 향해 손짓하고 있었다. 철웅은 걸음을 내딛어 나무 무리를 향해 걸어가고 있었다. 그가 부르고 있는 그곳으로.

그를 잠시 바라보던 냉한상이 입을 열었다. 그가 철웅을 보고자 한 이유를 이야기하고 있었지만, 철웅이 생각했던 그런 이유는 아니었다. 하나 냉한상의 이야기를 들은 철웅의 눈은 놀라고 있었다.

"혁련옹이란 분을 아십니까?"

검집에서 손을 떼었다. 철웅은 그와 나눌 대화가 검으로 나눌 것이 아니라는 것을 느끼고 있었다. 그리고 이야기가 제법 길어질 것이라는 것도.

*       *       *

낯설다. 눈을 뜬 소소가 느낀 첫 번째 느낌이었다. 그리 어둡지는 않았다. 넓은 방이었고, 유등이 두 개나 밝혀져 있었다. 바람도 들지 않는지, 유등의 일렁임을 따라 움직이는 그림자들의 춤사위도 없었다. 천천히 둘러보았다. 창문을 꾸미고 있는 격자가 이 집이 결코 평범한 가옥이 아님을 말해 주고 있었다. 소소가 누워 있던 침상도 홑이불 하나 깔린 객잔의 침상이 아니었다. 목화로 채워진 비단 이불. 아기자기한 수가 아름답게 놓여 있는 휘장. 평생 한 번 볼 수 있을까 말까 한 진귀한 물건들이 방 안을 채우고 있었지만, 그것들은 잠에서 깬 소소에게 낯설음 이상의 의미를 부여하지 못하고 있었다. 낯설다는 것은 두려움이 될 수도 있다. 더욱이 자신이 왜 이곳에 있는 것인지 모를 경우는 두려움이 배가된다. 지금 소소의 상태가 그랬다. 자신이 이 별천지 같은 곳에 있는 이유도, 이 별천지 같은 곳이 어디인지도, 그 어느 것도 알 수가 없었다.

'난… 마차에 있었는데……'

소소의 마지막 기억은 마차의 딱딱한 좌석과 귀를 틀어막고 싶은 병장기들의 소음이었다. 마치 악몽에서 깨어난 듯한 모습이었지만, 눈앞의 생경한 풍경은 소소에게 있어 또 다른 악몽일 뿐이었다.

'아저씨…….'

소소의 마음이 철웅을 부르고 있었다. 그리고 그 부름에 답한 것처럼 내실의 문이 열렸다. 하지만,

"깨어났구나."

문을 열고 들어오던 사람은 철웅이 아니었다. 붉은 장포를 두른 노인, 적유였다.

"어려워하지 말거라. 너를 위협할 것은 아무것도 없다."

적유의 말은 틀렸다. 지금 소소가 있는 이 자리, 이 공간 자체가 소소에겐 위협이었다. 소소는 이불을 잡아끌며 뒤로 물러섰다.

"어색하겠지만 한동안 이곳에서 지내주어야겠구나."

적유는 마치 자신의 방인 양 다탁으로 걸어가 차 한 잔을 따랐다. 고요한 공간에 찻물 따르는 소리가 요란하게 울렸다.

"나는 적유라고 한다. 네 이름은 무엇이냐?"

적유의 부름에도 아무런 대답이 없었다. 차를 한 모금 마신 적유의 시선이 소소에게 향했다.

"내 너를 구속하고는 있지만, 너를 해할 생각은 없다."

적유가 한 걸음 다가서자 소소의 몸도 그만큼 물러섰다. 하지만 적유가 다가서야 할 공간은 넓었고, 소소가 무를 수 있는 공간은 적었다. 등으로 느껴지는 벽의 느낌에 소소는 더 이상 물러나는 것을 포기했다.

"얼마나 함께 지내야 할지 모른다. 서로 이름 석 자 정도는 알아야 대화가 될 것 아니겠느냐."

적유의 말에 소소의 고개가 무릎 사이로 파묻혔다. 그 좁은 어깨가

가늘게 떨리는 것을 보니 적유로서도 더 이상 대화를 강요할 마음이
가셨다.

　"조금 더 지내다 보면 너도 적응하게 될 것이다. 그가 내 생각대로
협조만 잘해준다면, 너 역시 고이 보내어줄 생각이고."

　적유의 눈이 소소의 어깨를 바라보고 있었다. 흐느낌은 멈추지 않았
다. 적유는 더 이상 말을 걸어 그녀의 감정을 자극하지 않는 것이 좋겠
다는 판단을 내렸다. 그리고 그 판단을 따라 몸을 돌려 방을 나섰다.

　"아저씨는… 어떻게 되었죠?"

　적유의 발걸음이 멈추었다. 맑은 목소리. 저자의 웅성거림 속에서도
찾아낼 수 있을 만큼 맑고 고운 목소리였다. 적유의 몸이 돌아섰다.

　"네가 말하는 아저씨가, 장철웅을 말하는 것이냐?"

　"……."

　"그가 너의 아비더냐?"

　"……."

　위아래로 움직였던 고개가 좌우로 도리질 쳤다. 소소의 눈에는 채
떨어지지 못했던 눈물이 그렁하게 매달려 있었다. 소소의 검은 눈동자
가 적유를 바라보며 울먹이고 있었다. 적유의 눈에 소소의 두려움이
전해져 오는 듯했다.

　'여린 아이. 철웅이란 자의 고통이 어디에서 연유했던 것인지 알 것
같구나.'

　적유는 소소의 모습이 비를 맞아 떨고 있는 어린 사슴과 같다 느끼
고 있었다. 너무나 연약하여 홀로 설 수 없는 존재. 누군가의 그늘을
절실히 요구하는 크고 검은 눈동자. 사람의 마음을 움직이는 묘한 매

력을 풍기고 있었다.

"그는… 무사하다."

적유는 어떠한 자극적인 말도 할 수 없었다. 철웅에게 얻어낼 무언가를 위해 그녀를 사로잡았다. 이후의 일을 생각하자면 다른 마음을 품지 못하게 두려움을 심어주거나, 최소한 자신이 처한 상황을 인지시키기라도 해야 했다. 하지만 적유는 그러지 못했다. 오히려 그녀를 안심시키기 위한 말을 꺼내놓고 있었다. 어느새 그녀는 적유에게도 보호받아야 하는 존재로 인식되고 있었다.

'너를 함부로 대할 생각은 없었다. 어쩌면… 너는…….'

적유는 생각을 끝내지도 못한 채 방을 빠져나갈 수밖에 없었다. 이대로 더 있다가는 저 어린 소녀의 눈물에 홀려 그냥 풀어줄지도 모른다는 어처구니없는 생각이 들었기 때문이다. 그렇게 문을 열던 적유의 등 뒤로 가냘프지만 영롱한 목소리가 들려왔다.

"소소… 장소소예요."

적유는 가만히 고개를 끄덕여 보이곤 방을 나섰다. 문을 닫고 나오며 문밖에 시립해 있던 하북지단의 무사들을 불러 일렀다.

"저 안에 있는 아이에게 무슨 일이 생기면 즉시 나에게 보고해라. 그리고 저 아이의 수발을 드는 시녀들 이외에는 누구도 저 방에 들여보내지 마라."

"존명!"

잔뜩 긴장한 무사 둘이 고개를 숙였다. 련의 좌사는 그들에게 있어 하늘과도 같은 존재였다. 하늘의 명이 내려왔으니, 목숨으로 완수하리라.

'소소라……. 빙화가 살아 있다면… 저 아이쯤 되었을까?'

복도를 따라 걸어가던 적유의 뇌리로 잊고 있던 이름 하나가 떠오르고 있었다. 안타까움은 그의 가슴속에도 있었다.

*　　　*　　　*

냉한상과 마주 선 철웅이 먼저 입을 열었다. 혁련웅과 자신의 관계를 쉽게 말해 주기엔 서로에 대해 아는 것이 너무 없었다.
"그 질문이 어떻게 나오게 된 것인지가 궁금하군요."
"제 질문에 먼저 답해 주시면 말씀드리지요."
냉한상의 표정은 냉막했다. 강팍한 얼굴. 일 년 열두 달 볕이라곤 받아보지 못한 듯 창백한 얼굴이었다. 표정마저 없으니 깎아놓은 목상에 회칠을 한 것처럼 보이기까지 했다. 목소리의 고저도 없었다. 갈라지거나 쉰 목소리는 아니었지만, 음의 고저가 없다는 것만으로도 인간의 냄새를 절반쯤 지워내고 있었다. 하지만 눈은 달랐다. 차가운 유리알 같던 그의 눈에 무엇인가가 걸려 있었다. 철웅이 진실을 말하고자 마음먹은 이유는 순전히 그의 눈에 걸린 그것 때문이었다.
"그분이 평안하시길 바라는 사람입니다."
"……?!"
냉한상의 눈빛 속에서 그것이 꿈틀거렸다. 철웅의 말이 어떤 의미를 가진 것인지 그는 알고 있는 것이다. 평생을 떠돌던 사람. 그가 평온하기를 바란다는 것은, 그의 기행을 인정하면서도 안타까워한다는 뜻이었다. 냉한상의 눈에 걸렸던 그것이 안도하였다.

"조금 더… 설명해 주시겠습니까?"

냉한상의 목소리가 처음으로 멈칫했다. 철웅은 그런 그의 변화를 존중했다. 누군가의 안부를 알고자 함이 간절하다는 것을 느낄 수 있었기에.

"휴우… 그분을 처음 만난 것은……."

철웅은 혁련웅과의 만남에서부터 이별. 화산에서의 재회와 그간의 이야기를 모두 말해 주었다. 자하신검의 이야기를 빼놓자니 이야기를 진행시킬 수가 없어 그저 어떤 물건이라고만 했다. 하지만 냉한상은 그 물건이 어떤 것인지 이미 알고 있었다.

"그 물건이 바로 자하신검이겠군요."

"……?!"

철웅은 놀랐다. 풍문만으로 짐작했다 말하기엔 너무나 정확한 추리였다. 이번에는 냉한상이 그의 놀람을 진정시켜 줄 차례였다.

"두주개라는 친구의 정보는 제법 쓸 만한 편입니다. 함께 일을 하려면 그런 정보를 어느 정도 공유해야만 하지요."

냉한상의 말에 철웅은 어느 정도 수긍할 수 있었다. 단신으로 마교를 쫓아 이곳까지 따라온 자였다. 그간의 노력이라면 화산에 누가 들었고, 어떠한 물건이 전달되었는지 모를 리 없었다. 개방의 정보력도 무시할 수 없을 것이다. 천하에 거지가 없는 곳은 없었고, 화음에 거지가 없을 리도 없었다. 게다가 자하신검의 소문은 이미 널리 알려진 공공연한 비밀이었다.

"그분은 어디로 가셨습니까?"

"그것은 나도 모릅니다. 한 통의 서찰이 마지막이었습니다."

"서찰. 당신은 그분께 특별한 사람이었군요. 그녀에게는 한마디 안부조차 남기지 않았던 분이……."

냉한상의 목소리에 기운이 빠졌다. 실망 같기도 했고, 부러움 같기도 했다. 철웅은 그와 혁련웅의 관계가 남다름을 느낄 수 있었다.

"혹시… 그분이 어떤 곳으로 찾아오라 하지 않던가요?"

냉한상의 물음에 철웅은 선뜻 대답하지 못했다. 아직은 그를 완전히 신뢰할 수 없었기 때문이다. 혁련웅을 노리는 사람은 아직 많았다.

"그런 말씀을 남기긴 하셨지만……."

"산동(山東)의 태산(泰山)이겠지요. 역시 그분은 당신도 선택하셨군요."

냉한상의 말에 철웅은 쉽게 갈피를 잡지 못하였다. 태산에 꼭 한 번 들르라던 혁련웅의 말은 그가 남긴 서찰에 분명히 남아 있었다. 그도 언젠가는 그를 찾아 들를 생각이었다. 아니, 그의 내심은 북평의 일이 끝난 후 산동에 들러 돌아오는 길을 염두에 두고 있었다. 그 사실을 냉한상이 어찌 알았는지도 궁금했지만, 그가 자신을 선택했다라는 말만은 도무지 그 의미를 알 수가 없었다.

"…아무래도 이번엔 당신이 말해 줄 차례인 것 같습니다. 당신은 그분과 어떤 관계입니까?"

철웅의 말에 냉한상이 고개를 들었다. 가슴 깊숙한 곳에 담아두었던 이야기를 꺼내려면 시간이 필요했다. 그리고 그 이야기 중에는 즐거운 추억도 있었지만 아픈 상처도 있었다. 굳이 모두 꺼내어 보일 필요는 없었지만, 그는 그 이야기를 가려내지 않았다.

"내게 검을 들게 한 분이 바로 그분이었습니다."

"……."

"나는 부모의 원수를 갚아야 했고, 그분은 그것을 가능하게 해준 분입니다. 사부라 부를 수는 없지만, 평생 갚지 못할 은혜를 입은 셈이지요."

철웅은 고개를 끄덕였다. 혁련옹이 어떠한 길을 걸어가는지 잘 알고 있었다. 인연자를 찾아 신병이기를 전하는 자. 그에게 인연자는 한이 많은 자일 수도 있고, 천생의 무골일 수도 있었다. 인연은 귀천을 따지지 않는 것이니 그에게 신병이 이어져 있다 해도 하등 이상할 것이 없었다.

"당신에게도… 그분의 인연이 닿아 있었구려."

"나처럼 그분과 인연이 닿은 자가 천하에 일백이 넘습니다. 이십 년 전에 일백이었으니, 지금은 얼마나 될지 알 수 없지요."

철웅은 고개를 끄덕였다. 그는 일평생 걸음을 멈추지 않은 사람이었다. 그런 사람의 족적이 어찌 얕을 수 있을까. 그런 철웅의 귓가에 냉한상의 목소리가 다시금 전해지고 있었다.

"태산을 꼭 찾아가십시오. 그분의 청함을 받은 것은… 아마 당신이 처음일 겁니다."

"……?"

철웅은 그의 말에서 이상한 느낌을 받았다. 마치 청함이 아닌 다른 이유로 찾은 이는 이미 여럿 있다는 듯한 말투였다. 그리고 그런 이들이 있다면 그것은 그의 신병을 전해 받은 사람들일 공산이 가장 컸다. 그리고 그런 곳에 오라고 한 혁련옹의 의도를 종잡을 수가 없었다.

"당신도 태산에 가본 적이 있소?"

냉한상은 말없이 고개를 끄덕였다. 하나 그 이상의 대답은 하지 않았다. 직접 가보라는 듯, 자신은 아무 말도 할 수 없다는 듯. 이야기를 마친 냉한상이 먼저 걸음을 옮겼다. 자신이 궁금했던 것은 모두 알았다는 듯 가벼운 발걸음이었다. 그렇게 대여섯 걸음을 옮기던 냉한상이 문득 멈추며 입을 열었다.

"태산의 이야기는 절대 발설해서는 안 됩니다. 태산을 찾을 때 역시 홀로 가야 합니다. 그것이 그곳의 불문율입니다."

"……."

"앞으로… 당신을 내 식구처럼 생각하겠습니다. 솔직히 이 말은 당신도 그리해 주길 바란다는 뜻입니다."

냉한상의 말은 차갑고 냉정했다. 하지만 그만큼 거짓이 느껴지지 않는 목소리였다. 다시 몸을 돌리던 냉한상이 마지막 말을 전했다.

"그리고… 혹시 그분을 만나게 되거든 전해주십시오. 그녀는 행복했었다고."

"……?!"

아무런 설명도 없이 냉한상은 걸음을 옮겼다. 무언가 사연 깊은 이야기 같건만, 그 사연을 들려줄 그는 이미 시야를 벗어나 사람들이 있는 곳으로 사라져 가고 있었다. 철웅은 걸음을 떼지 않고 그 자리에 서 있었다. 냉한상이란 자. 천하제일의 쾌검이라 불리는 자가 그분과 인연 지어진 사람이었다니. 잠시 잊고 있었던 인연이 그의 마음을 푸근하게 만들고 있었다.

'그분은 지금쯤 어디에 계실까?

철웅의 눈이 어둠과 동화되어 경계가 흐릿해진 지평선을 바라보고 있었다. 그는 지금도 저 너머 어딘가를 떠돌며 인연을 전하고 있을 것이리라. 그것이 그의 숙명이니까.

하지만 철웅의 생각과는 달리 혁련웅의 발걸음은 멈추어 서 있었다. 몇 달째 자신의 뒤를 쫓고 있던 귀찮은 꼬리를 떼어내기 위해…….

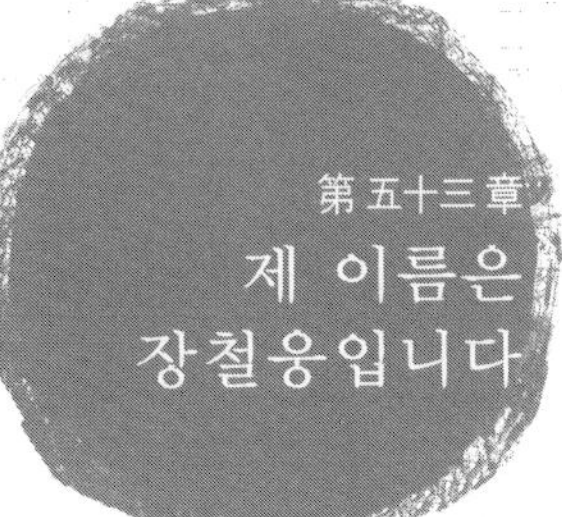
第五十三章
제 이름은
장철웅입니다

# 제 이름은 장철웅입니다



호북에서 안휘로 넘어가는 길은 강서와 인접한 장강의 물줄기를 타고 오르는 길이 가장 빠르고 편하다. 하나 간혹 장강의 북쪽으로 이어진 잠산(潛山)으로 나 있는 산길을 이용하는 자들도 있었다. 산세가 그리 험하지 않고, 주변의 풍광도 나름의 흥취가 있어 유유자적하는 자들이 즐겨 찾는 길 중 하나였다. 물론 조금만 인적이 드문 길로 빠져들면 몇몇 녹림의 산채가 관장하는 길목으로 들 수도 있었으나, 잠산으로 이어지는 길은 관도라 불리기에 손색이 없을 만큼 정비가 잘되어 있어, 길을 잃을 염려는 없었다. 그런 이유로 다른 산들에 비해 찾는 이도 많았고, 녹림도들의 출현도 적은 편이었다. 그런 넓은 산길이 한눈에 내려다보이는 어느 산의 중턱에 그가 앉아 있었다. 주름 가득한 노안을 보고 있으면 이 높은 곳까지 무슨 기력으로 올라왔는지 놀랄 일이었지

만, 그의 옆에 놓여 있는 두 자 길이의 철쾌를 보면 아무리 둔감한 녹
림도라 하더라도 이 노인이 결코 예사 노인이 아님을 느낄 수 있을 것
이다. 그런 노인의 눈이 산세를 훑고 있었다. 그리 높지도, 그리 낮지
도 않은 산세였으나 안휘의 평원만큼이나 넓게 자리한 산맥의 위용은
보는 이의 입에서 감탄이 절로 나오게 하고 있었다.

"수려하나 경박하지 않고, 고고하면서도 위엄이 있으니 어찌 안휘
땅에 황산(黃山)만이 산이라 말할 수 있겠는가."

절경의 흥취에 취한 것인지 노인의 입에선 절로 경탄이 흘러나오고
있었다. 하나 노인의 눈은 절경에 머물고 있었으나 그의 귀는 사방으
로 열려 있었다.

"이 좋은 절경을 앞에 두고도 그늘에 숨어 웅크리고 있는 자가 있으
니, 그런 쓸모없는 눈은 달아 어디다 써먹을꼬."

노인의 말에 대꾸할 자는 없어 보였다. 길이라고 해봐야 두 사람이
비좁게 어깨를 마주하고 겨우 지나칠 수 있을 만큼 좁았으니, 사람의
통행이 빈번할 리 없었고, 마주치는 사람이 있을 리 없었다. 하나 노인
의 목소리는 길게 늘어진 길을 따라 넓게 퍼지고 있었다.

"하루라면 우연이라 생각할 것이고, 열흘이면 인연이라 생각할 수
있다. 하나 한 달이 지나고, 석 달이 지나도 말없이 따르는 그림자만
보이니, 이 무슨 귀신놀음이란 말인가."

노인의 눈이 처음으로 산세를 벗어나 길가로 향했다. 그의 시선이
닿은 곳은 노인이 앉아 있던 자리에서 이십여 장이나 떨어져 있는 길
가의 한 곳. 나무만 무성한 곳이었고, 엉덩이를 걸칠 바위 하나 보이지
않는 곳이었다. 하나 노인의 눈길은 그 한곳에서 떨어질 줄을 몰랐다.

"사람의 이목을 피하는 것이 얼마나 피곤한 일인지 그 누구보다 내가 잘 알지. 근 석 달이나 내 뒤를 소리없이 쫓았으니 얼마나 피곤하겠는가. 내 모른 척해 줄 터이니 잠시 나와 쉬고 난 후 다시 뒤를 따르시게."

노인의 말에 대꾸하는 이는 없었다. 대꾸는커녕 바스락거리는 송서(松鼠:다람쥐) 한 마리 보이지 않았다. 하나 노인의 시선은 기어코 잠잠했던 산길에 움직임을 만들어내고야 말았다. 한 사람의 모습이 길에서 솟아나오고 있었다. 신기라 불릴 수 있을 만큼 신묘한 은잠이었다. 바닥에 쌓인 낙엽이 제법 많았음에도, 어깨 위에서 떨어져 내리는 낙엽 한 장 볼 수 없었다. 말 그대로 그 인영은 땅에서 솟고 있었다.

"허허, 사람이 맞기는 맞구먼. 난 또 하도 기척이 없어 귀신이 달라붙은 줄 알았지."

그 인영은 한참을 망설이다가 걸음을 옮겨 노인에게 다가갔다. 노인은 그가 다가오고 있음에도 아무런 움직임도 보이질 않았다. 자신을 쫓아온 자가 분명함에도 한 가닥의 긴장도 보이질 않고 있었다. 그 사내가 자신의 일 장 앞까지 다가올 때까지도 그 모습을 바라만 보고 있었다.

"멀쩡한 사지 육신에, 용모도 단정해 보이는 자가 어찌 음지만 찾아 숨어 다녔누?"

노인의 농에도 사내의 표정은 변화가 없었다. 노인은 가만히 웃으며 자리를 권했다.

"그렇게 서 있지 말고 자리에 앉게. 늙은이를 내려다보는 건 예의가 아니지."

사내는 사양하지 않고 몇 걸음 더 다가가 자리에 털썩 주저앉았다. 무언가 마음의 정리를 끝마친 듯한 단호한 동작이었다. 그 모습에 노인의 눈이 이채를 발했다.

"그래, 왜 나를 쫓았는가?"

"…한 가지 물건을 찾고 있소."

"나에게 물건을 맡긴 적이 있는가?"

"……."

노인, 혁련옹의 농에 사내는 아무 말이 없었다. 그런 농에 일일이 대꾸하기엔 그들 사이가 편하다 말하기 곤란했다.

"딱딱한 사람이구먼. 자네 같은 사람과 대화하는 건 나로서도 별로 반갑지 않지."

"……."

사내, 노예 패는 아무 말이 없었다. 어차피 이렇게 들킨 이상 더 말해 무엇 할까. 임무를 완수하지 못하였으니, 그에게 남은 선택은 그리 많지 않았다.

"당신의 뒤를 쫓고 있었소. 당신이 가진 신병들 중 내가 찾는 것이 있을 것이라 판단했기 때문이오."

"……?"

정공법이었다. 그 자신도 말로 하는 싸움에는 자신이 없었을뿐더러, 늙은 생강과 길게 대화를 나누어 득 될 것이 없었다. 그리고 정공법에 대한 대답은 보통 정공법으로 돌아오게 마련이었다.

"무엇을 말하는지 모르겠네만, 나는 달라고 주는 사람이 아니네."

단호한 거절이었다. 두 번째 방법은 쓰고 싶지 않았다. 노인을 공경

해서가 아니라 자신이 없었기 때문이다.

"그렇다면 나와 함께 가주셔야겠소."

"허허, 이런 천둥벌거숭이 같은 친구를 보았는가? 물건을 달라고 생떼를 쓰더니, 이제는 함께 가자고? 이게 도대체 무슨 경우인가?"

어이가 없다는 듯 말하는 혁련웅이었지만, 그의 눈에는 즐겁다는 표정이 역력했다. 그런 혁련웅의 눈빛이 패의 자존심을 흔들고 있었다. 하지만 패는 자신과 상대의 차이 정도는 감지할 수 있는 사람이었다. 자신은 이 늙은이의 상대가 되지 못한다.

"싫다면… 돌아가겠소."

"……?"

이번에는 혁련웅이 놀랄 차례였다. 도대체 이게 무슨 귀신놀음인지, 강호에서 잔뼈가 굵은 혁련웅조차 어리둥절할 정도였다. 자신의 뒤를 몇 달씩이나 뒤쫓던 그자가 맞는 것인지 의심스러울 정도였다. 물건을 못 주겠다 하니 같이 가자 하는 것까지는 당연한 수순이라 할 만큼 숱하게 겪은 일이었다. 한데… 못 가겠다는 대답에 잘 가라고 대답하는 꼴이니 당혹스러울 수밖에.

"이보게, 이렇게 갈 거면 그동안 내 뒤는 왜 쫓은 것인가?"

"…명 때문이었소."

"명?"

"그렇소. 하나 이제 명을 수행할 수 없게 되었으니… 돌아가 달게 벌을 받을 수밖에."

대책없는 자였다. 아니, 그렇게 보였다. 임무라는 것에 대한 열의가 없어 보이는 답이었다. 하나 혁련웅은 그의 대답 속에 숨은 또 다른 답을 찾고 있었다.

'이자는 그 물건을 찾는 것을 원하지 않고 있다. 필시 돌아가면 고초를 겪게 될 것이 분명함에도……'

그 스스로 벌을 받겠다 하였으니 십중팔구 그렇게 되리라. 그리고 그 벌이 어떤 것인지는 모르지만, 얼굴에 떠오른 표정만으로도 그리 손쉽게 끝날 것이 아님을 알 수 있었다.

'거참, 이런 경우는 또 처음이군. 아니… 두 번째인가?

이런 황당함은 일전에도 겪었다. 그 답답한 친구는 상대가 되지 않음을 뻔히 알면서도 무모하게 검을 휘둘렀었다. 이유랄 것도 없었다. 불쌍한 여아가 치도곤당하는 것이 못마땅하다는 이유 하나뿐이었다.

'이놈… 이놈에게서 그 친구의 냄새가 나는구나.'

혁련웅의 노안에 따뜻한 빛이 어렸다. 벌써 그와 헤어진 지 석 달이 넘었다. 눈앞의 괴인이 뒤를 따른 것이 그때부터였으니. 철웅에게서 느꼈던 느낌과 같은, 뭔지 모를 묘한 동질감을 눈앞의 사내에게서도 느낄 수 있었다.

'이자도… 강호인이 아니구나.'

그랬다. 무공을 익히고 있었지만, 강호인이 아니었다. 호기심이 일었다. 이자는 그와 어떻게 다른지.

"자네, 찾는 것이 무엇인가?"

"그건… 말해 줄 수 없소."

혁련웅은 하마터면 파안대소할 뻔했다. 이 천둥벌거숭이 같은 사내가 자신을 놀리고 있는 것이 아닌가 싶을 정도였다.

"아니, 물건을 찾는다면서 그 물건이 무엇인지 말해 줄 수 없다고?

지금 물건을 찾기는 찾는 것인가?”

“그럴… 사정이 있소.”

“그럼 그 물건은 어찌 찾을 생각이었는가?”

“그건…….”

패는 입을 다물었다. 더 무슨 말을 할 것인가. 이미 모든 일은 수포로 돌아갔는데. 처음부터 내키지 않는 일이었다. 자신은 임무를 실패했으니, 돌아가 문책을 당하면 그만이었다. 이 노인과 드잡이질을 벌이고 싶은 생각도 없었다. 이길 자신도 없었을뿐더러, 혹 자신이 있다 하더라도 노인을 힘으로 굴복시켜 무엇을 얻어내고 싶은 생각은 추호도 없었다. 단지 이 노인의 뒤를 쫓다 보면 나름의 근거지라는 것을 찾을 수 있을 것이고, 그곳에 잠입하여 물건을 찾아 돌아온다는 계획이었다. 이제는 모두 수포로 돌아간 계획이지만.

“흠… 중요한 물건인가?”

“……?”

혁련옹이 턱밑의 수염까지 쓰다듬으며 진지하게 물었다. 오히려 당황한 것은 패였다. 이 노인이 지금 무슨 말을 하고 있는지, 어떤 의미로 말을 꺼내고 있는지 갈피를 잡을 수 없었다. 하나 밑져야 본전이었다.

“매우… 중요한 것이라 들었소.”

“자네에게?”

“나에게는 아니지만… 내게 명을 내린 분께는 중요한 것이오.”

“그걸 찾지 못하면 자네가 벌을 받게 되고?”

“…….”

패의 얼굴로 나타나는 나이만 마흔 중반은 되어 보였다. 그런 사람이 벌을 받는다는 말을 들으면 얼마나 민망스럽겠는가. 패는 가만히 고개를 돌려 대답을 회피했다. 물론 긍정을 나타내는 행동일 뿐이었지만.

"나는 인연을 따르는 사람이네."

"……?"

"자네에게 인연이 있다면 그 물건이 자네에게 이어진다 해도 이상하지는 않을 것이네."

"……."

패는 말이 없었다. 설마 하는 마음이 일었지만, 그런 일이 일어날 경우는 결코 없을 것이라 생각하였다. 그런데 그 결코 벌어지지 않을 것이라 여긴 일이 벌어지고 있었다.

"그 물건이 어떤 것인지 말해 주게. 나에게 있다면… 주도록 하지."

"……?!"

패는 자신의 귀를 의심했다. 분명 주겠다고 했다. 수십 년간 련에서 그토록이나 찾아 헤매었던 자를 만난 것도 기적과 같은 일인데, 그런 자가 자신의 입으로 물건을 주겠다고 했다. 단, 그것이 무엇인지 말해 준다면…….

"그것이 무엇인지는 말해 줄 수 없지만……."

패는 자신의 품속에서 한 장의 서찰을 꺼내었다. 그 움직임에도 혁련웅은 눈 하나 깜짝하지 않았다. 사내에게서 위협을 느끼기엔 서로 간의 무공 차가 너무나 컸다. 패의 품에서 나온 서찰은 한 장의 그림이었다. 곱게 접힌 그 서찰을 들고 있던 패가 잠시 망설이는 눈치였다.

하나 고민은 오래가지 않았다.

"이것이오."

패가 건넨 서찰을 펴 보던 혁련웅의 눈에 기이한 빛이 일렁였다.

'번(幡)?'

그 서찰에 그려진 그림은 하나의 번이었다. 한쪽에 써진 깨알 같은 글에는 그 번의 세밀한 부분이 설명되어 있었다.


가로 일 장에 세로 반 장. 앞에는 주작의 형상이 그려져 있고, 뒤에는 세 개의 불꽃이 그려져 있다. 번의 재질은 천잠이고, 붉은 주사를 먹여 피와 같은 붉은 기운이 어려 있다. 주변을 두른 수실은…….


깨알 같은 글을 읽어 내려가던 혁련웅의 눈에 이채가 띤 것은 중간쯤 읽어가던 그때였다.

'이것은…….'

기를 설명하던 글귀와 그림으로 그려진 기의 모습. 왠지 낯익은 모습이었다.

'어디서 보았더라…….'

혁련웅의 고민은 오래지 않아 그 해답을 찾을 수 있었다.

'이건… 철웅 그 친구의 창이 아닌가?'

혁련웅은 천하의 누구보다 병기에 관해 능통한 자였다. 어설픈 그림이었지만, 그것은 틀림없는 철웅의 창이었다. 혁련웅은 패를 바라보았다. 그의 시선을 받고 있던 패는 그 눈빛에 의아해했다.

"음… 미안하네만… 나에겐 없는 물건일세."

혁련옹의 말에도 패의 표정엔 변화가 없었다. 자신의 말대로 그 자신에겐 그리 중요한 일이 아니었나 보다.

'차라리 잘된 일. 그 물건이 혁련옹의 손에 있었다면… 그분의 신변에 큰 문제가 생겼다는 뜻일 테니……'

패는 안도하고 있었다. 명에 의해 혁련옹의 뒤를 따르고는 있었지만, 패는 그것이 혁련옹에게 없기를 바랐다. 소교주는 아직까지도 자신의 정체를 모르고 있었는지, 혁련옹의 추적을 자신에게 맡겼다. 친절하게 총단에서 보내준 도해까지 손수 전해주며. 한수는 주작홍기의 존재를 모른다. 혁련옹을 쫓는 이유가 단순히 신병이기들을 얻기 위함인 줄로만 알고 있다. 자신이 누구인지도 모른 채, 백련교의 그 누구보다도 주작홍기에 대해 잘 알고 있다는 것을 모른 채 이 임무를 맡겼다. 차라리 마음이 편했다. 이것으로 그의 임무는 끝난 것이다. 돌아올 형벌 따위는 두렵지 않았다. 그분의 안위가 무사하다는 희망을 발견했으니, 그것으로 족했다. 이제는 돌아갈 시간이었다.

"그럼… 더 있어야 할 이유가 없겠군요."

"떠날 텐가?"

"더 이상 귀찮게 해드리지는 않을 것입니다. 그간 결례했습니다."

패는 정중히 고개를 숙여 인사를 올리기까지 했다. 정녕 강호인이라 보기 힘든 행동이었다. 그렇게 뒤돌아 떠나는 패를 바라보던 혁련옹이 문득 그를 불러 세웠다.

"이보게, 이렇게 만난 것도 인연일 텐데, 나는 자네의 이름 석 자도 모르는구먼."

패의 걸음이 문득 멈추었다. 뒤돌아서던 그의 얼굴에 시름 같은 것은 찾을 수가 없었다.

"제 이름은… 철웅, 장철웅입니다."

혁련웅의 놀란 눈은 창천에 떠올라 있던 태양만큼이나 크게 떠지고
있었다.

*　　　　*　　　　*

"도찰원? 그자들이 무슨 일로?"

"배첩에는 의례적인 방문인 것처럼 쓰여 있었지만……."

"그런데?"

"…찾아온 이가 좌첨도어사(左僉都御史) 언상입니다."

부복해 있던 관리의 답에 정적이 찾아들고 있었다.

사방 오 장에 이르는 넓은 집무실. 벽 한쪽 전체가 창으로 되어 있어
양광이 들지 않는 자리를 찾기 힘들었다. 창으로 쏘아져 들어오는 매
서운 빛 무리에, 집기들의 뒤편으로 숨어든 그림자들이 고개도 내밀지
못하며 긴 꼬리를 숨긴 채 해가 지기만을 기다리고 있었다. 부복해 있
던 사내 역시 그런 빛 무리가 부담스러웠는지, 무릎을 꿇은 것으로도
모자라 무릎 깊숙이 고개를 파묻고 있었다. 하나 단상으로 상하가 구
분된 집무실의 상석, 그 넓은 자리에 앉아 있는 인물은 빛 무리 따위에
동요하지 않고 고개 숙인 무관을 무심히 내려다보고 있었다.

"허허, 좌첨도어사라… 마양수가 고생 좀 했겠군."

언상의 이름을 모르는 자가 천하에 몇이나 될까. 그가 들은 풍문은

일수로 산을 부순다는 믿을 수 없는 무공에 관한 이야기와 십수 년째 정칠품 감찰어사로 남아 있던 그의 기행이 대부분이었다. 그런 자를 하루아침에 정사품의 자리에 올려놓는다는 것은 천하의 마앙수라 하더라도 쉬운 일은 아니었을 것이다. 평소 사이가 좋지 않았던 그가 이리 뛰고 저리 뛰었을 모습을 상상하니 절로 웃음이 터져 나왔다.

너털웃음이 실려 있던 목소리는 조금 갈라져 있었고, 그 갈라짐은 목소리의 임자가 지나온 세월이 적지 않았음을 말해 주고 있었다. 하지만 늙은이 말벗이나 해주려 방으로 날아들던 꽃잎 하나가 생경한 모습에 화들짝 놀라 바닥으로 떨어져 내렸다. 상석에 앉아 있던 노인, 아니, 노인이라 여겼던 목소리의 주인은 많이 잡아봐야 사십대 중반으로밖에 보이지 않는 중년인이었다. 비록 보통 사람의 세 배는 됨직한 거구였고, 목이 머리통보다 두꺼울 정도로 비대한 모습이었기에, 주름 하나 없는 피부와 혈색 좋은 홍안과 더불어 그의 나이를 쉽게 짐작키 어렵게 하고 있었다.

"지금 어디 있다고?"

"무선낭중(武選郎中) 이계호(李啓晧)와 접견 중입니다. 불러올까요?"

관리의 물음에 중년인이 손을 들어 물렸다. 필요없다는 뜻이었고, 더 들을 말이 없으니 물러가라는 뜻이었다. 부복해 있던 관리는 엉거주춤한 자세로 일어나 문으로 뒷걸음질쳤다. 문을 열고 나갈 때까지도 고개를 들지 못하는 걸 보면, 중년인의 위치가 얼마나 높은지 짐작할 수 있었다.

"도찰원이라……. 한 몇 년 조용한가 싶더니 또 무슨 바람이 불어 이곳까지 찾아온 걸까."

중년인은 보통 사람의 두 배는 됨직한 손가락으로 자신의 턱을 두드리며 생각에 잠겼다. 오 년 전 양국공 남옥이 사사되었을 때도 도찰원의 아이들이 들쑤시는 바람에 잠을 제대로 이루지 못했다. 물론 그들과 엮일 만한 것을 남길 만큼 그의 처세가 서투르지 않았기에, 그들은 아무런 소득 없이 물러서야만 했다. 그 후 도찰원에서 병부를 비롯한 육부의 행적을 조사하는 것이 연례 행사처럼 되어버렸다. 황제의 윤허가 있었고, 육부와 사이가 나쁘지 않은 금의위였기에 도찰원이 그 역할마저도 하고 있는 것이었다. 이번에도 그런 형식적인 움직임이라 생각할 수 있었다. 하지만 이번에는 상황이 조금 달랐다.

'언상이라…….'

자신이 기억하고 있을 만큼 언상의 이름은 육부 내에서도 유명했다. 권절이라는 거창한 별호를 달고 다니는 자. 또 그에 걸맞는 무공으로 육부의 대신들이 은연중 영입하기를 바라마지 않는 자. 그런 자가 찾아온 것이었다.

'냄새를 맡았다고 하기엔 너무 이른 감이 있는데…….'

사내, 병부상서 옥영진은 고개를 갸우뚱거렸다. 도찰원이 무엇인가 낌새를 차리고 움직였다는 것은 비약이었다. 아직 그가 계획하고 있는 일은 시작도 하지 않았고, 준비 중인 계획을 눈치챘다 하더라도 자신을 의심하기엔 무리가 있었다.

'내가 너무 예민하게 반응하는 것인가?'

옥영진은 요즘 들어 자신의 기력이 많이 쇠해졌다 느끼고 있었다. 입맛도 떨어지고, 신경도 날카로워져 있었다. 새로 들인 첩도 보름 만에 출입이 뜸해졌고, 날마다 올라오는 산해진미도 그의 후각을 자극하지 못하고 있었다.

'…아무래도 그를 한번 만나봐야겠군.'

옥영진의 시선이 넓게 뚫린 창으로 향했다. 이제 겨우 사월이건만 벌써부터 처마 아래 마른 땅에선 아지랑이가 피어오르고 있었다. 올 여름도 무더울 것이다. 웅천부의 여름은 말 그대로 가마솥에 들어가 있는 것처럼 무덥기로 유명하다. 오죽했으면 무한(武漢), 중경(重慶)과 더불어 열하삼요(熱夏三窯)라 불렸겠는가. 하지만 이글거리는 태양을 바라보던 옥영진의 눈은 양광의 열기보다도 뜨겁게 타오르고 있었다.

'이번 여름은 다를 것이다. 내가… 황궁에서 보내는 첫 여름이 될 것이니… 후후.'

그의 입가에 만족스러운 미소가 걸리고 있었다. 비록 당겨지지 않는 안면근육의 미세한 꿈틀거림이었지만, 겉으로 표현할 수 없던 그의 마음을 달래는 유일한 움직임이었기에, 그 미소는 앙천광소보다도 더한 만족감을 지니고 있었다.

*　　　　*　　　　*

"출타?"

"그렇소. 긴한 용무로 궁에 드셨으니, 퇴궁하시면 바로 댁으로 가실 것 같소."

언상의 눈 꼬리가 조금 씰룩거렸다. 배첩을 들인 지 사흘이 지났다. 한데 이제 와서 입궁이라니? 자신을, 아니, 도찰원의 위엄을 기만한 것이나 진배없는 일이었다. 그런 그의 표정을 바라보던 사내는 속으로 미소 짓고 있었다.

'후후, 그대가 아무리 정사품 좌첨도어사라 하여도, 이곳은 병부다. 정식 명령서가 없는 한 그대가 어찌해 볼 수 없는 곳이지.'

옥영진의 손짓으로 물러났던 사내. 병부시랑(兵部侍郎) 왕치우(王治右)는 언상 일행에게 옥영진의 뜻을 전했다. 그는 자신의 이야기를 받아들이는 자가 어떨지 생각할 필요가 없는 명령 전달자일 뿐이었다.

"…하는 수 없지. 잠시 둘러보고 가겠소."

"그러시오. 아! 병부에는 처음이신 것 같으니 주의 한 가지 드리겠소. 도찰원에서 직권으로 들 수 있는 곳은 삼금지(三禁地)까지요. 이금지(二禁地)와 일금지(一禁地)에 들고 싶다면, 황상의 어지로 내려진 명령서를 가지고 오셔야 하오. 물론 알고 있겠지만… 노파심에 드리는 말씀이오. 하하."

왕치우는 비릿한 웃음을 남기며 자리를 떴다. 그의 뒷모습을 바라보던 언상의 주먹이 쥐어졌지만, 그것은 잠깐 동안의 일이었다.

"가자."

언상이 자리에서 일어나 밖으로 향했다. 언상의 뒤에 시립해 있던 두 명의 감찰호부가 함께 움직였다. 언상의 뒤를 따르던 공유유가 나란히 걷던 호덕영에게 전음을 날렸다.

"아무래도… 물먹은 것 같지?"

"병부에서 호락호락하게 나오지 않을 것이라는 건 이미 예상했던 일 아닌가."

"그래도 정삼품 병부시랑이 직접 찾아와 축객령을 내렸으니, 체면치레는 해준 건가?"

"글쎄… 난 축객령을 확실히 전달하기 위한 병부상서의 장난질 같은데?"

두 사람의 전음은 회랑을 걸어가던 내내 이어지고 있었다. 과묵한 언상과 이야기를 나누기도 쉽지 않았을뿐더러, 그리 사이가 좋지 않은 병부 안에서 소리 내어 나눌 이야기도 많지 않았다.

병부는 남경 응천부의 자성(子城) 내에 위치하고 있었다. 응천부는 동경 개봉부, 서경 하남부, 북경 대명부와 함께 사경(四京)으로 불리는 옛 송의 고도였기에, 당시의 축조물을 거의 원형 그대로 사용하고 있었다. 병부는 황궁과 육부, 오군도독부 등의 중요 관청들이 있던 자성이라는 성벽 안에 자리하고 있었고, 구성(舊城) 혹은 내성(內城)이라 불리는 성벽이 자성을 두르고 있었다. 자성과 구성 사이에는 자성 안에 들지 못하는 예하 관청들과 가옥, 상가, 사원들이 응집해 있었다. 그런 구성은 신성(新城) 혹은 외성(外城)이라 불리는 성벽으로 보호되고 있었는데, 그 외성 안은 수십 개의 방으로 나누어진 민가와 거리들로 조성되어 있었다.

병부는 병부상서가 직무를 보는 전각을 중심으로 네 개의 전각이 사방에 포진하여 호위하는 형태였다. 그 네 개의 전각에는 병부의 예하 조직인 무선(武選), 직방(職方), 차가(車駕), 무고(武庫) 등의 청리사(清吏司)가 자리해 직무를 수행하고 있었다. 그런 병부에 상주하는 관원만 일천이 넘었고, 천하 병권을 쥐고 있는 병부였기에, 그곳에 소속된 병사들의 사기는 다른 어느 곳도 쉽게 따르지 못할 정도였다.

물론 오군도독부가 천하 병권의 핵심이기는 하였으나, 통병(統兵)의 권한만 있는 오군과 출병(出兵)의 권한을 가진 병부의 상하 관계는 단순히 직위만으로 논할 수 있는 것이 아니었다. 더군다나 현재 전후좌우중(前後左右中) 오군의 도독 중 옥영진의 발탁으로 도독의 자리에까지 오른 자가 넷에 달했으니, 어찌 정일품 도독의 품계만으로 정이품 상서의 품계를 업신여길 수 있겠는가. 여기에 과거 옥영진이 총병관으로 임하며 숱한 전쟁을 승리로 거둔 전례까지 있었으니, 오군에 대한 병부의 영향력이 어떠한지 능히 짐작할 수 있었다.

회랑을 걸어가던 언상의 눈에 이채가 어렸다.

'저자는?'

언상의 눈이 향한 곳은 이금지라는 팻말이 붙어 있는 회랑의 초입이었다. 자신이 걸음을 옮기던 곳과 이어진, 하지만 자신이 들 수 없는 그곳에 낯익은 얼굴 하나가 스치고 지나갔다. 언상은 잠시 걸음을 멈춘 채 생각에 잠겼다. 그리고 그대로 몸을 돌리며 휘하 호부들에게 일렀다.

"돌아간다."

전음을 주고받으며 걸음을 옮기던 공유유와 호덕영이 자신들을 가르며 지나는 언상을 바라보며 어리둥절해하였다. 하지만 서로 얼굴만 바라보고 있기엔, 언상의 걸음이 너무 빨랐다. 언상의 뒤를 따르던 공유유가 전음을 보냈다.

"대인, 이대로 물러가는 것이옵니까?"

"이곳에서의 볼일은 끝났다."

"하오시면, 이대로 도찰원으로 복귀하는 것입니까?"

공유유는 이상하다 여기고 있었다. 이미 개봉의 주왕부와 소림사까지 모두 다녀온 마당이었다. 물론 그다지 큰 소득은 없었으나, 미심쩍었던 부분에 대한 얼마간의 확인은 할 수 있었다. 그 남은 부분에 대한 정보 수집차 병부에 들렀던 것인데, 이대로 돌아가자 하니 조금은 이상하다는 생각이 들 수밖에 없었다. 확인을 위한 질문은 그래서 해본 것이었다. 자신의 상관은 묻지 않으면 답해 주지 않는 성격이었기에. 하나 물어본 것에 대해서는 쉽게 답을 주곤 했다, 지금처럼.

"이곳에서의 볼일만 끝났을 뿐이다."

"하오시면……."

공유유는 문득 느껴지는 것이 있어 다시 한 번 물었다. 뒤도 돌아보지 않으며 걷던 언상의 입가에 작은 미소가 걸렸다.

"오늘은 야근이다."


병부의 전각을 벗어난 언상의 어깨 위로 따가운 봄볕이 내리쬐고 있었다.


*　　　*　　　*


남경의 저자는 여느 성시의 저자와는 그 격이 다르다. 팔리는 물건이 다르고, 사가는 사람들이 다르다. 양자강이라는 큰 젖줄을 끼고 있는 도시라 어지간한 과일은 철에 맞춰 먹을 수 있다. 남경의 사람들은 크게 두 부류로 나뉜다. 남경에 사는 사람과 남경에 사는 사람을 위해 사는 사람. 황제가 기거하는 도시인 만큼, 거지만큼 보기 쉬운 것이 관리이고, 오가는 관리들치고 고관대작이 아닌 자가 없을 지경이었다. 남경은 황제를 위한 도시였고, 그들은 황제를 위한 관리였다. 그러니 그 관리들을 위한 사람들의 수가 얼마겠으며, 오가는 물류의 태반이 어디로 흘러들어 가겠는가. 언제나 활기가 넘치는 남경이지만, 황제가 잠든 밤이 오면 낮에는 고개 들지 못했던 사람들의 남경이 어둠 속에서 깨어나게 된다.

내성의 대로를 따라가다 보면 남경에서 가장 크다는 용화루(龍華樓)라는 주점이 자리하고 있다. 밤이 되면 황궁 쪽으로 난 용화루의 창을 검은 포단으로 가려 빛이 새어 나감을 막기에, 잠자던 황제가 문득 밖을 내다보더라도 천하 백성들이 곤히 잠든 모습에 고개를 끄덕이고 다시 잠을 청하게 될 것이다.

하나 대로를 따라 급히 걸음을 옮기던 그가 들어간 곳은 용화루가 아닌 용화루에서 이어진 한 골목이었다. 검은 장포로 얼굴을 가린 채 연신 주변을 경계하는 듯한 움직임. 사내는 좁게 이어진 긴 소로를 따라 일각 가까이 걸음을 옮겼다. 사내의 눈에 안도감이 어린 것은 그때였다. 소로가 끝나는 곳. 붉은 홍등이 내걸린 한 객잔 앞에서 그 사내는 다시 한 번 주위를 돌아보았다. 뒤를 쫓는 사람은 없었다. 거리를 오가는 사람도 없었다. 사내는 안심한 듯한 표정을 지어 보이곤, 재빨리 객잔 안으로 사라져 버렸다.

톡! 톡! 토도독!

미리 맞춘 신호였던 듯, 흑포사내의 문 두드리는 소리에 문에 난 작은 창이 열리며 두 눈이 나타났다.

"누구요?"

"나야, 번쾌(樊快)."

잠시 후 문이 열리자 흑포사내는 재빨리 안으로 들어섰다.

"제일 끝 방."

"호호, 항상 고마워."

팔 척 거한의 말에 자신을 번쾌라 밝힌 흑포사내가 구리문 몇 개를 꺼내어 사내의 손에 쥐어주었다. 그 구리문을 바라보던 사내는 피식 코웃음을 쳤다. 하지만 번쾌란 사내는 그 장한의 비웃음을 듣지 못한 채 뛰다시피 안으로 걸음을 옮겼다. 긴 복도의 양쪽으로 문이 닫힌 방들이 마주 보며 있었다. 객잔의 지하에 이런 비밀 장소가 있다는 것을 들킨다면 관할 포쾌가 생난리를 칠 터이지만, 그 난리를 쳐야 할 포쾌가 든 방이 번쾌가 문을 열던 방의 바로 옆방이었다.

끼이익―

슬며시 문을 열었지만, 낡은 문 여는 소리가 좁은 방에 울렸다. 번쾌는 조심스레 문을 닫으며 방 안으로 눈을 돌렸다.

"하아… 왔어요……?"

여인. 이제 고작 스물이나 넘겼을까? 앳돼 보이는 여인 하나가 반라의 차림으로 침상 위에 누워 있었다. 번쾌의 눈에 욕정이 가득 피어오르고 있었다. 하지만 번쾌의 발걸음은 누워 있던 여인에게 향해 있지 않았다. 여인의 비음에도 아랑곳하지 않고 걸어간 곳에는 그가 원하던 그것이 있었다.

"호… 호호……."

"나 좀……."

"기다려 이년아. 이거 먼저……."

번쾌는 둘러쓴 장포를 걷어내곤 다탁 위에 올려 있는 그것을 집어 들었다. 만족스러운 표정. 세상 모든 시름을 다 잊은 듯한 표정이 그의 얼굴 위로 떠올랐다. 하지만…….

콰아앙!

낡아 삐그덕거리던 문이 세차게 열리며 괴인들이 들이닥쳤다.

"까아악!"

"뭐, 뭐야?!"

계집의 비명에 놀란 번쾌가 허리춤으로 손을 가져갔지만, 그의 목에 한 자루 검이 놓이는 것이 먼저였다.

"허튼수작 부리면 벤다."

"헉?!"

차가운 목소리와 어울리는 빠르고 정교한 검이었다. 목젖을 겨누고 있는 검은 작은 요동도 없었다. 갑작스런 소란에 이곳저곳에서 문이 열리는 소리가 들렸다.

"뭐야! 어떤 놈들이…….."

"이 새끼들 다 뭐…….."

이곳저곳에서 고함이 터져 나왔다. 하지만 검을 쥔 자 뒤에 우두커니 서 있던 사내의 입에서 짧은 한마디가 모든 상황을 정리했다.

"정리해."

사내의 말에 그의 뒤에 시립해 있던 사내 셋이 밖으로 향했다. 그리고,

퍽!

"캐액!"

우당탕~!!

"크악!"

"사… 살려줘. 허어억!"

시끄럽던 장내가 잠잠해지기까지는 반 각도 채 걸리지 않았다. 번쾌
의 이마에 식은땀이 맺히고 있었다.

'고… 고수들이다……'

번쾌는 이곳을 지키는 자들이 저자에서 흔히 볼 수 있는 파락호들이
아님을 알고 있었다. 제법 사람 좀 죽여봤다는 흉악한 놈들만 열 놈이
넘게 있었다. 그런 자들을 찰나에 제압했다. 자신이라 해도 그것은 불
가능한 일이었다. 밖으로 나갔던 사내들이 되돌아왔다. 조금도 호흡이
흐트러지지 않은 모습이었다.

"앵속(罌粟:양귀비)이군요. 그럼 여기가 바로……."

"이곳이 남경에 청방이 심어놓은 환락방(歡樂房) 중 하나다."

공유유의 말에 언상이 아무렇지 않다는 듯 답했다.

'환락방을 알고 있는 자들이다! 금의위인가?'

앵속은 아름다운 꽃이다. 붉은 꽃잎을 보고 있자면 넋을 잃고 바라
보게 된다. 그런 앵속의 요사스러움은 앵속을 태우면 더욱 진득해진
다. 꿈속을 거닐게 되고, 천상의 미녀와 운우지락을 나눌 수 있게 된
다. 세상의 모든 시름을 잊을 수 있고, 천하의 모든 것을 다 가질 수 있
게 된다. 앵속을 한 번 맛본 이들은 그 황홀경을 잊지 못한다. 그리고
그 지독한 중독을 이용해 돈을 버는 자들이 있었으니, 그들이 바로 소
주에 근거를 두고 있는 하오문 청방이었다. 홍방이 낭인 매매와 매춘
으로 자금을 벌어들인다면, 청방은 앵속과 매춘으로 떼돈을 벌어들인

다. 그것이 하오문에 불과했던 강남청, 강북홍이 아직까지도 건재할 수 있는 이유였다.

물론 조정에서도 특별히 앵속을 태우는 것을 처벌하거나 이상하게 여기지는 않는다. 앵속은 약으로도 쓰이고, 여러 가지로 이로운 점이 많기 때문이다. 하지만 그것은 약으로 쓰일 때 얘기다. 앵속을 많이 피우는 자치고 건강한 자가 없고, 앵속에 심취한 자치고 무병장수한 자가 없었다. 앵속에 심취하게 되면 삶의 의욕을 잃고, 건강마저 잃게 된다. 사람들 모두 그것을 알기에 앵속 병자들을 보면 혀를 찬다. 물론 앵속이 귀한 물건이라 아무나 구하지 못하기에, 부러움 섞인 질투를 하는 것일지도 모르지만.

조정에서도 앵속의 재배를 금하지는 않고 있었다. 단지 객점을 열어 손님을 받아 영업을 하거나, 한 번에 열 관 이상의 대량 유통을 막을 뿐이었다. 고관대작들이 앵속을 즐기는 것도 한 이유이긴 했지만, 그보다는 금의위가 청방의 배후로 있다는 것이 더 큰 이유일 것이다. 천하에 산재한 앵속 산지 중 금의위가 관리하지 않는 곳이 없다는 것은 공공연한 비밀이었다. 무분별한 앵속의 유통도 막고, 청방이라는 하오문을 거느려 막대한 거금을 챙긴다. 권력이 있는 곳에는 돈이 따르고, 돈이 있는 곳에는 권력이 따르기 마련이었다.

"나는… 오늘이 처음입니다."

번쾌의 입이 어렵게 열렸다. 자신이 환락방에서 앵속을 태웠다는 소문이 돌면 끝장이었다. 다른 사람이야 손가락질 한 번 받으면 끝나겠지만, 자신은 그들과 달랐다.

"번쾌, 나를 봐라."

팔짱을 끼고 서 있던 언상의 목소리에 번쾌가 눈을 비비며 그의 얼굴을 마주 보았다.

"흐익?! 어… 어, 언상?"

"언제부터 니가 내 이름을 그리 부르게 되었는지는 모르지만. 그래, 나 언상이다."

"죄… 죄송합니다, 언 대협."

번쾌는 언상의 얼굴을 확인하자마자 바닥에 납작 엎드렸다. 재수가 없어도 이보다 더 없을 수는 없었다. 하고 많은 자중에 하필 권절 언상이라니…….

"물어볼 게 있다."

"……."

번쾌는 아무 말도 하지 않았다. 언상은 공유유에게 시선을 보냈다. 공유유가 검을 거뒀다. 그리고 또 한 번의 눈짓에 침상 위에서 떨고 있는 여인을 데리고 밖으로 나갔다.

"아무도 들여보내지 마라."

"옛!"

좁은 방에 있던 세 명의 감찰호부가 언상의 명에 복명하곤 소리없이 밖으로 나갔다. 방 안에 돌던 정적이 번쾌의 가슴을 짓눌렀다.

"먼저… 니가 왜 병부에 있는지부터."

언상의 말이 떨어지기가 무섭게 번쾌의 고개가 폭 숙여졌다. 마치 그럴 줄 알았다는 듯한 행동이었다.

"…두 번 물어야 하나?"

번쾌는 고개를 저었다. 말해도 죽고, 말하지 않아도 죽는다. 말하지 않고 죽을 바에야 말해 주고 살려달라 빌어보는 게, 조금 더 오래살 수 있는 방법임을 그는 알고 있었다.

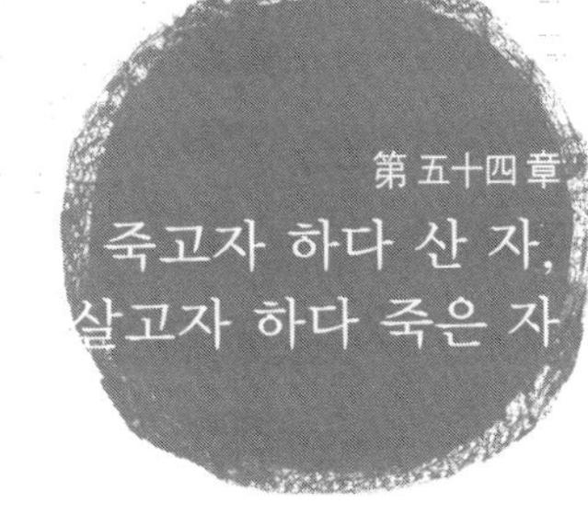



# 죽고자 하다 산 자,
# 살고자 하다 죽은 자

# 죽고자 하다 산 자, 살고자 하다 죽은 자



패의 걸음은 가벼웠다. 더 이상 음지 속으로 숨어들 필요도 없었고, 사람들의 눈을 의식할 필요도 없었다. 임무는 끝났고, 복귀하는 일만이 남았다. 실패에 대한 벌이 무엇일지도 예상할 수 있었다. 가볍진 않겠지만, 죽이지는 않을 것이다. 그 정도의 체벌이야 크게 두려울 것이 없었다. 충분히 감수할 수 있는 것이었으니. 단지 문제가 있다면…….

"정말 왜 이러시는 겁니까?"

멀리 곽산현(郭山縣)이 보이는 산의 중턱에서 패의 걸음이 멈추어 섰다. 짜증이 섞인 목소리. 뒤도 돌아보지 않는 것을 보면 한두 번 이러는 것이 아닌 듯 보였다. 그리고 패의 뒤에 있던 굵은 나무둥치 사이로 몸을 숨기고 있던 한 사람이 슬며시 걸어나왔다.

"그냥 방향이 같은 것뿐이라니까 그러네."

혁련옹의 얼굴엔 덤덤한 미소가 걸려 있었다. 하지만 그 얼굴을 바라보는 패의 눈은 귀찮다는 표정이 역력했다.

"제가 누군지, 제 배후가 누군지 알아볼 속셈이시라면 일찌감치 포기하시라 권하고 싶군요."

"글쎄……."

"어르신이 뒤를 따르시는 한, 저는 결코 그곳으로 돌아가지 않습니다."

"그러던지……."

패의 음고가 조금씩 높아감에도 혁련옹은 여전히 무관심한 척할 뿐이었다. 그 모습을 바라보던 패의 얼굴에 피곤하다는 표정이 떠올랐다. 그리곤 뒤도 돌아보지 않고 다시금 산을 내려가기 시작했다.

'노인의 장난기가 발동한 건가?'

패는 혁련옹이 자신의 뒤를 쫓는 이유를 도무지 알 수가 없었다. 어찌 되었거나 자신이 그의 뒤를 먼저 쫓았고, 들키지 않았다면 그의 물건을 탈취할 계획까지 세웠었으니, 자신에게 그 대가를 요구한다면 거절치 않았을 것이다. 그것이 무엇이 되었든 간에. 하지만 지금의 이 모습은 이해할 수도, 용납할 수도 없는 것이었다. 주객이 전도되어도 유분수지, 자신에게 무슨 볼일이 남아 있다고 뒤를 쫓는 것인지…….

'누가 자신의 뒤를 쫓았는지 궁금했다면 조용히 내 뒤를 쫓았을 것이다. 충분히 그럴 수 있는 사람이니…….'

자신이 추적에 달통했다면, 혁련옹은 도주에 달통한 사람이었다. 추적과 도주는 백지 한 장 차이이다. 도주를 알지 못하면 추적을 할 수 없고, 추적을 모른다면 도주를 할 수 없다. 혁련옹이 자신을 쫓기 시작한다면 자신이 그의 눈을 피해 도주할 수 있다 장담하기 힘들었다.

'허… 이 나이가 되어서 고작 노인네의 장난 상대나 되어야 하다니……'

이미 그의 나이 마흔하고도 아홉이었다. 천명을 알게 된다는 지천명을 바라보고 있는 그였다. 한데 이런 어이없는 일을 당하게 되었을 때의 대처 방법은 그의 삶에서 배운 바가 없었다. 패는 선택의 여지가 없었다. 이대로 이 노인과 함께 소교주에게 돌아갈 수는 없었다.

"타앗!"

패의 신형이 쏜살처럼 튀어나갔다. 달리던 신형이 방향을 급격히 틀었고, 바위를 차고 오른 몸이 나뭇가지를 박찼다. 순식간에 이십여 장을 달려나가던 패의 눈에 기광이 번득였다.

'만약… 내가 돌아가 혁련옹에게 주작홍기가 없다는 것을 알린다면, 련에서는 주작홍기를 찾아내기 위해 또 다른 방법을 강구하게 될 것이다. 그렇게 된다면……'

바람이 뺨을 세차게 훑고 지나갔지만, 그의 발걸음을 돌리기엔 역부족이었다.

'저 노인은 이미 이십여 년 이상 련의 이목을 따돌린 사람……. 만약 이대로……'

바람처럼 달려나가던 패의 신형이 나뭇가지를 박찬 후 공중제비를 돌며 바닥으로 떨어져 내렸다. 그리고 그런 그를 기다렸다는 듯 덤덤한 목소리 하나가 그를 반겼다.

"해 지기 전 곽산에 들어야 하는데……"

도주를 멈춘 패가 몸을 돌리며 혁련옹을 마주 보았다.

“어르신, 여기서 끝내도록 하지요.”

“끝내다니… 뭘?”

혁련옹이 영문을 모르겠다는 듯 고개를 갸웃거렸다. 하지만 그를 바라보는 패의 눈에는 결심이 선 지 오래였다.

“저는 명을 따르고 있습니다. 어르신께서 제 길을 막고 계시니…….”

차갑게 굳어지는 눈빛. 패의 눈에 살기가 일렁이고 있었다. 그 모습을 바라보는 혁련옹의 얼굴에 아쉬운 빛이 어렸다.

‘허… 저런. 역시… 그저 우연이었을 뿐인가?’

혁련옹은 사내의 모습에 적지 않게 실망하고 있었다. 처음 그가 자신의 이름을 장철웅이라 했을 때, 하마터면 그 자리에서 벌떡 일어설 뻔했다. 사내의 분위기, 행동, 말투……. 생김을 제외하면, 거의 모든 부분에서 그의 흔적을 찾을 수 있었다. 마음에 깊이 남은 사람이었기에 그런 마음이 더했는지도 모른다. 하지만 역시 착각이었나 보다. 천하에서 가장 흔한 성씨가 이가(李家)와 왕가(王家), 그리고 장가(張家)다. 천하에 이루 헤아릴 수 없는 장가들 중에 철웅이란 이름을 가진 자를 찾으면 기천이라도 찾아낼 수 있을 것이다.

‘단지 이름 석 자 같다는 이유로 그의 모습을 찾으려 했다니……. 늙은이 노망이 나도 단단히 났었던 게지. 저 눈의 살기마저도 그의 눈빛처럼 느껴지니…….’

혁련옹의 눈은 안타까움으로 물들고 있었다. 하나 그런 안타까움을 아는지 모르는지, 거리를 좁히며 다가오는 패의 눈에는 먹이를 노리는 맹수와도 같은 살기만이 자리하고 있었다.

"차앗!"

패가 달리기 시작했다. 바닥을 차고 오르는 신법이 예사롭지 않았다. 정심한 무공을 체계적으로 수련한 모습이었다. 그의 신묘했던 은 잠술을 보며 이미 느끼고 있었지만… 그는 그와 달랐다.

쉬이익!!

스스슥─

패의 손이 허공을 가르며 지나갔다. 수도로 내려치던 손에는 분명한 경력이 담겨 있었다. 하나 그 수도가 혁련옹의 어깨로 떨어지는 순간, 반 보만큼의 이동만으로 그 움직임을 피해내고 있었다. 하지만 떨어져 내린 패는 바닥에 착지함과 동시에 몸을 비틀며 혁련옹의 복부를 노렸다.

'정종의 무공… 하나 실전으로 다져진 무공이구나.'

혁련옹은 가볍게 땅을 차 그와의 거리를 벌리며 생각했다. 만약 철웅이 무공을 익힌다면 지금 이자와 같은 몸놀림을 보여주지 않을까 싶었다. 아니라 생각하면서도 혁련옹은 패의 모습에서 철웅의 그림자를 찾고 있었다.

"하앗!"

멀찍이 떨어져 내리던 혁련옹을 향해 패가 몸을 날리며 다시 달려들었다. 가벼운 몸놀림이었고, 수련의 흔적이 역력한 공세였다. 혁련옹은 보법만으로 그의 공세를 여유롭게 피해내고 있었다. 하나 무공의 고하가 분명히 갈리고 있음에도 패의 공세는 멈출 줄을 몰랐다.

'역시… 내가 틀렸음인가……'

혁련옹의 눈에 작은 파랑이 일었다. 그래도 잠시나마 마음을 따뜻이

녹여주었던 자이건만, 이대로 웃으며 공세를 피해 다닐 수만도 없었다. 혁련옹의 한 팔이 뻗어 나왔다. 누군가와 손속을 겨루어본 것이 얼마 만인지 몰랐다. 하나 그의 일수에서 뻗어 나오는 경력은 패의 공세를 압도하고도 남음이 있었다.

퍽! 퍽! 퍽! 퍽!

서로의 권장이 허공에서 맞부딪쳤다. 육중한 타격음이 산속에 울려 퍼졌지만, 고통스러운 표정으로 인상을 찡그리고 있는 사람은 패 혼자였다.

'아쉽지만… 이 늙은이가 사람을 잘못 본 것이니…….'

혁련옹의 손에 힘이 실렸다. 마음을 굳혔으니 흔들릴 필요가 없었다. 결국 눈앞의 사내는 자신의 물건을 탐한 도적과 같은 자가 아닌가? 더욱이 자신의 뒤를 쫓던 이자에게는 배후가 있다고 했다. 살려둔다면 두고두고 자신의 꼬리를 밟기 위해 날뛸 것이 분명했다. 혁련옹은 결심할 수밖에 없었다.

'…잘 가게.'

혁련옹의 어깨가 불쑥 낮아졌고, 그가 내지른 일권이 패의 복부에 작렬했다.

퍼엉!

"크허억!!"

경력 가득한 혁련옹의 일권을 맞은 패가 피분수를 뿌리며 날아가고 있었다. 이 장 가까이 나가떨어진 패가 바닥을 구르다 멈췄다. 미동도 없었다. 손속에 사정을 두지 않았으니 살아 꿈틀거리는 것이 더욱 이상한 일이리라.

‘후우…….’

혁련옹은 고개를 내저었다. 특별히 살인을 하였다는 것에 마음 아파하는 것은 아니었다. 그러려면 그가 살아온 세월 속에서 사죄해야 할 자가 너무 많아진다. 강호에 몸담은 지 이미 오십 성상이 지났다. 죽음은 그리 낯선 단어가 아니었다. 하나 왠지 모를 아픔이 그의 늙은 심장을 찌르고 있었다.

‘내가 호기심을 가지지 않았다면… 굳이 죽일 필요까지는 없는 일이었거늘…….’

불필요한 살생. 그것이 그의 가슴을 아프게 하는 이유였다. 차라리 자신의 뒤를 쫓고 있었던 그때 찾아내어 죽였다면, 이런 자괴 따위는 결코 하지 않았으리라. 하나 결국 늙은이의 호기심이 불러온 죽음이었으니… 할 말이 없었다. 혁련옹은 마지막 인사라도 하겠다는 듯 쓰러진 패를 향해 걸어갔다. 쓰러진 그는 아무런 움직임도 없었다. 그의 걸음이 열 발자국을 내딛는 순간. 그의 앞에 선 혁련옹이 학질이라도 걸린 사람처럼 부들거리기 시작했다.

“아니? 설마……?!”

혁련옹의 눈이 경악으로 물들고 있었다. 이럴 수는 없었다. 입가에 피를 흘리며 쓰러져 있던 패. 그 모습을 바라보던 혁련옹의 입이 떨리고 있었다.

“너… 너…….”

혁련옹의 전신이 경련하고 있었다. 하나 그도 잠시, 다급히 쓰러진 패를 들쳐 업고는 바람처럼 신형을 날렸다. 혁련옹의 신형이 스칠 때마다 장정 팔뚝만한 나무가 바람에 날려 꺾이었다. 혁련옹은 미친 듯이 내달리고 있었다. 아니, 날아가고 있었다. 그의 생에 이렇게 전력으로 질주한 적이 언제였는지 기억나지 않을 만큼 그는 달리고 또 달렸다.

"이 미련한 놈… 이… 이 미련한……."

혁련옹은 해 지기 전에 들어야 한다던 곽산현을 일각 만에 주파하고 있었다. 그가 만약 그것을 보지 못했다면, 오늘 밤이나 닿았을 그곳을…….


곽산현의 위로 떠가던 구름에 무엇인가가 겹치고 있었다. 혁련옹은 자신이 보았던 그것을 구름 속에서 볼 수 있었다. 쓰러져 있던 패의 입가에 묻어 있던 붉은 피와… 만족스러운 듯한 한줄기 미소를.

*　　　*　　　*

귀수(鬼手) 번쾌.

그는 장인이었다. 신기라 불릴 정도로 손재주가 좋아 사람들은 그를 일컬어 귀수라 불렀다. 귀수는 모사의 달인이었다. 천하의 어떤 물건도 그의 손을 거치면 터럭 하나 다르지 않은 물건 수십 개가 만들어져 나왔다. 그는 인장의 모사가 특히 뛰어난 자였다. 그래서 쫓기는 몸이 되었다. 비록 목숨을 위협받는 상황이었다고는 하나, 현령의 인장을 모사한 것은 목숨이 열이라도 용서받지 못할 중죄였다. 그는 그래서 쫓기는 몸이 되었다. 신기라 불릴 재주가 있었음에도 그 재주를 옳지 못한 곳에 사용하였기에, 언제나 목숨의 위협을 받으며 살아야 했다.

그렇게 사람들의 추적을 받던 그가 사라진 것이 삼 년 전이었다. 천하 어디에서도 귀수의 모습을 본 자도 없었고, 모사된 인장이 나도는 일도 없었다. 귀수의 이름은 그렇게 잊혀지고 있었다.

"매음굴(賣淫窟)에 처박혀 있었습니다. 아무도 그 더럽고 지저분한 곳으로 찾으러 오지 않을 것이라 생각했는데… 그들은 찾으러 왔더군요."

"그들?"

"저를 잡으러 온 자들은… 금의위였습니다."

"금의위?"

언상의 인상이 살짝 찌푸려졌다.

"제가 끌려간 곳이 금의위였습니다. 거기서 한 사람을 만났습죠. 병부에서 나온 사람이었습니다."

번쾌는 심하게 치도곤을 당한 상태에서 병부에서 나왔다는 그를 만나게 되었다. 그는 계약을 하자고 했다. 자신이 원하는 일을 해주면 자유를 보장해 주겠다고 했다. 누구도 그의 뒤를 쫓지 못하게 해줄 것이라 약속했다. 피 곤죽이 되어 있던 번쾌가 그 제의를 거절할 리 없었다. 그의 병부 관리로서의 생활은 그렇게 시작되었다.

"그래서 무슨 일을 해주었나?"

"……."

언상의 말에 번쾌는 입을 다물었다. 그가 물어보는 것은 자신이 얻은 자유를 앗아가기에 충분했다. 그는 충분히 지금의 생활에 만족하고 있었다. 언감생심 꿈도 꿔보지 못한 관원의 신분, 넉넉한 녹봉, 쫓기지 않는 생활. 앵속 때문에 조금 꼬이긴 했지만, 어쨌든 지금의 생활을 유지할 수 있다면 무슨 일이든 할 수 있었다. 하지만 그건 살아남고 난 이후의 문제였다.

"옥영진에게 무엇을 만들어주었나?"

"……."

"내가 누구인지 벌써 잊은 건가?"

번쾌의 가슴속으로 찬바람이 일었다. 그와의 인연을 어찌 잊을 수 있단 말인가. 오 년 전이었던가? 광동의 오룡방(五龍幇)이라는 흑도 문파에 끌려가 광동 남해전장(南海錢場)의 인장을 모사하던 중이었다. 오룡방은 평소 이권으로 다툼이 심했던 남해 전장의 전표를 위조하여 도산시켜 버릴 속셈이었다. 그 오룡방에 들이닥쳤던 사람이 바로 언상이었다. 도찰원 감찰어사의 신분이 아닌, 남해전장주 윤익(尹翊)이란 자와의 친분이 천하의 권절을 불러들였다. 위조된 전표가 돌자 남해전장의 신용이 바닥을 쳤고, 수많은 전표가 일시에 되돌아와 전장이 풍비박산날 지경이었다. 때마침 그곳을 지나던 언상이 사정 이야기를 듣고 흉수로 지목된 오룡방을 찾아온 것이었다. 오룡방주 정융(丁戎)은 그의 일생 최대의 악수를 두었다. 오룡방도 팔십 명이 언상을 맞았다. 어디서 구했는지 군부에서나 쓰일 법한 강전 수십 발이 준비되었고, 이곳저곳에서 돈으로 초빙한 고수들도 적지 않았다. 정융 자신도 광동에서 손꼽히는 고수였기에, 권절이란 이름을 너무 가벼이 여기고 있었다.

오룡방 대 권절. 일백 대 일의 싸움은 반 시진 만에 끝났다. 죽은 자가 절반이었고, 병신이 된 자가 나머지 절반이었다. 죽은 자 속에는 오룡방주 정융도 포함되어 있었다. 광동에서 손꼽히던 무가 하나가 반 시진 만에 지상에서 사라져 버렸다. 번쾌는 유일하게 멀쩡한 몸으로 오룡방을 걸어나간 인물이었다. 목숨의 위협을 받아 어쩔 수 없었다며 언상의 발치에 엎드려 애원한 결과였다. 그것이 권절 언상과 귀수 번쾌와의 짧은 인연이었다.

번쾌는 고개를 숙인 채 말이 없었다. 자신을 잊었냐고? 잊을 리가 있는가! 반 시진 만에 오십에 가까운 자를 황천으로 보내고, 남은 오십의 사람을 눈 하나 깜짝하지 않고 병신으로 만든 사람을 꿈에라도 잊을 수 있을까? 적어도 번쾌에게 언상은 천하에 그 어떤 사람보다도 두려운 존재였다. 그런 존재가 자신을 바라보고 있었다. 한순간에 자신의 모든 자유를 앗아가 버릴 그것을 물어오고 있었다. 어느 것이 더 두려운가? 눈앞의 언상인가, 암담한 미래인가. 번쾌는 쉽게 결정을 내리지 못하고 있었다. 하지만 결정을 내려야만 했다. 자신이 아는 언상은 타협이란 것이 없는 사람이었다. 그가 말하라고 했다면, 말해야만 하는 것이었다.

"나… 죽을지도 모릅니다."

다시 한 번 애원했다. 자유가 사라지는 것이 문제가 아니었다. 자신이 그 사실을 발설하게 된다면, 병부에서 자신을 가만둘 리가 없었다. 의심의 여지가 없었다. 자신은 죽게 될 것이었다. 살려면 매달려야 했다. 자신은 힘이 없으니 힘있는 자에게 매달려야만 했다.

"죽지 않을 거다. 내가 약속하지."

힘있는 자가 손을 내밀었다. 결정을 내려야만 했다. 이후 자신의 목숨은 누구의 힘이 더 센지에 따라 결정될 것이다. 권절 언상과 병부상서 옥영진. 그들의 겨룸이 자신의 목숨을 결정할 열쇠였다.

"…좋습니다. 한 번 살려주셨던 목숨. 한 번 맡겨보지요."

언상의 눈에 만족스런 빛이 감돌았다. 자신이 완성하지 못한 그림을 이자가 완성시켜 줄지도 몰랐다. 하남과 개봉에서 못 다 그린 그 그림을……

"제가 만든 것은… 친왕의 옥새입니다."

"……"

언상은 아무 말이 없었다. 짐작했던 것을 확인한 것이니 큰 놀라움은 일지 않았다. 단지 차가운 한기가 그의 머리 속을 스칠 뿐이었다.

"…어느 왕의 옥새인가?"

"주왕(周王), 상왕(湘王), 민왕(岷王), 제왕(齊王), 대왕(代王)… 연왕(燕王)."

"……"

소림을 찾았던 주왕부를 사칭한 자들이 누가 보낸 이들이었는지 분명해졌다. 하나 그림이 그려지고 나니 또 다른 의문이 들었다. 병부에서 왕부를 사칭하면서까지 소림에 난입해야 했던 이유. 아직 그림은 완성되지 않았다.

"그것뿐인가?"

"…옥패도 만들었습니다."

"왕부의 옥패?"

"예."

"음… 혹시, 황상의……"

"그건 절대로 아닙니다! 절대로 황제 폐하의 옥새는 만들지 않았습니다!"

번쾌가 난색을 표하며 도리질을 쳤다. 언상은 그의 말을 믿고 있었다. 재주가 비상하긴 해도, 머리가 비상한 자는 아니었다. 자신을 속일 정도로 담이 큰 자도 아니었다. 그저 제 목숨이 중한 것만 아는 자일 뿐이었다. 그에게 들어야 할 것은 모두 들었다. 나머지 일은 자신이 확인해야 할 것들뿐이었다.

"이봐!"

언상이 소리쳤다. 밖에서 대기하고 있던 네 명의 감찰호부가 안으로 들었다. 언상이 그들에게 명했다.

"이 사람을 도찰원으로 데리고 가라. 일급 호위를 붙이고, 도찰원 내부에서 보호하도록 해라."

"예!"

두 명의 감찰호부가 번쾌와 함께 방을 나갔다. 나가던 번쾌가 불안한 듯 언상을 바라보았지만, 홀로 생각에 잠겨 있던 언상은 그 눈빛을 보지 못했다. 번쾌가 사라지고 얼마 지나지 않아 언상이 고개를 들며 말했다.

"이봐. 저번에 자네가 이상하다고 했던 거 다시 말해 봐."

"예?"

언상에게 지목된 공유유가 어리둥절해하며 언상을 바라보았다. 그 모습에 언상이 다시 한 번 물었다.

"하남에서 출발한 표행. 소림의 속가제자들이 여럿 함께했다던 그거 말이야."

"아! 예. 소림이 습격을 당한 얼마 뒤, 소림의 속가제자인 고산덕이 운영하는 대호표국에서 표행이 출발했습니다. 한데 소관이 이상하게 여긴 것은 시기와 어울리지 않는 대규모 표행이었고, 소림의 속가제자들이 다수 함께한 것으로 알려졌기에……."

"표행이 어디로 간다고 했지?"

"북평입니다."

"북평이라……."

언상이 혼잣말을 되뇌이며 걸음을 옮겼다. 그 모습을 보던 공유유가 호덕영에게 전음을 날렸다.

"이번엔… 북평인가?"

"아무래도……."

언상 일행이 지나가는 환락방의 복도에는 십여 명의 장한이 눈을 까 뒤집은 채 쓰러져 있었다. 평소 금의위와 견원지간인 그들이었고, 그런 금의위가 뒤를 봐주던 청방의 환락방. 그들의 손속이 매서웠던 것도 무리는 아니었다. 세 사람의 발밑으로 흐르는 피가 끈적하게 굳어 가고 있었다. 지상으로 나온 언상이 입을 열었다.

"그들이 출발한 것이 언제라고 했지?"

"음… 대략 이십여 일 정도 지났습니다."

언상의 말에 공유유와 호덕영은 자신들의 생각이 맞았음에 뿌듯해했다. 하지만 뒤이은 언상의 말에 좋았던 기분은 다시 침울하게 가라앉고 말았다.

"며칠 후면 당도하겠군. 서두르면 북평에서 만날 수 있겠어."

남경까지 되돌아와 편히 쉴 수 있나 했는데, 집에는 들르지도 못한 채 다시 북평으로 달려가게 생겼다. 공유유와 호덕영은 번쾌를 호송하여 도찰원으로 돌아간 다른 두 친구가 부러워지기 시작했다. 하나 어찌하겠는가. 명은 받들어야만 하는 것을……

내심 투덜거리며 언상의 뒤를 따라 남경의 외성을 빠져나가던 호덕 영과 공유유. 하나 그들은 알지 못했다, 그들의 부러움을 한 몸에 받으며 번쾌를 호송하던 두 친구가 이미 싸늘한 주검이 되어 있었다는 것을…….

*　　　*　　　*

코끝을 간질이는 약 향이 멀쩡한 정신도 혼미하게 만들어 버릴 것 같았다. 어렵게 떠지는 눈을 보니, 생각보다 꽤 오랜 시간 잠에 들었던 것 같았다.

'여긴…….'

조금씩 빛에 적응하던 패의 눈에 보인 것은 천장에 매달린 수십 개의 약봉들이었다.

'죽지… 않은 것인가?'

패의 눈에 보인 것은 분명 의원의 풍경이었다. 코로 들어오는 약 향이 그 생각을 확인시켜 주고 있었다. 패가 서둘러 몸을 일으켜 보려 했지만, 전신이 포승에라도 묶인 듯 손가락 하나 까딱할 수 없었다. 금제된 것 같지는 않으니 기력이 쇄한 탓이리라. 기운을 느껴보니 내력에는 큰 이상이 없는 듯했다. 조금씩 운기하며 몸의 이상이 있는 부분을 찾아보았다. 다행히 큰 이상은 없는 듯했다.

'후후. 죽지 않은 것이 다행인 것이냐, 몸에 이상이 없는 것이 다행인 것이냐.'

패는 스스로의 생각에 조소를 보냈다. 목숨을 버릴 생각으로 뛰어든 주제에, 살아난 몸에 이상이 있는지 걱정스러워하는 자신의 모습이 우스워 보였다. 그리고 그런 자신을 이상히 여기는 사람은 또 있었다.

"일어났구먼."

"……?!"

패의 눈이 목소리가 들린 방향으로 힘겹게 돌아갔다. 그의 눈이 멈춘 곳에 그가 앉아 있었다. 걱정 가득한 눈으로.

"미련한 사람 같으니……."

"……."

패는 가만히 눈을 감았다. 혹시나 했지만, 역시 자신의 목숨을 살린 사람은 혁련옹이었다. 아랫배에 틀어박히는 고통을 느낄 때만 하더라도 웃으며 죽을 수 있었는데……. 이 노인은 무슨 생각으로 자신의 끊어져 가던 목숨을 이어 붙인 것일까. 패는 혁련옹의 행동을 이상히 여겼지만, 혁련옹 역시 패의 행동을 이상히 여기고 있었다.

"왜 그랬는가?"

"……."

"무슨 생각으로 그런 미련을 떤 것인가?"

패는 아무 말이 없었다. 혁련옹과 나눌 말은 없었다. 자기 혼자 알면 되고, 자기 혼자 묻으면 될 일만이 있을 뿐.

"…그곳이 그렇게 중요한 곳이었는가? 그렇게 목숨을 버려야 할 만큼?"

'후후, 그럴 리가 없지요. 목숨보다 중요한 것이 그리 흔할 리 없지요.'

패는 속으로 쓴웃음을 지었다. 이미 버림받은 몸이었다. 물론 그곳에 대한 애정이 없는 것은 아니었다. 애정이 있기에 노예의 몸으로 지금껏 살아온 것이었으니. 그렇게라도 련을 위해 살아왔던 것이니. 하지만 다시금 그곳을 위해 목숨을 바치고 싶지는 않았다. 이미 지금의 련은 자신이 목숨 바쳤던 그 련이 아니었으니. 그런 패의 생각을 읽은 것인지, 혁련옹의 한숨이 패의 가슴을 찔러오고 있었다.

"휴우… 하마터면 생사람을 잡을 뻔했지 않은가. 자네가 비록 나를 노리고 왔다손 치더라도, 그깟 물건 때문에 사람을 죽인다는 것은 이치가 아닌데……."

혁련옹은 자신이 한 일을 후회하고 있는 모양이었다. 마치 패가 죽지 않아 다행이라는 듯.

"자네가 그리 불편하다면 자네 뒤를 쫓거나 하지는 않겠네."

"…왜 살려주셨습니까?"

"음?"

"보통 자신의 물건을 누가 빼앗으려 한다면… 그것도 아주 귀중한 물건을 빼앗으려 했다면, 그리고 그것을 노리는 것이 개인이 아니라 어떤 집단이라면… 번거로움을 피하기 위해서라도 저의 목숨을 취하는 게 당연한 일 아닙니까?"

패의 말에 혁련옹은 또다시 낮은 한숨을 쉬었다. 그의 말은 모두 맞았다. 자신도 그렇게 생각했기에 살수를 펼쳤던 것이었고. 하나 머리로 따진다 하여 모두 설명할 수 있는 것은 아니었다.

"자네 말이 맞지. 하면 지금이라도 죽어볼 텐가?"

"허허. 그건 사양하고 싶군요… 흐윽."

　웃음을 흘리던 패가 고통스러운 표정으로 인상을 찡그렸다. 그 모습을 바라보던 혁련옹이 가볍게 고개를 흔들었다.

　"아서게. 지금 자네 장기가 제 꼴이 아닐세. 가까스로 목숨은 부지했지만, 한동안은 작은 요동도 못할 것이네."

　혁련옹은 자신이 패의 뒤집어진 장기를 진정시키기 위해 근 사흘에 걸쳐 내력을 주입해 준 사실은 말하지 않았다. 혁련옹 자신도 패를 살리기 위해 탈진 직전까지 간 것이 몇 번인지 몰랐다. 그에게 달여 먹인 약값만 은자로 백 냥어치가 넘었다. 그런 수고가 있었기에, 저승사자의 손길을 뿌리칠 수 있었던 것이다.

　"정녕… 왜 그러셨습니까?"

　"그게 궁금하거들랑 다음부터는 죽기 전에 웃지 말게. 이거야 원, 눈에 밟혀서 그냥 둘 수가 있어야지……."

　혁련옹은 우스갯소리로 패의 말을 넘겼지만, 그때만 생각하면 지금도 가슴이 철렁 내려앉는 듯했다. 아니다, 아니다 하면서도 패와 철옹의 중첩되는 모습에 눈이 어지러웠던 혁련옹이었다. 그런 혁련옹에게 쓰러진 패가 보여준 미소는 가슴 서늘한 충격이었다. 어쩌면, 어쩌면 그와 이리도 닮을 수 있을까. 덤덤한, 그럼에도 모든 것을 받아들이는 듯 푸근한 그 미소. 혁련옹은 두 번 생각하지도 않고 그를 구했다. 다른 이유 따위가 필요할 리 없었다.

　"자네… 정말 왜 죽으려고 했는가?"

　혁련옹의 물음에 무게가 실렸다. 그냥 물어보는 것이 아니라, 무언가를 확인하고 싶어하는 물음이었다. 패는 고민할 수밖에 없었다. 어찌 보면 자신의 생명을 노린 사람이지만, 그것은 자신이 의도한 싸움.

바꿔 말하자면 생명의 은인이라고도 말할 수 있는 이상한 관계. 그 이상한 관계에서 나온 물음이기에 답을 할 수도, 안 할 수도 없는 상황이 되어버렸다.

"…제가 죽어야 할 이유가 있었습니다. 그렇게만 말씀드리겠습니다."

"…누구를 위한 것인가?"

혁련옹의 물음은 단수를 지목했다. 혁련옹도 그가 자신이 속한 그곳을 위해 죽으려 했던 것이 아님을 어림짐작했다. 그냥 어림짐작이었을 뿐이다. 하지만,

"제가 죽어야… 그분이 삽니다……."

혁련옹의 눈에 의미를 알 수 없는 눈빛이 흘렀다. 하나 그 말을 끝으로 패의 입은 굳게 다물어져 버렸다. 혁련옹은 그런 패를 바라보다가 자리에서 일어섰다. 홀로 두어야겠다는 생각이 들어서였다. 문을 열고 나가던 혁련옹이 패에게 지나가는 말로 말했다.

"자네가 쓰러지고 난 후 열흘이 흘렀네. 혹시나 해서……."

혁련옹은 그 말을 마지막으로 방을 나갔다. 방문이 닫히는 소리와 함께 감겼던 패의 눈이 가만히 떠졌다.

"열흘… 그래도 나를 기다리는 사람은 없을 테니……."

패는 두 눈을 감았다. 자신을 보낸 소교주가 자신을 기다리진 않을 것이다. 그에게 자신은 그저 쓸 만한 몸종일 뿐이니. 하나 패는 모르고 있었다. 혈공작 적유가 그를 애타게 찾고 있다는 사실을. 그를 찾는 흑화가 안휘성 곳곳에 적혀 있었지만, 그는 한 발자국도 움직일 수 없는 신세였다. 그것이 그에겐 행운이었다.

                    *            *            *

"불편한 곳은 없느냐?"

"네."

적유는 아직 하북지단을 떠나지 않고 있었다. 지금쯤 북평에 가 있어야 했지만, 그는 그러지 못하고 있었다. 그리고 북평으로 갈 채비를 하기 위해 소소가 머무는 방에 들렀다.

"아무래도 이곳을 떠나야 할 것 같다. 너도 나와 함께 가자꾸나."

"아저씨를 만나러 가는 건가요?"

소소의 눈에 묘한 일렁임이 일었다. 갈망하는 눈빛이었고, 그리워하는 눈빛이었다. 적유는 그 눈빛을 바라보며 가만히 미소 지었다.

"그래."

적유는 그저 그렇다고 대답할 수밖에 없었다. 이 여린 아이의 가슴에 상처를 주는 것이 얼마나 못할 짓인지 새삼 느끼고 있었다. 그리고 자신의 죽은 딸에게 그러하지 못했음이 더 큰 아픔으로 다가오고 있었다.

적유는 소소에게서 삼 년 전 죽은 자신의 딸, 빙화의 모습을 떠올리고 있었다. 자신과는 어느 한군데도 닮은 곳이 없었다. 불을 숭상하는 자신과는 달리 빙화는 한빙장(寒氷掌)이라는 극음의 무공을 익혔다. 어미가 죽은 후 비뚤어진 성격은 나이가 차감에 따라 더욱 그 골을 깊게 하였다. 대화라고는 일 년에 두어 번이나 나눌까 말까 할 정도였고, 얼굴을 마주하는 날은 열 손가락 안에 꼽을 수 있을 정도였다. 그는 그 모든 책임을 그녀가 익힌 무공에 두고 있었다. 무공을 잘못 익히면 심성마저도 바뀐다. 일종의 심마였고, 그것을 이겨내지 못한다면 극의에 다다를 수 없다. 자신은 극양의 무공을 익혔음에도 그 벽을 넘었기에 극의에 다다랐고, 냉철한 이성을 유지할 수 있었다. 하나 자신의 딸은 그 벽을 넘지 못했다. 그래서 그런 차가운 심성으로 바뀐 것이라 생각하고 있었다.

삼 년 전, 구유절맥(救劉絶脈)이라는 청천벽력 같은 소식을 들었다. 보통 십이삼 세에 발병해 오 년을 채우지 못하는 무서운 절맥이으로, 온몸의 심맥이 차갑게 굳어져 죽는 병이었다. 사천에서 하남까지 보름 만에 날아왔다. 그의 평생 그토록 빠른 신법을 전개한 것은 그때가 처음이었으리라. 그런 노력을 가상히 여겼는지, 하늘은 그 부녀의 재회를 허락했다. 그리고,

"아버지… 죄송해요. 한빙장이면 몇 년쯤 더 살 줄 알았는데……."

이 갸륵한 딸은 아버지에게 자신의 병을 말하지도 못한 채 스스로 해결 방법을 찾고 있었던 것이다. 극음의 무공이라면, 그 무공을 극성으로 익힐 수만 있다면 남은 생을 몇 년 정도는 더 늘릴 수 있을 것이라 여겼던 모양이다. 적유는 할 말을 잃었다.

"아버지… 아버지와 많은 이야기를 나누고 싶었는데……."

적유의 가슴이 찢어지고 있었다. 자신은 그동안 무엇을 했던 것인가? 자신의 하나밖에 없는 딸이 절맥으로 고통받고 있었고, 심성이 차가워졌다고는 하나 자신과 대화하고 싶은 마음은 간절했었음인데……. 그는 그런 딸을 멀리했다. 홀로 두면 괜찮아지겠지 싶은 안일한 마음이 더 컸다. 련의 대계를 준비하는 것도 이 부녀의 시간을 빼앗

아가 버렸다. 모든 책임은 자신에게 있었다.

"먼저 가서… 죄송해요. 아버지 곁에서… 힘이 되어드렸어야 했는
데……."

적유는 눈물도 흘리지 못했다. 아무 말도 할 수 없었다. 그저 으스러
져라 딸아이의 손을 붙잡고 바라볼 뿐이었다. 혈공작 적유의 딸 빙화
는 그렇게 숨을 거두었다. 빙화가 숨을 거두고 나서야 적유의 눈에서
눈물이 흘렀다. 붉은 머리, 붉은 장포와 어울리는 붉은 피눈물이 그의
얼굴을 적셨다. 적유의 하나밖에 없던 피붙이가 그렇게 그의 곁을 떠
나고 있었다.

그런 빙화를 떠올리게 하는 아이가 눈앞에 있었다. 적유의 눈에 아
픔이 흘렀다.

'정작 너에게 필요했던 것은… 나의 따뜻한 눈빛이었음인데…….'

소소를 바라보는 눈빛에 따뜻한 기운이 어렸다. 적유는 빙화를 바라
보고 있었다. 차가운 한빙장 속에 너무나 여리고 고운 모습이 가려져
있던 그의 딸 빙화가 그를 바라보고 있었다. 적유는 마음을 굳혔다.

"나와 함께 가자꾸나. 북평에 가서… 네 아저씨를 만나자꾸나."

"아아……."

소소의 눈에 기쁨이 흐르고 있었다. 그 어떤 말보다도 그녀를 기쁘
게 해줄 수 있는 한마디였다.


적유와 소소가 간단한 짐을 꾸려 하북지단을 나선 것은 그로부터 한
시진 후였다. 아름답게 치장된 마차와 이십여 기의 말을 탄 호위대가
마차의 주위를 에워쌌다. 마차 안에는 두 사람만이 타고 있었다. 적유

는 흐뭇한 표정으로 소소를 바라보고 있었고, 소소는 무언가 어색한 듯
자꾸 옷매무새를 매만졌다.

"너무… 이상해요."

"아니다. 너무나 잘 어울리는구나. 너무나 예뻐서 이 노인네 눈을
어디다 둬야 할지 모르겠구나."

적유의 말에 소소의 얼굴이 홍시처럼 붉어졌다. 소소는 백의 경장
에, 비취빛으로 촘촘히 수놓인 얇은 장포를 두르고 있었다. 여인에게
장포가 어울릴 리 없건만, 소소의 어깨를 두르고 있는 장포는 소소의
아름다움을 더욱 돋보이게 하고 있었다.

'빙화가 즐겨 입던 옷……'

적유는 완전한 빙화와 만나고 있었다. 복색마저 갖추어놓으니 정녕
빙화의 환생이라 해도 과언이 아닐 듯싶었다. 오죽하면 그를 맞으러
나왔던 적랑대의 대주 낭아도 조철산도 눈이 휘둥그레지며 한 걸음 물
러섰을까. 적유의 가슴에 못다 했던 부정이 새록새록 솟아나고 있었
다.

"네 얘기를 듣고 싶구나. 어디서 태어났는지, 어떻게 살아왔는
지……"

소소와 적유의 모습에서 인질과 악인의 모습은 찾아볼 수 없었다.
두 사람 모두 자신들의 관계를 까맣게 잊고 있는 듯했다. 그리고 이상
하게도 그 모습이 그들에게 너무나 어울렸다. 소소는 조금씩 천천히
자신의 이야기를 하였다. 오랫동안 말하지 않았던 소소였기에 차분히
말하기가 쉽지 않았지만, 적유의 부드러운 눈빛을 보며 편안한 마음으
로 이야기할 수 있었다. 그리고 마을에 산적들이 난입하였던 일과 노

모가 그 산적들의 손에 변을 당하였을 때를 이야기하며 결국 말을 잇지 못했다. 소소에게 손수건을 건네주던 적유의 눈빛이 조금은 이성을 되찾고 있었다.

'장철웅… 우연이 아닐지도…….'

적유의 눈에 무언가 의미를 알 수 없는 감정이 지나가고 있었다. 아무래도 이번 북평행에서는 확인해 봐야 할 것이 많아질 것 같았다. 주작홍기의 행방과 함께… 장철웅이란 사내의 정체도.

소소와 적유가 타고 있던 마차가 관도를 질주하고 있었다. 아마 북평까지는 며칠 걸리지 않을 듯싶었다. 화창한 하늘은 나들이하기에 더없이 좋은 날씨였다. 적유와 소소는 그 날씨와 어울리게 나들이라도 나온 사람들처럼 너무나 행복해 보였다.

그러나 그 행복은 멀리 북쪽에서 보이던 먹구름과 함께 조금씩 깨어지고 있었다.

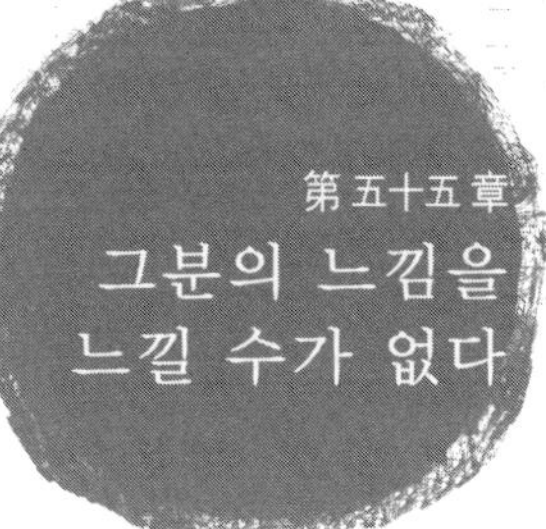

第五十五章

# 그분의 느낌을 느낄 수가 없다

# 그 분의 느낌을 느낄 수가 없다



"북평입니다."

철웅은 강추의 말에 창으로 고개를 내밀었다. 그의 눈에 아련한 무엇인가가 그려지고 있었다.

'결국… 오고 말았구나.'

그 마음이 어떠한지 아무도 알 수 없었다. 십수 년 전 이곳을 찾은 것이 왕야의 열아홉 번째 생신 때였던가? 주연을 파하시고도 사람들의 눈을 피해 자신의 손을 이끌고 친히 침소로 불러주셨다. 그곳에서 두 사람은 밤이 새도록 술잔을 기울였다.

"이봐, 세민! 내가 누구냐!"

"예! 황제 폐하의 사황자(四皇子)이시고, 대명황실의 자랑인 연왕이십니다!"

"그래! 나는 대명황실의 자랑이 될 것이다!"

"물론이옵니다!"

두 사람은 고주망태가 된 지 오래였다. 스무 살의 연왕과 서른 살의 철웅. 십 년의 나이 차가 무색할 만큼 두 사람은 죽이 잘 맞았다. 혀가 반쯤 꼬부라진 연왕 체가 철웅에게 외쳤다.

"이봐, 세민! 내가 대명황실의 자랑인가?"

"예! 왕야께서는 대명황실의 자랑이시며, 백만 황군의 자랑이십니다!"

"크크크, 이봐! 세민! 그럼 나의 자랑이 무엇인지 아는가!"

"잘 모르겠습니다!"

군영의 병졸들이나 나눌 법한 대화였다. 격의도 없었고, 격식도 없었다. 두 사람 사이에 그런 것은 필요치 않았다.

"이봐, 세민! 나의 자랑이 뭐냐 하면! 바로 그대가 내 친우라는 것이다!"

"예! 왕야의 자랑은 바로… 예?!"

연왕의 말에 답하던 세민의 눈이 휘둥그레졌다. 아무리 술이 과했기로서니……. 세민은 술이 달아나는 것을 느끼며 다급히 부복했다.

"전하! 소신이 무례를 범했나이다! 지금의 말씀은 거두어주시옵소서!"

"어? 이봐, 왜 그래?"

오히려 어리둥절해한 것은 세민의 행동을 바라보던 젊은 연왕이었다. 눈을 올려 뜨고는 자신이 무엇을 잘못했나 곰곰이 따지는 듯 보였다. 그리고 어느 순간 자신의 무릎을 치며 웃어 젖혔다.

"아? 아! 하하하하! 이봐, 세민!"

"예, 전하."

세민은 부복한 채 고개도 들지 못하고 있었다. 자신의 아비가 비록 오군도독 중 한 사람이었지만, 황제의 친왕과 감히 지우의 관계를 맺는다는 것은 어불성설이었다. 황제와 황족에게는 지배받는 이만 있을 뿐 황족 이외의 동등한 관계는 허락되지 않았다. 하나 연왕 체의 생각은 조금 달랐다.

"이봐, 세민. 자네가 나에게 이런 말 한 적이 있지?"

"……."

"한 사람의 명장이 나오기 위해선, 수만의 병사가 피를 흘려야 한다. 하나 그 병사들의 피가 얼마나 값진 것인지 알지 못한다면, 더 이상 그를 위해 피 흘려 줄 병사를 찾기 힘들 것이다……."

"신이 무례했사옵니다. 용서하여 주시옵소서."

세민의 머리가 더욱 숙여졌다. 분명 자신이 그런 말을 한 적이 있다. 바로 조금 전 술에 만취한 상태에서. 하나 그것은 자신과 같은 지휘관들의 자세이지, 명을 내리는 황족에게 고할 이야기는 아니었다. 조정의 대신들에게 이 이야기가 들어간다면, 능히 지탄을 받을 수도 있는 일이었다. 하나 이번에도 연왕은 조금 생각이 달랐다.

"자네 말이 맞아. 내 피 한 방울이 아까운 줄 알면, 다른 이의 피 한 방울도 아까운 줄 알아야지. 황제라는 자리가 사람을 사지로 내모는 자리는 아니라고 생각해. 천하의 안녕을 위해 그들을 사지로 내보내야 하겠지만, 그들을 보내는 마음이 갸륵하지 못하다면 하늘도 그런 황제는 용서하지 않을 것 같아.”

“전하, 황제 폐하께서는 하늘의 천명을 받으신 분이시옵니다.”

황제를 일컬어 천자라 하였다. 황제의 명은 곧 하늘의 뜻. 그 명의 옳고 그름을 따지는 것 자체가 하늘의 뜻을 거스르는 것이었다. 하나 연왕은 고개를 저었다.

“천명이든 아니든, 그 뜻에 천하를 위한다는 마음이 없다면… 그런 황제는 하늘이 용서하지 않을 거야.”

“…전하.”

이세민의 고개가 들렸다. 연왕을 바라보는 그의 눈에 탄복의 빛이 어리고 있었다.

“나에겐 수하가 필요하지만, 내 마음을 열어줄 친우도 필요하다. 나 혼자 그들의 피를 감당하기엔 너무 벅차. 같이 아파해 줄 친우가 필요해. 그걸… 자네가 해줬으면 좋겠어.”

“전하… 성은이… 망극하옵니다…….”

연왕 체와 북평대장군 이정인의 장자 이세민은 그렇게 친우가 되었다.


숭산을 출발할 때만 하더라도 따가운 봄볕에 하늘을 바로 보지 못했건만, 북평에 가까이 가면 갈수록 목덜미를 훑는 찬 기운에 옷깃을 여며야 했다.

“허어, 벌써 오월로 접어들고 있건만…….”

봇짐 깊숙이 집어넣었던 장삼 한 벌을 꺼내 어깨에 두르던 장 의원이 입을 열었다. 창밖으로 보이는 사람들의 모습에서는 아직 봄을 찾아보기 힘들었다.

"북평의 봄은 이제부터 시작입니다. 오월로 접어들면 아마 조금 나아질 겁니다."

소아의 어깨에 옷을 걸쳐 주던 철웅이 가만히 입을 열었다. 창으로 고개를 돌리며 철웅이 폐부 깊숙이 숨을 들이마셨다.

'하아… 정녕 오랜만이구나. 모든 것이 변했건만, 이 느낌만은 변하지 않았구나.'

외성의 문을 지나는 대호표국의 깃발이 수많은 사람들의 발걸음 속에서도 유독 눈에 띄었다. 북평으로 오고 가는 사람들의 수는 이루 헤아릴 수 없이 많았다. 과연 북평의 위세는 여타의 고도에 비해 한 치의 모자람도 없는 듯했다.

"도대체 이 많은 사람들이 다 어디에서 나타났는지 모르겠구먼."

창밖으로 보이는 사람들의 물결을 바라보던 장 의원이 질렸다는 듯 입을 열었다. 북평의 성문은 사두마차 두 대가 나란히 지나갈 수 있을 정도로 크고 웅장했으나, 인파의 해일을 감당하기엔 많이 부족한 듯 보였다. 성벽에 다다르기 오륙십 장 전부터 늘어진 인파의 꼬리를 보아하니, 오늘 한두 시진은 족히 걸려야 성문에 다다를 듯 보였다. 어찌어찌 성문까지 도달한 대호표국의 마차에도 검문을 위해 몇 명의 병사들이 다가왔다.

"호패(신분증)와 노인(통행증)을 보여주시오."

과연 대도의 수문답게 절도있고, 조금은 딱딱한 검문이었다. 하나 낙양부주의 인장이 찍힌 하건의 노인은, 제아무리 딱딱하다 하여도 일개 병졸들이 함부로 대할 수 없는 것이었다.

북평으로 들어가던 마차가 멈춘 곳은 성의 내성 밖에 있던 만화루(萬樺樓)라는 한 객잔이었다. 북평의 성문을 본 것이 정오였건만, 만화루의 마굿간에 마차의 고삐를 묶고 있을 때는 이미 서산으로 해가 뉘엿뉘엿 넘어가고 있었다.

"오늘은 이곳에서 쉬고, 내일 성안으로 들겠습니다."

철웅의 마차로 다가온 하건이 철웅에게 말했다. 철웅은 가만히 고개를 끄덕여 보였다. 내성의 문은 이미 닫혀 있을 것이니 어쩔 수 없었다. 한 번 닫힌 성문은 여간해서는 열기 힘들었다. 그것은 낙양부주의 인장이라 할지라도 쉽지 않은 일이었다. 만화루에는 이미 많은 사람들이 몰려 있었다. 주변에 제법 많은 객잔들이 몰려 있는 것을 보면 평소에도 오가는 객지인들의 수가 적지 않음을 알 수 있었다.

대호표국의 이름으로 미리 예약된 방이 있었다. 아마 북평에 도착하면 이곳에서 묵으며 여정을 정리할 요량이었던 듯했다. 객잔 뒤의 안채를 세내었으나, 함께하지 못한 사람들 탓에 배정된 방이 넉넉해 보였다. 철웅은 홀로 방을 쓰기를 청했다. 사람들은 안채에 마련된 대청에서 식사를 하기로 약조하고, 자신들에게 배정된 방으로 들었다.

짐을 푼 사람들이 대청으로 모인 것은 이미 사위가 어둑해질 무렵이었다. 객잔의 뒤에 있던 안채는 이 층의 목조 건물로, 이층은 객실이었고 일층은 대청으로 되어 있는 전형적인 구조였다. 대청에는 숙수들이 준비한 음식이 일행을 기다리고 있었다. 사람들의 목으로 군침 넘어가는 소리가 요란하게 대청을 울렸다. 근 한 달간의 여정 동안 제대로 된 식사는 이번이 처음이었으니, 오랜만의 포만감을 느낄 생각에 사람들은 서둘러 자리에 앉았다. 이런 저런 이야기가 오가고 있었으나 주고치의 모습은 보이지 않았다. 냉한상과 두주개는 조금은 이상한 낌새를 느끼고 있었음에도 별다른 행동을 취하진 않았다. 검은 휘장의 마차. 두주개의 눈초리가 그 마차에 고정된 것이 벌써 열흘 전이다.


"역시 병자들의 모습은 보이질 않아. 그 검은 마차, 이번 표행의 목적이 그 마차에 있는 것 같아."

두주개의 전음에 냉한상이 가볍게 고개를 끄덕였다.

"사람들의 행동도 수상하다. 마치……."

"호위 같더군."

냉한상의 답에 두주개가 눈을 빛냈다. 자신만 그렇게 느낀 것이 아니었다는 것에 자신의 생각을 확신하는 듯했다.

"알아봐야 하는데……."

"기다려 봐라. 북평까지 다 왔으니……."

냉한상은 두주개의 전음을 잘랐다. 그리고 가볍게 젓가락을 놓으며 철웅을 바라보았다.

"장 대협, 이제는 말씀해 주셔도 될 듯합니다."

"……?"

마침 식사를 마치고 젓가락을 내려놓던 철웅이 무슨 소리냐는 듯 냉한상을 바라보았다. 하나 이어진 냉한상의 말은 철웅뿐 아니라 일행 모두에게 하는 말이었다.

"믿기 어렵지만… 하남일검 고산덕, 철권 이승수, 섬전도 육당, 백의수사 전립, 무심박도 임정. 거기에 파검 장철웅 대협까지. 도대체 이 정도의 사람들을 보표로 부릴 수 있는 그 사람이 누군지… 이제는 말

쏨해 주서도 되지 않겠습니까?"

고산덕과 하건의 인상이 조금 굳어졌다. 하나 그것도 잠시, 그들은 오히려 지금까지 궁금함을 참아준 두 사람에게 고마워해야 할지도 모른다 생각했다. 길을 함께한 것만 근 이십여 일이었다. 눈치 빠른 개방의 분타주가 그 정도도 눈치채지 못할 것이라고는 그들도 바라지 않았다. 약속은 약속. 이미 북평까지 함께한 사람. 내일이면 모든 것을 알게 될 터였다. 단지 그전에 물어볼 말이 있었다.

"냉 대협, 나 역시 그간 두 대협이 가는 길마다 개방의 흑화를 남겼다는 것을 알고 있습니다. 열흘 전에는 서수(徐水)에서 개방의 방도와 접선하는 것도 보았습니다. 우리 표행의 진위를 밝히기 전에, 두 대협이 얼마만큼의 정보를 총단으로 보고했는지 물어도 되겠습니까?"

냉한상의 눈이 두주개에게 향했다. 두주개가 자리에서 일어섰다.

"이미 그러하기로 한 것이라 그리 은밀히 접선하지는 않았습니다. 예. 총단으로 상당한 보고를 이미 올렸습니다. 마교의 출현은 이미 개방 총단에 보고된 상태입니다."

마교라는 이름이 나오자 좌중의 인물들이 조금 동요했다. 고산덕이 그런 움직임 속에서 입을 열었다.

"개방은 어떻게 하기로 하였습니까?"

고산덕의 물음에 두주개가 잠시 생각을 하다가 입을 열었다.

"이렇게 된 이상 무엇을 숨기겠습니까. 저희 방주님은 이번 일을 결코 묵과하실 수 없다 하셨습니다. 아마 지금쯤 구대문파에 전서가 도착해 있을 것입니다."

"그 이야기는······."

　"죄송합니다. 아시다시피 함께 동행하는 것을 숨길 수는 없었습니다. 하나 이번 표행이 어떠한 목적을 가지고 있는지에 대해서는 일언반구도 하지 않았습니다. 또 이번 표행을 주도한 소림의 의중이 강호대의에 있음을 따로 보고하였습니다. 불필요한 요소는 방주님께서도 배제하실 것입니다."

　두주개가 말한 불필요한 요소가 무엇인지는 고산덕도 알 수 있었다. 강호의 소문. 마교의 등장과 그것을 함구한 소림에 대한 억측을 이야기하는 것이리라. 두주개로서는 할 만큼 했다 볼 수 있었다. 보고를 하고 안 하고를 떠나 자신들과 동행하고 있다는 사실을 숨기기 어려웠으리라. 관도를 따라 이동하는 자신들이었으니, 관도를 오가는 사람들의 눈을 피하기는 어려웠다. 그리고 그 사람들 중에는 분명 거지들도 있었다.

　"알겠습니다. 두 대협이 약조를 지키기 위해 최선을 다해주었다는 것을 믿겠습니다. 하면……."

　고산덕의 눈이 하건을 바라보았다. 하건은 내심 불만 가득한 표정이었다. 최선을 다했다고는 하나 자신들의 일거수일투족은 물론, 소림의 개입까지도 개방에 보고되었다고 했다. 자신들이 원했던 것과는 사뭇 다른 결과였다. 하건 역시 소림의 제자였다. 개방의 방주가 강호의 풍문을 무시한다 해서 다른 문파에서도 그리하리란 보장은 없었다. 차라리 보고를 하지 아니한 만 못했다. 고산덕의 눈빛에 하건이 고개를 가로저었다. 약조를 지키려 노력했으되 결국 약조를 지키지 못한 것과 진배없으니, 자신들이 약조를 지켜야 할 의무도 함께 사라졌다 생각하고 있었다.

이번에는 고산덕의 눈이 철웅에게 향했다. 철웅은 그의 눈빛을 받고도 아무 말이 없었다. 마치 자신과는 상관없다는 듯한 자세였기에, 고산덕은 가볍게 한숨을 내쉬었다. 판단은 자신의 몫이었다. 어찌 되었든 표행의 우두머리는 자신이었으니. 그렇게 두주개에게 자신의 생각을 말하려던 고산덕의 귀로 철웅의 목소리가 들렸다.

"지금… 다들 뭔가 잘못 생각들하고 계신 것 아니오?"

사람들의 시선이 철웅에게 쏠렸다. 철웅의 표정도 편치 않아 보였다. 하나 뒤이은 철웅의 이야기는, 그 표정의 의미가 하건과 같은 것이 아님을 말하고 있었다.

"냉 대협, 두 대협, 당신들 생각이 맞소. 우리는 표행이 아니라 보표로 이곳에 왔소."

두주개의 눈이 반짝였다. 자신의 생각이 맞았다. 하나 철웅은 그의 편을 들어준 것이 아니었다.

"하나 모두 잘못 생각하고 있는 것이 있소. 그분의 정체를 밝히고자 한다면, 그분에게 직접 물어보는 것이 옳은 것 아니오? 왜 여기서 그분의 정체를 밝히고 말고를 따지는지 이해할 수 없소. 그리고……."

사람들은 당황한 표정으로 철웅을 보고 있었다. 눈앞의 상황 때문에 그 뒤에 있던 정작 중요한 사실을 잊고 있었다. 철웅은 사람들에게 마지막으로 일침을 가했다.

"그분을 이런 식으로 논한다는 것 자체가 심히 불쾌하구려."

철웅의 눈에는 이미 작은 노기가 얹혀 있었다. 고산덕은 물론, 두주개와 냉한상 역시 그 노기의 이유를 짐작하지 못하였다. 하지만 한 사람은 달랐다.

“그렇군요. 제가… 잠시 정신이 나갔었나 봅니다. 감히 그분의 신변을 이런 식으로 논하는 것을 보고도 제지하지 못하다니…….”

하건이 철웅을 바라보며 입을 열었다. 크게 후회하는 모습이었기에 사람들의 눈에 어린 의혹만 더욱 커져 갔다. 하나 뒤이은 하건의 한마디에 사람들은 작게 입을 벌리며 자신들의 의혹을 묻어버렸다.

“대명황실의 신하 된 자로… 부끄러울 따름입니다.”

대명황실의 신하로서 하건이 책임을 통감하고 있다면, 그를 보표로 부리는 자의 신분이 어떠한지는 삼척동자라도 알 수 있는 노릇이었다.

‘황족?!’

두주개와 냉한상의 눈이 놀라고 있었다. 설마 이들이 황족의 호위를 하고 있었을 줄이야. 제아무리 눈치 빠른 두주개라 해도 쉽게 알아챌 수는 없었다. 황족의 호위로 하남성의 일류고수 다섯이 움직이고 있었다니…….

“하나 어찌 되었든 약속은 약속. 그대가 약속을 지키기 위해 최선을 다했다 하니, 우리도 약속을 지키기 위해 노력은 해봐야 하겠지요. 하동지, 그분께 이 사실을 말씀드리고, 어찌할 것인지 여쭈어보도록 하시오.”

“하나 어찌…….”

하건은 철웅의 말에 난색을 표했다. 이러한 일이 있었다는 사실을 말하는 것만으로도 불충이었다. 한데 이 일에 대한 판단을 직접 물어보라니. 하나 철웅의 생각은 변함이 없었다.

“그분이 판단하실 일이오.”

하건은 가만히 고개를 숙이고 생각에 잠겨 있다 결국 자리에서 일어섰다. 철웅에게 고개를 끄덕여 보인 그가 이층의 객방으로 올라간 사이, 좌중에는 차가운 침묵만이 맴돌고 있었다.

"이거… 생각보다 일이 복잡한데?"

황족과 관련된 일이라면 조금 더 신중하게 접근했어야 했다. 두주개는 완전히 뒤통수를 맞은 기분이었다. 난데없이 황족이라니. 냉한상역시 의외라는 듯 전음을 보냈다. 하나 판단은 달랐다.

"글쎄, 어쩌면 생각보다 쉬울지도 모를 일이지."

두주개의 눈이 냉한상에게 향했다. 그런 두주개의 시선을 받아야 할냉한상의 시선은 가만히 눈을 감고 있는 철웅에게 향했다. 그의 노기를 설명할 길은 하나뿐이었다.

'그도… 관부의 인물이었군.'

왠지 모를 아쉬움이 냉한상의 눈가를 스쳤다. 하나 냉한상이 모르고있는 것이 있었다.


그는 관부의 인물이 아니었다. 그는 관부의 인물이었을 뿐이었다.

그는 자신의 과거에 대한 예의를 갖추었을 뿐이었다.


*　　　　*　　　　*


"좌사, 정녕 그들을 막지 않을 생각이시오?"

한수의 목소리가 조금 격앙되어 있었다. 북평에서 불과 이틀 거리에있던 웅현(雄縣)이라는 곳에서 한수는 적유와 만날 수 있었다.

"허허, 소교주. 설마 북평에서 피를 보시려는 것은 아니겠지요? 그들을 잡기엔 너무 늦었습니다."

"그때 그들의 목을 베어버렸다면……."

한수의 입에서 분하다는 듯한 목소리가 튀어나왔다. 그런 한수를 바라보던 적유가 덤덤히 말을 이어가고 있었다. 하나 그 말을 듣던 한수는 덤덤할 수 없었다.

"제가 분명 말씀드렸었지요, 기회를 드리는 것이라고. 소교주의 지금 지위는 말 그대로 지위뿐입니다. 교의 교세를 모두 얻으시려면 지금보다도 더 많은 공적을 쌓으셔야 합니다. 하나 그것은 소교주가 쌓아야지, 제가 돕거나 해서는 소교주의 이름으로 남질 않습니다. 그날 제가 소교주를 도와드리긴 했으나 그들을 치지 않았던 것은, 그들을 제거해 봐야 소교주의 위명에 먹칠을 할 뿐이었기에 그리하지 않았던 것입니다."

"하지만……."

한수는 적유의 말을 수긍하면서도 철웅을 고이 보내었다는 것에 분해하고 있었다. 그런 한수를 달래듯 적유가 말했다.

"소교주, 소교주는 칠령을 잃었습니다. 그것이 어떤 의미인지 아직도 모르시겠습니까? 본 교의 대계를 위한 커다란 힘 하나를 잃은 것입니다. 그들의 공백을 메우기 위해선 그보다 몇 배는 많은 본 교의 고수들이 목숨을 버려야 합니다."

"그것은 그들의 임무요. 어찌 그 책임을……."

"소교주!"

한수의 투덜거림에 결국 적유가 호통을 내지르고 말았다. 한수의 눈이 그런 적유를 노려보고 있었다.

"본 교의 교도들은 소교주가 쓰고 버리는 소모품이 아니오! 용화세계를 위해 희생을 강요하고는 있지만, 그것은 우리 모두를 위한 것. 지금과 같은 생각으로 교의 교권을 넘본다면 아무도 소교주를 따르지 않을 것이오!"

"……."

한수는 말없이 적유를 노려보고 있었다. 그들의 시각 차는 분명했다. 한수에게 있어 교는 자신을 위해 존재하는 것이었고, 적유에게 있어 한수는 교를 위해 존재해야 했다. 그 극명한 대립 속에서 두 사람의 입장은 확연히 구분되어지고 있었다. 하나 한수는 이변이 없는 한 교의 대권을 이어야 하는 자였고, 적유는 좋든 싫든 그런 한수를 다음 대교주로 옹립해야만 했다. 가야 할 곳은 같았으나 그 길이 너무 다른 두 사람의 마찰은 쉽게 풀릴 기미가 보이질 않고 있었다.

'소교주의 독선이 날이 갈수록 심해지고 있다. 교주님의 걱정이 결국 기우가 아닌 현실이 되어가고 있다. 그것을 바로잡아야 하는데… 인성을 바꾸는 것은 쉽지가 않구나.'

적유는 날이 갈수록 오만방자해지는 한수의 행태에 적지 않게 실망하고 있었다. 수많은 교도들을 이끌어야 하는 자리였다. 하나 한수는 이끌기보다는 군림하려 하고 있었다. 그것은 교리를 따르는 교주 된 자의 자세가 아니었다.

'그는 결국 나를 견제하고 있는 것이다. 기회만 닿는다면, 언제든 나를 제거하고 교주의 위에 오를 수 있는 사람이다. 인정하긴 싫지만, 그는 지모와 무위에서 충분히 그만한 자격을 가지고 있는 사람이지. 조금 더 준비를 철저히 하지 않으면 나를 위한 대계가 아니라, 그를 위한

대계가 되어버린다.'

한수는 적유를 경계했다. 그의 나이 이제 육십 중반. 충분히 자신을 제거하고 다음 교주를 준비할 수도 있는 나이였다. 한수의 피해망상은 날이 갈수록 그 도를 더해가고 있었다. 한수의 눈빛에는 질시와 탐욕이 갈무리되어 있었다. 수십만의 교도들. 그들이 봉기한다면 천하 위에 군림하는 것도 꿈은 아니었다. 자신의 아버지를 평생 불구로 만든 주원장의 목을 치는 것도 충분히 가능했다. 그리고 그 자리에 자신이 앉게 될 것임을 믿어 의심치 않았다.

'나는 황제가 될 것이다. 교권과 황권의 일치. 이것이야말로 진정한 용화세계가 아니겠는가? 천하 만민은 너 나 할 것 없이 본 교의 교리를 따르게 될 것이다. 소림을 불사르고 화산을 지워 버릴 것이다. 무당과 아미… 천하 모든 교리를 지상에서 없애 버릴 것이다. 그것이야말로 진정한 용화세계… 미륵만이 존재하는 진정한 용화세계다……'

그들이 걸어가는 길은 같았으나, 그들이 꿈꾸는 그 길의 끝은 너무나 달랐다. 적유와 한수의 침묵은 그렇게 이어지고 있었다. 한수의 입으로 털어 넣는 술잔의 오감이 점점 많아지고 있었다. 적유는 그런 한수에게 무심한 시선을 보내고 있었다. 걱정이 태산이었다. 대계의 준비는 이미 마무리된 상태. 그 대계의 신호탄이 될 두 개의 횃불을 기다리고 있는 중이었다. 그 하나의 횃불은 북평으로 향해 있었고, 다른 하나의 횃불은 자신의 손에 있었다. 이제 때만 기다리면 되는데…….

"……?"

적유의 고개가 문가로 향했다. 누군가의 인기척. 사방 십 장 안은 자신의 적랑대에 의해 완전히 봉쇄되어 있었다. 그런 결계 안으로 평범한 사람의 인기척이 느껴졌다.

'빙화야……'

적유의 입가에 잔잔한 미소가 머금어졌다. 술잔을 기울이던 한수의 눈에 그 모습이 보이지 않을 리 없었다.

'음? 여인인가?'

한수의 이목에도 그녀의 인기척이 느껴지고 있었다. 그녀의 안위를 걱정한 적유의 선택이었다. 적랑대의 결계는 그녀도 함께 보호하고 있었다.

"누구입니까?"

"……?!"

한수의 물음에 적유가 흠칫 놀랐다. 하나 이내 신색을 편안히 한 적유가 입을 열었다.

"…내 양녀입니다."

급조한 거짓이었지만, 거짓을 말하는 적유의 표정은 그 어느 때보다 편안해 보였다.


그들의 시선이 닿아 있는지도 모른 채 소소는 복도를 거닐고 있었다. 가만히 누워만 있기엔 달빛이 너무나 고운 밤이었다.

*　　　　*　　　　*


"개방? 그들이 무엇을 하는 자들이기에……."

주고치의 물음에 간략히 당금 무림의 형세와 개방의 위치 등을 설명해야 했다. 하건의 설명을 듣던 주고치가 가볍게 코웃음을 쳤다.

"거지의 무리가 나를 보기를 원한다? 그래, 내가 누구인지 밝히지 않는다면 당장 천하에 소문이라도 내겠다고 하던가?"

"그런 것은 아니지만……."

하건은 속이 타고 있었다. 그들이 소문을 내지는 않을 것이지만, 진실을 숨기지도 않을 것이다. 제아무리 개방의 방주가 광명정대한 사람이라 하더라도, 마교를 인지했던 소림의 묵과는 쉽게 인정하기 힘든 일일 테니. 어쩌면 연왕부나 주고치 자신에게 돌아갈 해는 그다지 크지 않을지도 모른다. 연왕부는 침묵하면 그만이다. 감히 연왕부를 손가락질할 만큼 담이 큰 자가 그리 많지는 않을 테니.

하나 소림은 다르다. 소림이 제아무리 천하불문의 명찰이라 하더라도, 마교라는 이름은 그런 소림에 돌을 던지게 하기 충분했다. 주고치는 그것을 모르고 있었다. 그는 마교라는 것이 어떤 의미인지도, 소림이 강호에서 차지하는 위치도 몰랐다. 그에게 그들은 다른 세계의 사람들일 뿐이었다. 그러니 하건이 다급해질 수밖에 없었다. 자신의 사문에 겁난이 닥칠지도 모를 일이었다. 그것만큼은 무슨 수를 써서라도 막아야 했다.

"그는 왕자 전하께서 직접 판단할 일이라 했습니다."

"그?"

"예. 일전에 말씀드렸던 장철웅이라는 사람이옵니다."

주고치는 이마를 살짝 찌푸리며 그 이름을 기억해 내었다. 무공이 고강한 자라는 이야기를 들은 기억이 났다.

"그가 그런 말을 했다?"

"예. 저희는 호위일 뿐, 전하의 신분과 관련한 일은 결국 전하가 판단하셔야 한다고 했습니다. 소신 또한… 그 사람의 의견이 옳다 생각하고 있습니다."

하건은 철웅의 이름을 팔았다. 그의 얘기를 들은 주고치의 이마가 조금 더 좁혀졌다. 고민할 필요는 없었으나, 무시할 수도 없는 이야기였다. 타당한 논리였고, 자신을 이곳까지 호위하며 많은 자가 목숨을 잃었다. 모른 척 무시하기엔 그들의 희생이 작다 말할 수 없었다.

"…그 개방의 작자를 이리로 데리고 오게. 그리고……."

하건의 눈에 안도의 빛이 어렸다. 주고치의 결정으로 소림의 누명은 충분히 벗겨질 수 있으리라. 그가 정체를 밝힌다면 그간의 사정을 설명할 명분을 얻게 되는 것이니. 하나 뒤이은 주고치의 말에 하건은 좋아해야 할지, 당황해야 할지 몰랐다.

"그 장철웅이라는 자도 함께 오라고 하게."

하건은 예를 올리곤 내실을 빠져나왔다. 주고치가 묵고 있는 방 앞에는 이승수와 임정이 서 있었다. 하건의 굳은 표정을 보던 이승수가 전음을 보냈다.

"이봐, 하 사제, 무슨 일인가?"

"두 분타주를 올려 보내라는 명을 받았습니다."

"오오. 그거 잘된 일 아닌가?"

"예. 잘된 일이기는 한데……."

말끝을 흐리며 대청으로 내려가는 하건의 어깨가 조금 내려앉은 듯 보였다. 그 모습을 바라보던 이승수의 고개가 갸웃했다.

대청으로 내려온 하건이 두주개에게 함께 가자고 청했다. 냉한상이 함께 일어났지만, 하건이 고개를 저었다. 두주개가 하건의 옆에 섰음에도 하건은 움직이질 않았다. 그 모습을 이상히 여긴 고산덕이 입을 열었다.

"아니, 왜 올라가질 않는가?"

하건은 말없이 철웅을 바라보았다. 철웅은 이상한 느낌을 받았고, 그 이상한 느낌이 그다지 좋지 못한 것임을 알 수 있었다.

"…장 대협도 함께 올라오시라고 합니다."

잘되었다는 듯 미소 짓는 고산덕과는 달리 철웅의 표정은 굳어지고 있었다. 그렇게 피했던 만남이었건만, 결국 북평에 다다라 그를 만날 수밖에 없었다.

'그래, 피할 것도 없는 일이다. 나는 장철웅일 뿐이다. 그와는… 아무런 상관도 없는 사이다.'

철웅이 표정을 풀고 자리에서 일어나자, 하건은 그제야 걸음을 옮겨 이층으로 향했다. 하건의 걸음이 한 내실에 멈추었다. 두주개는 그 방 앞에 대청에서는 보이지 않던 이승수와 임정이 서 있는 것만으로 하건의 말이 진실이었음을 인정하지 않을 수 없었다.

'황족… 과연 누구일까?'

내실의 문이 열리고 하건과 두주개, 그리고 무거운 발걸음의 철웅이 안으로 들자 내실의 문이 닫혔다. 그 앞을 버티고 서 있던 이승수와 임정의 눈이 더욱 빛났다. 아무도 들일 수 없다는 듯.

"예를 갖추십시오. 황제 폐하의 친왕이신 연왕 전하의 장자 주 왕자이십니다."

두주개의 눈이 경악하다시피 크게 떠졌지만, 그 옆에서 대례를 올리는 철웅의 모습에 놀라 함께 예를 올렸다.

"섬서 부현(富縣) 청수곡의 장철웅이 왕자 전하를 알현하옵니다. 천세천세천천세."

"호북 무창의 오달(吳獺)이 왕자 전하를 알현하옵니다. 천세천세천천세."

감히 황족 앞에서 외호를 아뢸 수는 없었는지, 두주개는 자신의 본명을 말하고 말았다. 예를 받던 주고치가 고개를 끄덕였다.

"일어서시오."

하건의 목소리가 들리고 나서야 바닥에 엎드렸던 두 사람의 신형이 일어섰다. 그들을 바라보던 주고치가 입을 열었다.

"나를 위해 고생한 사람들이니 번잡한 예를 거두는 것을 허락하겠네. 편히 앉게."

주고치의 허락이 떨어지고 나서야 두 사람은 그의 모습을 바라볼 수 있었다. 보통 사람의 두 배는 됨직한 거구에, 키는 육 척이 조금 못 되는 단신이었다. 그나마 떠진 눈이 작지는 않아 볼품없어 보이지는 않았지만, 앉아 있는 것이 버거워 보일 정도로 비만한 그 모습에서 왕자의 품위를 찾기는 힘들어 보였다. 자리에 두 사람이 앉자 주고치가 입을 열었다.

"그래, 내가 누구인지 궁금해했다고?"

"저… 그게……."

두주개는 함부로 입을 열지 못했다. 황족, 게다가 당금 황실의 실세인 연왕의 장자. 개방의 일개 분타주가 상대하기엔 너무 거물이었다. 그나마 그의 기억에 주고치의 나이가 이제 겨우 약관이라는 것이 다행이라면 다행이었다.

"이제 내가 누구인지 알았으니, 나와 볼일은 끝난 것인가?"

"화, 황공하옵니다."

두주개는 겨우 대답할 수 있었다. 입 한번 벙긋 잘못하면 개방에 불벼락이 내릴 수도 있었다. 연왕부의 행사에 감히 정체를 밝히라고 나선 꼴이니… 주고치가 고개를 끄덕인 것이 그에게는 다행한 일이었다.

"두 대협은 나가서도 좋습니다."

두주개는 급히 일어서며 예를 올리곤 내실을 빠져나갔다. 내실 밖으로 나간 두주개의 입에서 긴 한숨이 소리없이 나왔다. 십년감수했다는 표정으로 대청으로 내려가는 모습에 이승수와 임정이 쓴웃음을 지었다. 잠시 말이 없던 주고치의 입이 열렸다.

"그대가 장철웅이었군."

"그러하옵니다."

"생각해 보니 우습군. 근 한 달을 함께하였음에도, 이제야 얼굴을 마주하게 되다니……."

"황공하옵니다."

철웅은 주고치를 바라보지 않았다. 그의 두툼한 뱃살에 고정된 시선은 움직일 줄 몰랐다. 주고치가 웃으며 다시 입을 열었다.

"내가 직접 판단해야 할 일이라고 했다고?"

"예, 전하."

주고치의 입가에 조금은 거만한 웃음이 떠올랐다.

"그대들이 나를 북평까지 데려온 것을 가상히 여기고 있네. 하나 나의 행보가 무림이라는 곳에서 오르내리는 것이 탐탁지 않았기에 직접 그를 부른 것이네. 이후 오늘의 이야기가 천하에 퍼지지 않을 것을 약속해 줄 수 있는가?"

"……?!"

철웅은 흠칫 놀랐다. 하건 역시 놀라기는 마찬가지였다. 주고치의 말은 황족으로서 당연한 이야기일지도 몰랐다. 황족으로서 자신의 행보가 천하 세인들의 입방아에 오르내리는 것을 달가워할 리 없었다. 하건 역시 그것을 모르는 바는 아니었다. 하나 주고치는 그것의 함구를 요구하고 있었다. 어려운 일이었기에 하건의 얼굴에 난감한 기색이 어렸다. 하지만 철웅의 얼굴에 떠오른 표정은 난감함이 아니라 이상하다는 것이었다.

"내 아버님은 친왕이시고, 그 권세가 하늘을 찌르는 분이시네. 나의 행보가 혹 내 아버님께 누가 되기를 원치 않는다네. 그대들의 희생은 안타깝지만… 나는 그간 있었던 모든 일들이 세상에 알려지는 것을 원하지 않네. 어떻게 하느냐는 그대에게 일임하겠네. 물론 대가가 따른다면, 그대가 원하는 것은 무엇이든 들어줄 수 있네. 어떤가, 해줄 수 있겠는가?"

은근한 추파. 주고치는 철웅에게 철저한 함구(緘口)를 원했다. 그 말 속에는 필요에 따라 방법을 따지지 않겠다는 뜻이 담겨 있었다. 살인멸구(殺人滅口)까지도… 철웅의 얼굴이 조금씩 굳어져 갔다.


'…그분의 느낌을 …느낄 수가 없다……'


*　　　　*　　　　*

두 동이의 물을 뒤집어쓰고 나서야 정신을 차린 번쾌였다. 떠지지 않는 눈을 억지로 뜨던 번쾌의 앞에는 두 사람이 서 있었다. 한 사내는 피가 진득하게 달라붙은 채찍을 들고 있었고, 다른 한 사내는 황의 장삼을 걸친 채 피에 전 번쾌를 내려다보고 있었다.

"정신이 좀 드나?"

황의 장삼을 입고 있는 삼십대 중반의 사내가 입을 열었다. 번쾌는 목소리가 들린 방향으로 고개를 들기 위해 안간힘을 썼지만, 어깨에 살을 지져 낸 깊은 상처 때문인지 쉽게 목을 가누지 못하고 있었다.

"다시 한 번 말해 봐."

"언상이… 찾아와서……."

"아니, 그 다음."

"…옥새와 옥패를 만들고……."

번쾌는 장삼사내에게 자신이 언상에게 했던 말들을 토씨 하나 빠뜨리지 않고 그대로 읊어대고 있었다. 언상이 자신을 지켜내지 못했으니, 이들에게 목숨을 구걸하는 것만이 목숨을 부지할 수 있는 유일한 방법이었다. 번쾌의 이야기를 듣고 있던 황의사내가 고개를 끄덕였다.

"좋아. 이틀 동안 고문을 받았고, 고작 반 각 동안 기절한 것이 네놈에게 허락한 휴식의 전부. 그러고도 마흔 번의 질문에 모두 같은 대답을 하였으니, 믿어주도록 하마."

황의사내의 입술이 거만하게 말려 올라갔다. 문으로 걸어가던 황의사내가 채찍을 들고 있던 사내에게 말했다.

"내다버려."

황의사내의 말에 채찍을 들고 있던 거한이 고개를 숙였다. 번쾌의 귀에 버리라는 말이 들렸다.

'죽이라고는 안 했어…….'

번쾌는 자신의 손을 묶고 있는 족쇄를 푸는 손길에 마음을 놓으며 정신을 잃었다. 목숨을 건졌다는 안도가 그를 깊은 잠으로 인도한 것이었다.


문을 열고 나온 황의사내가 문 앞에서 그를 기다리던 병부시랑(兵部侍郞) 왕치우(王峙宇)를 보고는 급히 허리를 숙였다. 왕치우는 고개를 끄덕여 보인 뒤 입을 열었다.

"어떤가?"

"깨끗합니다. 저자는 아무것도 모르는 눈치였습니다."

"그래? 그 옥패에 관한 것도?"

"예. 그저 자신이 만든 옥패 중 연왕부의 것이 있다라는 것만을 알고 있을 뿐이었습니다."

"흠… 좋아. 깨끗이 마무리하게."

"예."

금의위 위사는 왕치우에게 고개를 숙여 보였다. 왕치우는 걸음을 옮겨 피 냄새 자욱한 금의위의 금옥을 빠져나오고 있었다.

'흠… 그나마 다행이군. 언상이 북평에 도착한다 하더라도 그것이 어떤 물건인지까지는 꿈에도 짐작할 수 없을 것이니. 상서께서도 한시름 놓으시겠구나. 한데… 이 이야기를 전하러 그자들을 만나야 하나? 그들을 만나는 것이 영 꺼림칙하긴 하지만, 그들과의 연락은 전적으로

나에게 일임된 것이니 상서의 신임을 받는다는 것에 만족해야지.'

왕치우는 금의위에 대기하고 있던 마차에 올라 병부로 향했다. 시급한 일은 처리되었으니, 이제 기다리는 일만 남았다.

번쾌의 시신이 발견된 것은 그로부터 나흘 뒤였다. 태흥(泰興)의 한 강변에서 전신이 물에 붇고, 몸 이곳저곳이 물고기들에게 물어 뜯겨 뼈가 드러난 참혹한 모습으로였다. 관원들은 시신의 폐 속에 물이 가득한 걸로 보아, 물에 빠질 때에는 살아 있었던 것으로 판단했다. 하나 형체를 알아볼 수 없을 만큼 훼손된 시체의 신원을 밝혀내는 것에는 관원들도 실패했다.

번쾌는… 그렇게 버려졌다.

*　　　　*　　　　*

사람들이 모두 자신의 방으로 사라진 대청에, 하건이 홀로 앉아 술잔을 기울이고 있었다. 작은 유등 하나 없던 어두운 그곳에 술잔 차는 소리만이 공허하게 울리고 있었다.

"후우……."

술잔을 잡아가던 하건의 입에서 긴 한숨이 나왔다. 아까 전의 일만 생각하면 지금도 가슴이 철렁 내려앉는 듯했다. 그러던 하건의 입이 피식 웃음을 지었다. 그 허연 얼굴이 더욱 하얘지면서 턱에 붙은 살들이 푸들거리는 모습이라니. 아무리 군신의 도리를 따진다 하여도 우스운 것은 우스운 것이었다.

‘어지간히 노하긴 했나 보군. 하긴 그런 말을 면전에서 들었으
니…….’

하건은 술잔을 들어 입 안으로 털어 넣었다. 일행의 일정을 조율하
는 자신이었으니, 왕자의 노기에 맘이 편할 리 없었다. 하나 마음 한편
에서는 아직도 잊혀지지 않는 통쾌함에 온몸이 부르르 떨릴 지경이었
다.

‘손바닥으로 하늘을 가리는 법은 모른다……. 과연 그 사람의 배포
는 어디까지란 말인가…….’

하건의 입에 진한 미소가 걸렸다. 그는 술잔을 내려놓으며 몇 시진
전의 기억을 더듬어보고 있었다.


“지금 뭐라고 했는가?”

“…신하 된 예로 군주를 위해 목숨을 버리는 법은 배웠으나, 손바닥
으로 하늘을 가리는 법은 배우지 못했다고 했사옵니다.”

분기로 떨리던 주고치의 물음에도, 철웅은 아무런 동요 없는 무감한
목소리로 답하고 있었다. 주고치의 두 눈이 철웅을 노려보고 있었다.
하나 눈빛만으로 그를 압박하기엔 철웅의 의지가 너무나 강했다.

“감히…….”

“진실이라는 것은 가린다 하여 가려지는 것이 아니옵니다.”

“네놈이 감히 나를 훈계하려 드는 것이냐!”

“충언을 드림에 주저함은 신하의 도리가 아닌 줄로 아뢰옵니다.”

“네놈이 감히…….”

철웅은 고개를 들어 주고치를 바라보았다.

"일개 병졸 출신인 신의 재주로 군자의 도리를 논할 수는 없으나, 토사구팽이란 말이 어떤 뜻인지는 삼척동자라도 알고 있을 것입니다. 목숨을 걸고 왕자 전하를 보위한 백성들을 도청도설(道聽塗說:길에 나도는 소문)이 두려워 내치시려 함은, 전하 스스로 그들과 함께한 것이 떳떳치 못함을 시인하시는 것과 같사옵니다. 미천한 저로서는 전하께서 그리 생각하시는 연유를 알 수가 없사옵니다."

주고치는 아무 말도 하지 못했다. 옆에 서 있는 하건조차 어쩔 줄 몰라 두 사람의 설전을 그저 지켜볼 뿐이었다. 주고치의 굳어진 안색은 쉽사리 풀어지지 않았고, 두 사람 사이의 기류는 허공에서 못이 박힌 듯 움직이지 않고 있었다.

"…물러가라."

주고치는 악다문 잇소리로 철웅에게 명했다. 철웅은 주저 않고 일어서며 대례를 올렸다. 그리고 한 점 미련도 없다는 듯 방을 나섰다. 주고치의 입술은 하건이 대례를 올리고 방을 나설 때까지도 열리질 않았다.


그것이 하건이 기억하고 있던 통쾌함의 이유였다.

'그 사람은 왕자 전하를 두려워하지 않았다. 아니, 연왕부를 두려워하지 않았다고 해야겠지. 그만큼 자신이 있다는 것인가? 아니면 정녕 신하 된 도리를 다하고자 했던 것일까?

하건은 철웅의 행동을 이해할 수 없었다. 하지 않아도 될 말이었고, 그 말을 한다고 해서 자신에게 득이 될 것이 없는 말들이었다. 득이 다 무엇이란 말인가? 훗날 재앙으로 돌아올지도 모르는 말들이거늘. 그럼에도 불구하고 그는 충언을 올리기에 주저하지 않았다. 통쾌하기는 하나 이해하기는 힘든 행동이었다.

'하나 그것이 가장 그다운 행동인 것을……'

하건은 가만히 웃으며 마지막 술잔을 입에 털어 넣었다. 더 생각하면 무엇 할까, 며칠 후면 끝날 여정인 것을. 이후의 일은 그때 걱정해도 될 듯싶었다. 지금은 취한 정신 그대로 잠들고만 싶었다. 하나 그 여정이 끝난 것은 그로부터 닷새나 지난 후였다.


"아직도 멀었구나… 아직도 멀었어……"

철웅은 한숨을 내쉬며 고개를 젓고 있었다. 아무리 생각해도 자신의 행동은 경솔했다. 아무리 자신의 마음에 들지 않는다 하여도, 황족이었고 그분의 아들이었던 것을……

'그분의 모습과 너무도 달라 실망했던 것인가……. 하나 네가 실망할 것이 무엇이더냐? 너는 아직도 네가 그분의 친우라 생각하고 있구나.'

철웅은 고개를 가로저었다. 이미 다 잊어버린 과거지사. 자신이 참견할 일도 아니었고, 참견해서도 안 될 일이었다. 그저 못한다 했으면 무능하다는 질책 한 번으로 끝날 일이었던 것을.

'더 생각해 무얼 할까. 이미 모두 지나가 버린 일인데……'

철웅은 잡념을 떨치기 위해 자신의 봇짐 속에서 사부가 남긴 책자를 꺼내 들었다. 하나 두어 장 읽는가 싶더니 이내 덮어버리고 마는 철웅이었다. 그에게 닥친 문제는 그것만이 아니었다.

'후……. 소소는 어찌 되었을까……. 내가 너무 안일하게 대처하고

있는 것은 아닌가…….'

철웅은 가슴이 답답해져 왔다. 벌써 이십여 일째 소식을 듣지 못한 소소였다. 자신에게 찾아오겠노라 말했던 그자도 모습을 보이지 않고 있었다.

'연왕부의 일이 끝나면 찾아오려는 것인가?'

철웅은 자신에게 찾아오겠다고 한 그를 의심하지 않았다. 그는 자신들의 뒤를 쫓지 않겠다는 약속을 지켰다. 혹 그 속뜻에 모든 일이 끝날 때까지라는 말이 들어 있었던 것은 아닐까 하는 생각까지 드는 철웅이었다. 하나 아무리 그의 약조를 믿고 있다 하더라도 무작정 기다릴 수만은 없었다. 자신을 따라 고향을 등진 아이. 언제까지라도 자신을 지켜달라 말하던 아이였다. 그런 아이가 누구인지도 모르는 자의 손에 있다는 것이 그의 마음을 뒤흔들어 놓고 있었다.

'후……. 아직도 나는 무력하기만 하구나.'

마음이 가는 대로 몸이 따르지 못하고 있었다. 당장이라도 뛰쳐나가 소소의 이름을 부르짖고 싶은데, 그의 이성은 그것이 아무런 도움도 되지 않는 일이라는 것을 자각시키고 있었다. 그가 할 수 있는 일은 아무것도 없다.

철웅은 근 반 시진 동안이나 마음을 잡지 못한 채 방황하고 있었다. 한숨짓던 그의 목덜미로 찬바람이 한차례 훑고 지나가고 나서야 조금 마음을 진정시킬 수 있었다.

'아무것도 할 수 없다고, 손놓고 앉아 있을 수만은 없는 일…….'

철웅은 소소를 데려간 그자를 떠올렸다. 검절 어른에게서나 느꼈을 법한 강대한 기도를 지닌 자였다. 그가 다시 나타난다 하더라도 그의 손에서 소소를 데려올 수 있다 장담할 수 없었다. 지금 당장 그에게 필요한 것, 그가 할 수 있는 일은 힘을 키우는 것뿐이었다. 철웅은 억지로나마 마음을 진정시켰다. 주화입마의 고비를 넘긴 후 그의 혈맥이 더욱 충실해지고 있었다. 내력의 끊김도 눈에 띄게 줄었고, 단전에 갈무리된 내기도 두텁게 쌓여만 갔다. 이제 또 한 번의 고비만 넘긴다면…….

'그 붉은 머리의 사내는 장담할 수 없어도, 한수란 자는…….'

철웅은 다시 흔들리려던 마음을 고쳐 잡으며 사부가 남긴 단환을 꺼내어 들었다.

철웅이 묵고 있던 방에선 열기의 폭풍이 휘몰아치고 있었지만, 그 내부의 진탕을 감지하고 있던 자는 아무도 없었다. 단지 기운의 요동에 눈을 뜬 냉한상이 잠시 철웅의 방이 있는 쪽을 바라보다 다시 잠이 들었을 뿐이다.

철웅은 또 한 번 변화하고 있었다.

第五十六章
# 엇갈림

엇갈림



"하남지부?"

아침에 접수된 배첩을 읽어 내려가던 연왕부의 수문위장 철마영(鐵碼楹)이 고개를 갸웃거렸다. 하나 그도 잠시 그 배첩을 전달한 자가 하남부의 동지라는 것을 보고는, 피식 웃으며 삼(三)이라 쓰인 목함에 배첩을 던져 넣었다.

"멀리서 온 수고는 가상하지만……."

철마영의 우측에는 모두 다섯 개의 목함이 놓여 있었다. 방문자들의 인적 사항과 그들이 남긴 배첩을 담아놓는 목함이었는데, 그 위에는 일부터 오까지의 숫자가 적혀 있어 지위와 고하를 가름하고 있었다. 일이라 쓰인 목함의 배첩은 오늘 안으로 연왕부의 총관에게 전달될 것이고, 이라고 쓰인 목함의 배첩은 그 다음의 순이었다. 삼이라 쓰인 목함으로 분류된 배첩이 총관에게 전달되는 것은, 아무리 적게 잡아도 닷새는 걸릴 것이다. 그리고 그들이 정작 왕야를 알현할 수 있게 될 때가 되면 배첩을 전달한 시점에서 열흘은 넘게 걸릴 것이었다. 수두룩하게 쌓인 배첩을 바라보던 철마영의 앞으로 수문 병사 하나가 헐레벌떡 달려오고 있었다.

"무슨 일이냐?"

"저기 이것을……."

병사가 내민 배첩을 받아 보던 철마영의 눈이 휘둥그레졌다.

'도찰원 좌첨도어사 언상?'

수문위장은 인상을 찡그렸지만, 그렇다고 인상만 찌푸리고 있을 일이 아니라는 것을 잘 알고 있었다. 철마영은 직접 배첩을 들고는 총관이 있는 전각으로 달려갔다. 그 배첩이 넓은 연왕부 내에서 총관의 손을 거쳐 신승 도연에게 전달되기까지 걸린 시간은 고작 일다경 정도였다.

"언상이라……."

도연은 자신의 집무실에서 그 배첩을 보고 있었다. 연왕부의 대내총관. 하나 연왕 자신이 왕 노야 혹은 왕 집사라 부르기에, 사람들 모두 왕 노야라 부르는 사람이 그의 앞에 서 있었다.

"음… 일단은 돌려보내도록 하지요."

"괜찮겠습니까? 그래도 도찰원의 좌첨도어사라는 감투까지 쓰고 왔는데……."

얼굴 가득 주름진 초로의 노인이 도연을 바라보며 걱정스럽다는 듯 말했다. 하나 도연의 의지는 확고했다.

"그가 좌첨도어사라고는 하나 여기는 엄연히 왕부입니다. 게다가 그 깟 도찰원에서 배첩을 올렸다 하여 왕야께서 없는 시간을 쪼개실 필요 는 없습니다. 하루 정도의 말미만 주는 것도 과분한 처사지요."

도연의 말은 칼로 자르듯 단호했다. 왕 노야 역시 그의 말에 충분히 수긍하고 있었다. 자신이 모시는 분은 엄연한 친왕. 친왕을 알현하는 것이 그리 쉽다면 그 누가 왕부를 어려워하겠는가.

"그렇게 하지요. 왕야께는 신승께서 말씀드려 주십시오."

"그러지요."

문을 열고 나가는 왕 노야의 모습을 바라보던 도연이 눈에 이채를 띠었다.

'도찰원이라……. 과연 무엇을 보고 온 건가…….'

배첩을 들고 자리에서 일어선 도연은 연왕을 찾았다. 도찰원의 방문 을 알려야 했고, 찾아온 이가 연왕이 사석에서도 몇 번인가 이야기한 그 언상이라는 것도 알려야 했다.


＊　　　＊　　　＊


"내일 정오에 다시 오시랍니다."

"정오?"

언상은 공유유의 말에 살짝 인상을 찌푸렸다. 하지만 이내 고개를 끄덕이며 인상을 풀었다.

'명색이 연왕부. 도찰원 좌첨도어사에게 이 정도면 과분한 대우라 할 수 있겠지.'

언상은 연왕부를 뒤로한 채 걸음을 옮겼다.

"객잔을 알아봐."

"예, 제가 앞장서겠습니다."

공유유의 말을 따라 언상과 호덕영이 말을 몰았다. 마상의 언상은 깊은 생각에 잠겨 있었다.

'번쾌는 병부에 회유되었다. 그리고 그는 친왕들의 옥패와 옥새를 위조하였다. 소림에 침입했던 자들은 주왕부의 인장이 찍힌 친서를 들고 왔었다. 그것이 위조된 것이라면… 병부는 어떤 식으로든 홍수와 연관되어 있다. 주왕부를 고립시키기 위한 술책일 수도 있고, 소림에 잠입하기 위한 술책이었을 수도 있다.'

공유유가 말을 몰던 곳은 연왕부가 자리한 내성을 나가는 문이었다. 내성 안에는 주루가 자리할 수 없었기에, 부득이 내성과 외성 사이에 있는 대로변으로 향해야 했다. 그런 공유유의 판단을 아는지 모르는지, 언상의 사색은 그칠 줄을 몰랐다.

'그렇다면 소림에서 출발한 표행은 무엇인가. 침입 이후의 이동. 분명한 인과가 있다. 북평이 목적이라면 연왕부와 연관 지을 수밖에 없고… 연왕부의 중요한 물건을 주왕부에서 노린 것일 수 있겠지. 아니면 병부에서 노렸거나……. 누가 노렸든 그 대상은 연왕부로 향하고 있을 것이다. 그들이 무엇을 숨기고 있는지만 알아낸다면 일이 훨씬 수월할 텐데…….'

내성을 지키던 수문위사가 군례를 올렸다. 그들의 머리 위로 거대한 성문이 지나가고 있었다.

'화산에서 일어났던 일과 소림에서 벌어졌던 일. 비밀 감찰어사들의 조사 보고서에는 분명 제삼세력의 준동이라고 보고되었다. 나는 그 세력을 마교라 생각했건만… 정체를 숨기고 활동한 병부의 인물들이었던 것인가? 하나 제아무리 날고 기는 병부라 하여도, 강호의 세력과 다툴 이유가 없다. 차라리 주왕부를 습격하였다면 모를까, 난데없이 소림이라니…….'

대로로 향하던 언상 일행은 북평대로의 서로를 따라 움직이고 있었다. 사색에 잠긴 언상을 방해하지 않기 위해 천천히 말을 몰던 공유유였기에, 어느새 서로에 당도한 것을 보면 언상의 사색이 그리 짧지 않았음을 알 수 있었다.

공유유의 눈에 목적했던 곳이 조금씩 보이고 있었다. 오층에 오르면 북평의 전경이 한눈에 보인다던 곳. 자신의 상관과 어울릴 만한 곳. 북평제일루는 그런 공유유가 내린 판단의 결과였다.

*　　　　*　　　　*

"뭐라? 열흘?"

"예. 왕야를 직접 찾아뵙는 것은 열흘 후에나 가능할 것 같다고……."

하건은 수문위사에게 들었던 이야기를 주고치에게 전했다. 그 위사는 배첩의 내용을 판단한 후 왕부에서 그들의 입궐을 허락한다면, 아마 열흘쯤 후에 될 것이라 했다. 주고치의 인상이 와락 구겨졌다.

"내가 내 집에 들겠다는데 열흘을 기다리라?"

　주고치의 불만을 두고 뭐라 할 수는 없었다. 그의 말마따나 자신의 집이었고, 지금 그들이 머물고 있는 곳은 그 집이 멀리나마 육안으로 확인될 정도로 가까운 곳이었다. 주고치의 노화가 점점 심해질 기미를 보이자 다급히 하건이 부연했다.

　"하나 너무 심려하지 마오소서. 배첩과 함께 넣은 낙양부주의 서찰이 있으니, 그것이 전하께 전해진다면 예상보다 빨리 왕부로 드실 수 있으실 것입니다."

　하건의 노력 탓이었는지, 주고치는 더 이상 그 일을 따지지 않았다. 따져 보았자 되지 않을 것임을 알았던 탓이고, 아직은 그들의 결정을 따라야 하는 입장이었기 때문이다.

　문을 닫고 나오던 하건과 마주친 사람은 두주개였다. 두주개를 바라보던 하건의 인상이 눈에 띌 정도로 굳어졌다.

　'못난…….'

　하건은 두주개를 못마땅해하고 있었다. 지난밤의 일도 있었거니와, 그가 지금껏 보여준 행동들이 그의 심기를 불편하게 만들었다. 다른 사람의 입장은 고려치 않는, 전형적인 염탐꾼이었다.

　"안녕하십니까, 하 동지."

　"어딜 가시는 길이십니까."

　하건의 변화를 눈치 못 챈 것인지, 모른 척하는 것인지 두주개는 아무렇지 않은 듯 말을 걸어왔다. 하건은 굳어진 얼굴을 조금 풀며 두주개의 말에 답했다. 아직은 얼굴을 붉힐 때가 아니었다. 만약 강호에 소림과 관련된 안 좋은 소문이 돌고, 그 소문의 진원이 개방이라는 소식이 들렸을 때, 얼굴은 그때 붉혀야 했다.

"장 대협을 찾는 길입니다."

"장 대협은 잠시 출타하셨습니다."

"출… 타요?"

두주개가 고개를 갸웃거렸으나 그가 짐작할 만한 이유가 떠오를 리 없었다. 그저 바람이나 쐬러 나갔겠거니 생각하고는 다른 할 일을 찾기 위해 걸음을 옮기던 두주개였다. 그의 뒷모습을 바라보던 하건의 눈에 좋지 않은 감정이 웅어리지고 있었다. 그의 눈 위로 두주개의 뒤를 따르던 냉한상의 모습이 보였다. 두 사람이 어디로 가는지 묻고 싶었지만, 두주개와는 한마디라도 덜 섞는 것이 자신의 심기를 다스리는 데 도움이 될 듯싶어 고개를 돌려 버린 하건이었다.

두주개의 짐작대로 철웅은 그저 북평의 거리를 걷고 있었다. 바람도 쏘이고 싶었고, 마음에 웅어리진 걱정도 조금은 풀어내고 싶었다.

'이제는 내력의 순환이 자유롭다. 단환을 소화할 때마다 느껴졌던 버거움도 많이 줄었다.'

철웅의 발걸음은 많이 가벼워져 있었다. 제법 낯익은 듯하면서도, 많이 다른 모습. 십수 년 만에 찾아온 북평은 그에게 정겨우면서도 낯선 곳이 되어 있었다. 북평의 거리는 활기에 차 있었다. 저자마다 사람들의 거간 소리가 끊이질 않고 있었고, 거리마다 오가는 사람들로 북새통을 이룰 지경이었다. 북평은 살아 있는 듯한 느낌을 주고 있었다.

'이 사람들 모두 제 갈 길을 찾아가고 있으련만… 내가 가야 할 길은 보이질 않는구나.'

철웅은 사람들의 흐름에 함께하지 못하고 있었다. 제각각의 걸음이었지만, 사람들의 발걸음은 분명한 흐름을 타고 있었다. 때로는 흘러가고, 때로는 흐름을 빠져나와 쉬어가기도 하고… 흐르는 강물 위로 우뚝 솟아난 고집스런 바위처럼, 철웅은 그렇게 정지해 있었다.

'후후… 약장수가 되고자 북평을 찾는다는 것이, 엉뚱한 보표로 끝나게 되었구나. 그때… 자네의 뜻을 따르질 말 걸 그랬으이……'

문득 올려다본 하늘에선 일삼이 내려다보고 있었다. 그는 웃고 있었다. 그리고 그의 웃음만큼, 철웅의 가슴은 무거워지고 있었다.

'미안하네……'

일삼은 철웅의 말을 듣기라도 한 듯 입가에 짓던 미소를 더욱 짙게 그려 보이고 있었다. 다 괜찮다는 듯, 아무렇지 않다는 듯…….

우두커니 서 있는 철웅을 피하느라 사람들의 물살이 갈라지고 있었다. 그리고 그렇게 서 있던 그를 못 보았던 듯, 그의 어깨에 와 부딪치는 사람이 있었다.

"아야!"

철웅이 놀라 고개를 숙여보니, 어떤 여인 하나가 땅에 엉덩방아를 찧은 채 어깨를 주무르고 있었다. 화사한 궁장을 틀고 앉은 여인의 뒤로 시비로 보이는 여인 둘이 달려와 부축을 해주고 있었다.

"마마, 괜찮으시……"

"쉿! 너 여기선 그렇게 말하면 안 된다고 했잖아."

"하지만……"

시비로 보이는 여인이 얼굴을 붉히며 무안해했다. 부축을 받으며 일어선 여인이 엉덩이를 털다 말고 눈을 치켜뜨며 철웅을 노려보았다.

"이봐요! 대로 한복판에 그렇게 서 있으면 어떻게 해요?!"

철웅은 말없이 그 여인을 바라보고 있었다. 동그랗고 하얀 피부가 인상적인 여인이었다. 물론 그가 말을 하지 못한 이유가 여인의 미색 때문은 아니었다. 어떤 상황인지는 알았지만, 무슨 말을 해야 할지 일순 감을 잡지 못했던 까닭이었다.

"아니, 사람이 뭐라고 하면 반응이 있어야지……."

"미안하오."

철웅의 당당한 사과에 여인의 뒤에 서 있던 두 시비가 더 발끈했다.

"아니, 이런 무례한! 이분이 뉘신 줄 알고……."

"야! 너 자꾸 나설 거야? 한 번만 더 이상한 소리 하면 콱!"

주먹을 쥐는 궁장여인의 행동에 시비가 흠칫 놀라며 한 발 물러섰다. 여인은 들었던 손을 내리며 철웅을 위아래로 훑어보았다.

"허우대는 멀쩡하게 생겨가지고… 앞으로 조심해요."

철웅은 당돌한 여인의 말에 피식 웃고 말았다. 고작 해봐야 스물대여섯이나 먹었을까. 자신에게 이리 거침없이 말하는 것을 보니, 아무래도 나들이 나온 여염집 규수인 듯했다. 철웅은 여인이 말한 대로 앞으로는 웬 정신없는 여자가 달려와 부딪치니 않는지 조심해야겠다 생각하면서 걸음을 옮겼다. 그런 철웅의 귀로 여인의 목소리가 들렸다.

"그나저나 서로가 어느 쪽이야? 너 정말 몰라?"

"예. 마, 아니, 마님. 저도 지리는 잘……."

"으이구, 내가 이런 것들을 믿고……."

길을 잃었는지 갈팡질팡하고 있던 여인들의 뒤로 사내의 목소리가 들렸다.

"서로를 찾아오셨다면 잘못 오셨소."

궁장여인이 그 목소리를 따라 몸을 돌렸다. 자신과 부딪쳤던 사내가 걸음을 멈춘 채 말을 걸고 있었던 것이다.

"여기가 아니라고요? 그럼 당신은 서로가 어딘지 안다는 뜻이군요?"

"서로는 이쪽 길을 따라가다가……."

"앞장서요."

"……?"

철웅은 설명을 하기 위해 들었던 손가락을 내리지도 못한 채 여인을 바라봤다. 궁장여인은 남자라면 결코 고개를 돌리지 못할 만큼 화사하게 웃으며 철웅에게 말하였다.

"앞장서요. 나 지금 바빠요. 빨리 언니를 보고 서둘러 궁… 음, 하여튼 빨리 돌아가야 해요. 그러니까 당신이 앞장서요. 지금 길 찾느라 헤맬 시간이 없으니."

철웅은 너무나 당당한 여인의 말에 어이가 없었다. 하나 피식 웃으며 들었던 팔을 내렸다.

"그럽시다. 그리 멀지도 않으니……."

철웅은 두말없이 앞장을 섰다. 철웅의 뒤로 세 명의 여인이 따르고 있었다. 처음엔 전혀 일행이라는 생각이 안 들 정도로 거리를 두고 있었지만, 일각 정도 지나자 궁장여인이 다가와 말을 걸었다.

"아직 멀었어요?"

"거의 다 왔소. 여기가 서로와 만나는 길이오. 이제 나는……."

"음. 그럼 청림방(菁林幇)이 있는 곳으로 가요."

철웅은 손을 들어 이마를 짚었다. 청림방이 어디 있는지는 알고 있다. 분명 십수 년 전에도 서로에 청림방이라는 큰 객잔이 있었고, 백년의 역사를 자랑하던 곳이니 십여 년 새 망하지는 않았을 것이다.

"청림방은 이쪽으로……."

"앞장서요. 여기까지 왔으니, 거기까지도 가줘요."

철웅은 어이가 없을 지경이었다. 하나 철웅도 사내였는지라 웃으며 부탁하는 여인의 부탁을 차마 거절할 수가 없었다.

"…그럽시다. 청림방에 가서 또 어느 곳을 말할지 기대해 보리다."

"그런 걱정은 하지 말아요. 난 분명 청림방을 찾는 거니까."

철웅의 말에 한 치도 양보하지 않는 맹랑한 여인이었다. 철웅은 두 손 들었다는 듯 걸음을 옮겼다. 여인은 만족스러운 미소를 지으며 그의 뒤를 따랐다. 역시 이런 평민들의 눈에도 자신의 기품이 전달되기에, 이렇듯 고분고분한 거라는 말도 안 되는 생각을 하면서. 철웅이 멈추어 서 있던 남로보다는 훨씬 한산한 서로였다. 깊이 들어갈수록 주루와 기루가 많은 서로였기에, 햇살이 따가운 지금 사람들이 몰릴 이유가 없었다. 그런 그들의 모습을 바라보는 눈빛이 있었다. 그리고 그 눈빛의 경악을 철웅은 느낄 수 없었다.

"여기가 청림방이오. 그럼 나는 이만……."

"고마워요. 당신의 수고를 잊지 않겠어요."

당연하다는 듯한 궁장여인의 말에 철웅은 헛웃음을 지으면서 뒤돌아섰다. 철웅이 사라지는 것을 보지도 않은 채 뒤돌아서던 궁장여인이 청림방의 건너편으로 걸음을 옮겼다.

"여기구나……. 언니도 제법인데?"

하늘을 찌를 듯 세워져 있는 오 층의 주루를 바라보는 궁장여인의 말이 끝나기 무섭게 그 주루의 문이 벌컥 열리며 한 인영이 달려나왔다.

"아! 언니!"

궁장여인이 반갑게 달려갔지만, 그녀의 앞에 선 인영은 그녀의 인사를 무시한 채 다급히 소리쳤다.

"그 사람 어디 있니?!"

"어? 그… 사람?"

"그 사람! 너랑 같이 왔던 그 사람!"

여인은 그녀의 다급한 물음에 고개를 돌렸지만, 이미 서로의 어디에서도 그의 모습은 보이질 않았다.

"어, 방금까지 저기 있었는데……."

여인, 왕소군이 대답을 마칠 새도 없이 주루에서 뛰쳐나온 그 여인은 달려가기 시작했다.

"어, 언니?!"

여인, 왕소군의 외침은 이미 그녀의 귀에 닿지 않았다. 그녀의 귀는 그의 발소리만을 듣기 위해 열려 있을 뿐이었다.

'어디 있나요? 어디 있어요? 제발 대답해 줘요!'

누군가를 찾아 달려가던 여인, 설화의 눈에서 떨쳐진 눈물이 그녀의 등 뒤로 나부끼던 머리카락 사이로 반짝이고 있었다.

하지만 설화의 눈물을 보았어야 할 철웅은 이미 그 자리에 없었다.

＊　　　　＊　　　　＊

방문을 열자 진한 약 향이 코끝을 자극했다. 사방 일 장 남짓한 작은 방. 패가 누워 있는 곳으로 다가간 혁련옹이 입을 열었다.

"이것 좀 들게……."

혁련옹은 들고 온 약사발을 잠시 내려놓고는 한 팔로 패를 부축해 앉혔다. 혁련옹의 품에 안기다시피한 패의 입으로, 보는 것만으로도 입 안이 씁쓸해지는 시커먼 탕약이 흘러들어 가고 있었다. 패의 입가를 닦아준 혁련옹은 다시 조심스럽게 그를 자리에 눕혔다.

"많이 좋아졌어. 내기에 손상된 장기만 진정되면 곧 떠날 수 있을 것이네."

"허허, 병 주고 약 주시는군요."

"허허, 내가 좀 그런 편이지."

패의 농에 혁련옹이 웃었다. 잠시 후 혁련옹이 패에게 물었다.

"자네가 패라고 불러달라곤 했지만… 그날 왜 나에게 자네의 본명을 가르쳐 주었나?"

"……."

사흘 전인가? 난감한 마음에도 어렵게 입을 열어 철옹이라 불렀건만, 사내는 조금은 굳어진 인상으로 자신의 이름 대신 패라 불러달라 했다. 당시에는 사정이 있겠거니 하고 물러섰지만, 오늘은 그 연유를 들어야만 했다.

"글쎄요… 저도 잘 모르겠습니다. 이미 기억에서 지워졌던 이름이었는데……. 너무 오랫동안 어르신의 뒤를 쫓아 정신이 없었나 봅니다. 허허."

"음……. 그럼, 왜 패라는 이름을 쓰는지……."

"죄송합니다. 그 사정을 말씀드릴 수는 없습니다."

"…저번에 말한 그분 때문인가?"

혁련웅의 말에 패의 인상이 조금 어두워졌다. 이미 오래전에 잊힌 사람이었지만, 그래도 함부로 꺼낼 수 없는 이야기였다.

"묻지 말아주십시오."

답하지 않은 것만 못했다. 혁련웅은 그의 본명을 사용할 수 없는 이유가 그분이라 불린 사람에게 있다는 것을 눈치챌 수 있었다. 저런 얼굴을 하고 있다면, 아니라 했어도 믿지 못했을 것이다.

"그러지……. 한데 자네를 찾지 않겠는가?"

혁련웅의 물음에 패는 이번에도 쓴웃음을 지었다. 찾기는 할 것이다. 자신의 안위를 걱정해서가 아니라, 그가 맡은 임무의 중함 때문에. 하나 찾지는 못할 것이다. 마지막으로 전서를 날린 것이 호북에서였으니, 자신의 종적을 발견하기가 쉽지 않으리라.

"저를 찾아온다면, 어르신께서는 또다시 도주하셔야 하지 않겠습니까."

"뭐, 오십여 년을 그렇게 살았는데, 새삼스러울 것도 없지."

혁련웅의 답에 패는 미소를 지었다. 오십여 년. 말이 오십여 년이지 천하를 상대로 한 행보였다. 무공의 고하를 떠나 그러한 세월만큼은 인정해야만 했다.

"…어르신은 무슨 연유로 그런 기행을 하시는 겁니까?"

"허허, 그건 자네도 묻지 말게."

패의 물음에 혁련웅은 대답하지 않았다. 오십여 년의 행보. 그가 걸어간 발자국은 있으되 그 발자국이 어디로 향하고 있는지 알고 있는 자는 없었다. 그가 천하에 뿌린 일백이 넘는 신병이기들의 출처도 그러하거니와, 그것을 전해 받았던 자들의 행적 역시 오리무중이었다. 정녕 강호제일의 기행이라 불릴 만한 일들이었다.

"그래, 자네 고향은 어딘가?"

"…섬서입니다."

지나가는 듯한 물음이었고, 그리 큰 의미를 지녔다 보기 힘들었기에 무심코 대답한 패였다. 하나 그의 대답에 혁련옹의 눈은 이채를 발하고 있었다.

'그 친구의 고향도 섬서. 소화산 부근이라 했었지.'

혁련옹은 잔꾀를 부리고 있었다. 물어 대답치 않는다면, 그의 주변을 캐내는 수밖에 방법이 없었다. 그리고 늙은 생강의 잔꾀는 이 우직한 사내에게 제법 먹혀들고 있었다.

"섬서라… 화산이 절경이긴 하지만, 나는 소화산이 더 마음에 들더구먼. 그 아기자기한 모습들하며……."

"아름다운 곳이지요. 제 고향도 그 부근입니다."

"음, 그런가?"

"예……."

혁련옹의 은근한 질문 덕인지, 패의 눈에 아련한 무엇인가가 그려지고 있었다. 그 모습에 혁련옹은 잠시 말을 멈추었다. 고향의 기억을 떠올리는 것을 방해하고 싶지도 않았을뿐더러, 그가 펼친 경계를 조금 더 느슨하게 만들 필요가 있었기 때문이다. 얼마의 시간이 흐른 후 혁련옹이 입을 열었다.

"우연이구먼. 내가 아는 이 중 하나도 그쪽이 고향이던데, 그 친구도 장가였지 아마?"

"그렇습니까?"

역시 패가 호기심을 보였다. 덫을 놓았으니 미끼를 던져야 했다.

"그 친구가 살던 곳도 장가들만 모여 사는 곳이라고 했을 거야. 의원을 하던 친구였는데… 장인수라고 하던가? 여하튼 인근에서는 제법 유명한 모양이더군. 포성에서 사람이 직접 와 모셔갈 정도이니……."

"……."

패의 눈이 무언가를 더듬고 있었다. 자신의 기억 속에서 장 의원의 이름을 기억해 내려 하는 것 같았다. 그리고 잠시 후 패는 혁련옹이 던져 놓은 미끼를 덥석 물고 말았다.

"그 마을도 전란에 사람들이 많이 죽었나 보더군. 군역으로 끌려갔던 사람들이 아무도 돌아오지 못했다던가? 그 마을 이름이 뭐였더라… 청… 무슨 곡이라고 했었는데……."

"…청수곡입니다."

패의 눈에 눈물이 그렁하게 맺혀 있었다. 그도 기억하고 있었다. 자신이 군역으로 전장에 가야만 했을 때, 분명 장인수라는 이름을 가진 사람이 의술을 배우기 위해 서안(西安)에서 유학을 하고 있었다.

"그럼 자네가?"

"……."

혁련옹은 정말 놀랐다는 듯한 몸짓으로 패의 눈을 가렸다. 어차피 눈에 고인 눈물 덕에 혁련옹의 예리한 눈빛을 알아볼 수는 없었겠지만… 혁련옹은 그런 패의 심정을 이해한다는 듯 어깨를 다독거렸다.

"자네도 고향을 떠나온 지 오래되었구먼. 언제 한번 찾아가 보지 그러나? 설마 자네가 속해 있다는 곳에서, 고향 한번 찾는 것을 못하게 하는 것은 아니겠지?"

패는 의미없이 고개를 가로저었다. 자신은 고향을 찾을 수가 없었다. 노예의 신분으로 명이 내리지 않는 이상 임의의 행동은 허락되지 않았다. 설사 허락된다 하더라도 그곳을 찾을 수는 없었다.

'벌써 삼십 년이 흘렀구나……'

패의 눈물 속으로 고향의 모습이 그려지고 있었다. 하나 혁련옹은 그 모습에 가슴 아파할 겨를이 없었다.

'자네가 진정 장철웅이라면 그렇다면……'

혁련옹은 자신과 함께하고 있는 장철웅과 자신이 장철웅이라 알고 있던 그의 관계가 궁금해졌다. 동명이인이라 생각할 수도 있었지만, 장가들만 모여 사는 곳이라면 그것도 힘들었다. 씨족으로 만들어진 작은 마을에서 동명이인은 쉽게 찾아보기 힘든 일이었다.

'자네는… 대체 누구란 말인가?'

혁련옹의 노안에 깃들던 의구심이 깊어져만 갔다. 그리고 그런 늙은 생강의 추측 속에 한 가지 의문이 들고 있었다.

'하나의 이름과 그 이름을 사용하는 두 사람. 한 사람은 그 이름을 버렸고, 다른 한 사람은 그 이름으로 살고 있다. 그렇다면 버린 쪽이 진짜일 가능성이 크다. 그리고 그 이름을 버린 자는 누군가를 위해 그 이름이 밝혀지기를 꺼리고 있다. 그렇다면……?'

혁련옹의 시선이 패에게 향했다. 자신이 세운 가설이 억측일 수도 있었지만, 그 어느 곳에서도 모순을 찾아내진 못했다.

'자네가 목숨을 버리면서까지 지키려고 하는 그분이… 그란 말인가?'

혁련옹의 시선을 받고 있던 패는 주책없이 흐르는 눈물을 닦아내고 있었다.

혁련옹은 이후의 일정을 다시 생각해 보고 있었다. 이대로 헤어지기 엔… 눈에 밟히는 것이 너무나 많았다.

*　　　　*　　　　*

"어서 오게."

"신 좌첨도어사 언상, 연왕 전하께 인사 올립니다. 천세천세천천세."

언상의 대례를 받던 연왕의 입가에 흡족한 미소가 떠오르고 있었다.

"그래, 이 먼 북평까지는 무슨 일로 오셨는가?"

"말씀드리기 송구합니다만, 한 가지 사건을 해결하던 중 미심쩍은 부분이 있어 북평까지 오게 되었습니다."

"사건?"

연왕은 언상의 말에 호기심을 보였다. 아마도 좌첨도어사라는 새로운 직함을 얻은 까닭이 그 사건이라는 것과 관련이 있을 듯했기 때문이다. 그리고 뒤이은 언상의 말에 연왕은 자신의 판단이 옳았음을 깨달았다.

"한 달 전, 하남에서 사건이 하나 벌어졌습니다. 소림을 아시는지요?"

“천하에 소림의 이름을 모르는 자가 몇이나 있을까? 물론 알고 있네.”

“그 소림에 괴한들이 난입하여 전각을 소실시키고, 승려들을 해한 일이 있었습니다.”

“……?!”

연왕은 제법 놀랐다는 표정을 짓고 있었다. 소림에서 함구령을 내리고 봉문까지 했으니, 그 소문이 북평까지 닿기에는 무리가 있었다.

“한데… 소림에 난입했던 자들이… 왕부의 인장을 사용하였습니다.”

“왕부?”

연왕의 눈에 그제야 제대로 된 놀람이 일었다. 왕부에서 소림에 난입하지는 않았을 것이니, 어떤 발칙한 무리가 왕부의 옥새를 위조하였다는 뜻이었다. 연왕의 눈에 노기가 어렸다.

“그 어떤 발칙한 자가 감히 왕의 옥새를 위조했단 말인가?”

언상의 눈에 놀람이 일었다. 추상같은 위엄. 천하의 권절조차 그 위엄에 소름이 돋는 듯했다.

‘과연… 연왕.’

언상은 내기가 침투한 것이 아님에도 내력을 운기해 마음을 진정시켰다. 과연 황족의 위엄이라는 것에는 범인과는 다른 그 무엇이 있는 듯했다.

“그 사건을 조사하던 중 그와 관련된 일단의 무리가 북평으로 이동했다는 첩보가 입수되었습니다. 그래서…….”

“이곳으로?”

연왕의 눈에 어렸던 노기가 어느새 사라져 있었다. 사건 해결을 위해 북평으로 온 언상. 그리고 그 사건과 관련된 자들이 향하고 있는 북평. 연왕은 설마 하는 심정으로 언상에게 물었다.

"설마 그들이 향한 곳이?"

"예. 그들이 향하고 있는 곳이 아무래도 연왕부인 것 같습니다."

연왕이 고개를 돌려 우측에 시립해 있던 도연을 바라보았다. 도연 역시 굳은 얼굴로 연왕을 바라보았다.

"왕부의 경계를 강화하라 이르겠습니다. 감히 어떤 자들이……."

"그것이… 이곳으로 찾아오는 것 같기는 하오나… 왕부를 습격하기 위한 무리는 아닌 것 같습니다."

"……?"

연왕의 눈빛에 언상은 자신이 말한 무리가 소림에서 출발한 무리이며, 그들이 북평으로 향하는 이유는 모르나 그들과 만나본다면 어떠한 흑막이 있었는지 알 수 있을 것이라 말했다. 그리고 조만간, 혹은 이미 북평에 도착해 있을지도 모른다는 말로 이야기를 마쳤다. 도연을 바라보던 연왕이 명을 내렸다.

"신승, 당장 성으로 유입된 자 중 하남에서 온 무리가 있는지 알아보시오. 종적을 발견할 수 있다면 그것도 알아보도록 하고."

"알겠습니다."

도연은 고개를 숙여 명을 받들었다. 하루에도 수천 명씩 유입되는 북평이었지만, 언제나 외세의 침입에 준비가 철저했던 북평이기에 그리 오래지 않아 연왕이 원하는 정보를 찾아낼 수 있으리라. 연왕은 언상에게로 고개를 돌렸다. 다시 만나 반갑다는 표정이 역력했다.

"그래, 언제 떠날 생각이신가?"

“일단은 북평으로 향했다는 그들을 만나보고 결정할 생각입니다. 의외로 빨리 끝날 수도, 아니면 예상보다 늦어질 수도 있는 일입니다.”

언상의 말에 연왕이 고개를 끄덕였다. 도찰원의 행사가 어디 시간을 정해놓고 하는 일이었던가. 언상에 대한 연왕의 관심은 지대했다. 자신이 거둘 수 없다면, 개인적인 친분이라도 쌓아두고 싶은 심정이었다. 사람 사귀기를 좋아하는 성품이었고, 호방하고 격의없는 사고는 그의 천성이었다.

“한데 지금 어디에 묵고 있는가? 자리가 불편하다면 언제든지 방을 비워줄 수도 있네만……..”

“아닙니다. 지금 묵고 있는 곳도 아주 편한 곳입니다.”

“그래? 어디에 있는가?”

“내성 밖 서로에 있는 북평제일루에 여장을 풀었습니다.”

“음? 하하하하하!”

갑작스런 연왕의 파안대소에 놀란 언상이 눈을 크게 떴다. 살짝 눈살을 찌푸린 도연의 모습을 보니, 그는 그 이유를 어느 정도 알고 있는 눈치였다.

“그래, 거기에 묵고 있다는 말이지… 알겠네.”

“예?”

무엇을 알겠다는 뜻인지 모르는 언상이 반문했다. 연왕은 아무 일도 아니라는 듯 말했다.

“아니, 내 오후에 한번 들르겠네.”

“예? 아니, 그러실 필요는……..”

오랜만에 당황이라는 것을 해본 언상이었다. 연왕이 자신 때문에 시정의 주루에 직접 친방하겠다니, 신하 된 도리로 결사반대해야 할 일이었다. 하나 연왕의 이어지는 말에 언상으로서도 도리가 없었다.

"안 그래도 요즘 너무 뜸했다 했지. 생각난 김에 한번 찾아보도록 해야겠네. 그렇지… 어쩌면, 자네라면 오층에 오르게 해줄지도 모르겠네. 안 된다고 하면… 내가 부탁해 보기로 하고……."

언상은 조금 벌려진 입으로 연왕을 바라보았다. 그에 대한 소문은 한 치도 틀리질 않았다. 격의없고, 사람을 사귐에 귀천을 따지지 않는다던……. 일개 루주와도 친분이 있을 정도이니, 그의 대인 관계가 얼마나 넓은지 짐작도 할 수 없었다. 언상은 내키지 않았지만, 직접 친방하겠다는 연왕의 말을 뿌리칠 수는 없었다. 주루에 오겠다는 것을 말린 것이 신하 된 도리라면, 기어코 오겠다는 왕을 막지 않는 것 또한 신하 된 도리였다.

*     *     *

'언니가 괜찮을까?

명경을 바라보던 왕소군의 입에서 작은 한숨이 새어 나오고 있었다. 밤새 잠을 못 이룬 것인지 조금은 부어 보이는 얼굴이었지만, 그녀의 미색에 흠을 내기엔 턱없이 부족했다. 오히려 그녀의 미간에 잡힌 수심이, 그녀의 고운 얼굴에 난 흠이라면 흠이었다.

'지금은 어떤지 모르겠네. 어제… 그렇게 우는 모습은 처음 보았는데…….'

왕소군은 자신이 친언니처럼 따르는 설화의 눈물에 어찌할 바를 몰랐다. 목 놓아 울던 그녀의 모습이 아직도 눈에 선했다.

　

"흐흐흑… 흐흑……."

"언니… 울지 마요… 언니……."

설화를 달래던 왕소군의 눈에도 눈물이 그렁하게 맺혀 있었다. 근일각 가까이 눈물을 그치지 않는 모습에 더럭 겁이 나는 왕소군이었다. 하지만 그녀의 걱정과는 달리 설화는 강한 여인이었다. 흐르던 눈물을 닦아낸 얼굴에는 한 가닥 미련이 남아 있었지만, 애처로워 보이는 미소나마 걸려 있으니 당장 어떻게 되지는 않을 성싶었다.

"언니, 괜찮아요?"

"그래… 맘껏 울고 나니 조금 나아지는 것 같아."

설화의 목소리는 잠겨 있었다. 하지만 그녀의 목소리에는 아직 생기가 남아 있었다.

"내 모습… 보기 흉하지?"

"헤헤, 농담도 그 정도면 관아에 고발해야겠네."

설화의 작은 미소에 왕소군이 웃으며 농을 던졌다. 눈물이 흘러내린 설화의 얼굴에는 아무런 변화가 없었다. 화장기 하나 없는 얼굴, 여인인 자신이 봐도 너무나 아름다운 얼굴이었다. 흉하다니… 날아가던 새가 웃을 일이었다.

"근데… 아까 언니가 말한 그 사람이… 혹시……."

"아니야……. 내가 잠시 정신이 어떻게 되었었나 봐. 그분은 이미 오래전에 돌아가셨는데… 내가 사람을 잘못 본 거지… 정신이 나갔던 거지……."

설화의 목소리가 다시금 잠겨가고 있었다. 그래도 그 목소리에는 이전에는 느낄 수 없었던 생기가 돌고 있었다.

'그 사람의 환영만으로도 그렇게 기쁜 거예요?'

왕소군의 얼굴에 부러운 기색이 역력했다. 여인의 마음을 얻게 된다는 것이 어떤 의미인지 사내들은 모른다. 여인의 마음은 죽음으로도 갈라놓을 수 없다. 한 번 준 마음은… 뒤돌아볼 줄을 모른다. 마치… 설화처럼.

왕소군은 아무 말 없이 설화의 손을 잡았다. 그녀의 손에서 온기가 느껴지고 있었다. 평소 그렇게도 차가웠던 손이건만…….

'그 사람의 모습이 다시 언니의 마음에 불을 지핀 탓이겠지.'

왕소군은 고민하고 있었다. 다른 사람이겠지만, 이렇게도 좋아하는 모습이니 그 사람을 다시 한 번 찾아야 하나, 말아야 하나. 하지만 소군은 고개를 저었다. 그런 얄팍한 수로 채워질 마음이 아니었다. 오히려 고통스러울 뿐이다. 자그마치 십오 년을 가슴에 묻고 살아왔던 그녀였다. 이제 와 그것을 파내어 무엇 할까. 그저 일상의 단편 속에서 일어난 작은 소동으로 남는 것이 모두에게 좋을 것이라 생각했다.

왕소군은 해가 진 다음에야 북평제일루를 나설 수 있었다. 조금 더 일찍 일어났어야 했지만, 그녀를 홀로 두고 나설 엄두가 나질 않았다. 설화의 눈에 생기가 돌아오고, 어서 가라는 손짓을 보고 나서야 걸음을 옮길 수 있었다.


"아무래도 안 되겠어."

왕소군은 숨겨두었던 궁장을 꺼내며 시비들을 불렀다. 이대로 가만히 앉아 있기엔 마음이 불안해 견딜 수가 없었다. 지금은 자신이 그녀 곁에 있어야 할 때였다. 궁성의 뒤편에 난 개구멍으로 세 여인이 빠져나가고 있었다. 물론 그곳을 지키던 병사는 시비가 건네준 은자를 받고 멀찍이 물러서 주변을 두리번거리고 있었다. 담을 넘는 자를 살피는 것이 아니라, 담 밑으로 나가는 사람들을 누가 볼까 살피며…….

*      *      *

철웅이 객잔으로 돌아온 것은 해가 질 무렵이 다되어서였다. 아무도 그가 어디를 다녀왔는지 물어보지 않았다. 그들 사이에도 어느새 주고치와 그 사이에 있었던 냉전의 소문이 돌고 있었기에, 그의 심기를 건드리려는 자가 없었다. 주고치야 나름대로 돌려 말한다고 했지만, 문밖에 서 있던 진립은 하남에서도 이름난 학자였다. 자신들을 어찌 생각하고 있는지 눈치채지 못할 만큼 아둔한 자가 아니었다.

사람들의 감정이 좋지 않게 변해 있었다. 수많은 사람들의 피로 이어진 여정이었건만, 자신과 왕부의 명성에 누가 될 것을 두려워하여 자신들을 내치려 하다니……. 분노한 이승수가 당장 주고치에게 달려가려 하는 것을 고산덕과 하건이 억지로 말려야 했다. 노기를 느끼는 것이 고산덕이라 하여 다르고, 하건이라 하여 다를까만은, 그리 행동해서는 안 된다는 것을 너무나 잘 알고 있는 두 사람이었다. 그리고 이어진 하건의 말에 사람들은 모두 분을 삭이며 자신의 방으로 돌아갈 수밖에 없었다.

"그 사람은 황족입니다. 그를 어떻게 할 수는 없습니다. 분하고, 원통하기는 하지만…….”

여정의 막바지에 다다라 사람들의 맞물림이 틀어지고 있었다. 철웅도 강추에게 그 이야기를 듣고 깊은 회의를 느끼고 있었다. 천리라 여기고 따른 길에 안타깝게 식솔이 죽었다. 목숨 걸고 지킨 이는 자신들을 내치려 하고 있었다. 하나 알면서도 일정을 끝마치는 수밖에 없었다. 천리를 다한다는 것은 그런 것이었다.

‘이곳에서의 일이 빨리 끝이 났으면 좋겠구나…….’

철웅은 북평을 떠나고자 하는 마음이 간절했다. 자신의 과거와 이어진 곳이었고, 만나고 싶지만 만나서는 안 될 두 사람이 있는 곳이었다.

‘끊어진 인연을 붙잡는 것은 어리석은 일. 이대로… 서로의 길을 가는 것이 모두에게 상처를 덜 주는 일이다.’

자신이 청수곡으로 들었을 때, 이미 그와 이어져 있던 모든 인연은 끝이 났다. 그 인연을 이제 와 붙잡는다면, 그를 위해 목숨을 버렸던 그들을 볼 낯이 없다.

‘이대로… 지워져야 한다.’

철웅은 침상 위 유등을 끄며 그렇게 자신을 다스렸다. 그리고 그의 그런 선택에 놀란 것은 다른 누구도 아닌 그의 일행이었다.

＊　　　＊　　　＊

검은색의 사두마차가 북평제일루의 뒤편으로 돌아가 멈춘 것은 해가 지고 있는 유시 무렵이었다. 마차에서 나온 인영이 북평제일루의 비밀 통로로 들어가는 것은 그 누구도 알 수 없었다. 그리고 그렇게 은밀히 잠입했던 인영이 모습을 드러낸 곳은 놀랍게도 북평제일루의 오층이었다.

"하하, 그간 격조했소."

연왕의 웃음에 설화가 가만히 미소 지으며 허리를 숙였다. 거침없는 걸음으로 내실로 든 연왕은, 어찌 알고 준비했는지 미리 준비된 주안상의 상석으로 가 당연하다는 듯 자리했다. 설화가 그 맞은편으로 가 자리에 앉자 연왕이 이상하다는 듯 입을 열었다.

"아니, 무슨 일이 있었소? 안색이 좋지 않구려?"

"아무 일도 아닙니다. 한데 왕야께서야말로 무슨 바람이 불어 이리 갑작스레 찾아오신 겝니까?"

설화의 물음에 연왕이 자신의 무릎을 탁 치며 말했다.

"지금 이곳에 누가 묵고 있는지 아시오?"

잠시 생각하던 설화가 웃으며 입을 열었다.

"권절 언상 대협을 말씀하시는 거로군요."

"아니? 알고 있었소?"

이번에는 오히려 연왕이 놀랐다는 표정으로 설화에게 물었다. 그런 연왕의 모습에 설화가 입을 가리며 웃었다.

"제 집 안에 드는 사람들이 누구인지도 모른대서야, 어찌 집주인이라 할 수 있겠습니까. 어제저녁 들더군요. 지금쯤 삼층 내실에 있을 겁니다."

"허험. 내가 괜한 호들갑을 떨었군."

"불러 드리리까?"

"루주만 괜찮다면야… 허험."

제아무리 연왕이라 하여도 설화에게만큼은 함부로 명할 수 없었다.
하나 연왕의 체면을 깎아내릴 만큼 설화의 속이 좁지는 않았다.

"이번 한 번뿐입니다. 제아무리 독보십절이라 하여도 오층으로 오르
는 것은 사양하고 싶습니다."

"어련하시겠소. 다시는 이런 부탁 드리지 않으리다."

설화는 밖에서 대기하던 시비를 불러 말을 전했다. 시비가 나가고
가만히 술잔을 올리는 설화의 모습에서, 이전과는 다른 어떤 서먹함을
느낀 연왕이 조심스레 물었다.

"한데… 정말 아무 일도 없었던 게요? 무언가 이상한…….."

"언니!!"

조심스럽던 연왕의 말을 단박에 끊어버린 여인의 목소리가 오층을
울렸다. 설화의 눈에 당황한 기색이 역력했고, 연왕의 표정이 묘하게
변하는 것을 본 후에는 양 볼이 빨개지기까지 했다.

"어디서… 많이 들어본 목소리 같소만……?"

설화가 입을 열어 해명하려는 순간 내실의 문이 벌컥 열리며 한 여
인이 얼굴을 내밀었다.

"아! 언니, 여기 있… 었… 구… 나… 요."

말이 늘어지던 왕소군의 얼굴에 놀람을 넘어 경악스러운 표정이 지
어지고 있었다. 그 시선을 받고 있던 연왕의 눈에 기가 막히다는 눈빛
이 떠오르고 있었다.

"이보, 루주. 저기 있는 여인이 혹시 내가 알고 있는 그 여인이 맞
소?"

"아마……."

"내 기억이 맞다면, 내 내자 중의 한 사람으로 알고 있소만……."

"…아마 맞을 것이옵니다."

설화의 빨개진 얼굴이 웃음을 참지 못하겠다는 듯 일그러지고 있었다. 왕소군의 입은 반쯤 벌어져 뭐라 뻐끔거리고 있었지만, 그 입으로 나오는 소리는 바람 소리뿐이었다. 그리고 그들 모두를 당혹케 하는 소리가 내실 밖에서 들려왔다.

"루주님, 언상 대협을 모시고 왔습니다."

설화의 얼굴 붉어지는 병은 전염성을 가지고 있었나 보다. 문밖으로 보이던 언상의 모습에 왕소군과 설화는 물론, 연왕마저도 옅은 홍조를 띤 채 언상을 맞아들였다.

"내일이면 연왕부가 콩가루라는 소문이 북평 저자에 파다하겠군……."

연왕의 혼잣말에 설화의 입에서는 기어코 커다란 웃음이 터져 나오고 말았다.

*　　　*　　　*

"아니, 함께 가지 않으시겠다고요?"

대청에 모여 점심을 먹던 자리에서 꺼낸 철웅의 이야기에 사람들이 놀라고 있었다.

"그렇소. 왕자 전하께서 궁에 들어가시는 것만 보고… 나는 내 식솔들과 함께 다른 길을 가리다.”

고산덕은 물론 좌중의 누구도 철웅의 결정에 이의를 달지 못했다. 일전 그와 주 왕자 사이에 있었던 일을 모르는 이는 아무도 없었다. 아마도 그 일의 여파가 여기까지 미친 것이리라. 하나 그나마 다행이었다. 연왕부 안으로 들 때까지만 그가 있어준다면, 그 후의 일은 아무런 문제 될 것이 없었다. 하나 하건은 달랐다.

‘장 대협을 반드시 연왕 전하께 알현시키라는 지시를 받았건만……’

하건은 낙양을 떠나기 전 자신의 상관인 유상지의 명을 기억하고 있었다. 유상지는 어떤 수를 써서라도 그를 연왕 앞으로 이끌 것을 명했다. 하나 일이 이렇게 된다면 그를 이끌 방법이 없었다. 물론 처음부터 철웅이 연왕을 볼 마음이 없었다는 것을 모르는 그였기에, 지금의 결정이 단순히 주 왕자와의 문제 때문이라 생각하고 있었다.

“재고해 주십시오.”

하건의 말에 철웅이 그를 바라봤다. 자신이 그 이상 함께해야 할 명분도 이유도 없음을 하건도 잘 알고 있을 터이지만, 그는 함께하기를 원하고 있었다. 하지만 철웅의 눈을 대한 하건은 등줄기로 식은땀이 흐르는 것을 느꼈다.

“그가 그렇게 하라고 시키던가?”

철웅의 전음에 하건은 그와 눈을 쉽게 마주칠 수가 없었다. 철웅이 전음을 할 수 있게 된 것은 어제의 일이었다. 무심코 넘긴 사부의 진전에 기기묘묘한 강호의 기술들이 상세히 적혀 있었다. 강추와 함께 전음을 시연해 보며 신기해한 것이 불과 두어 시진 전의 일이었다. 그런 것을 알 리 없는 하건의 귀로 또렷한 철웅의 전음이 들려오고 있었다.

"나는 연왕부로 들지 않을 것이네. 자네도 더 이상 이이야기를 꺼내지 않았으면 하네."

하건은 꿀 먹은 벙어리처럼 입을 열 수가 없었다. 사람들은 하건과 철웅 사이에 전음으로 대화가 오갔다는 것을 알 수 있었다. 하나 누구도 그들이 무슨 대화를 나누었는지는 물어볼 수 없었다. 철웅이 자리에서 일어나 이층으로 올라가고, 장 의원과 강추, 소아가 그 뒤를 따른 후에야 고산덕이 하건에게 다가와 일의 연유를 물어보았을 뿐이다. 물론 그가 들을 수 있는 대답은 아무것도 없었지만.

하건은 말없이 자리에서 일어나 자신의 방으로 올라갔다. 누구와도 이야기하고 싶지 않았다. 나눌 이야기도 없었다. 서둘러 일을 마치고 낙양부로 돌아가야겠다는 생각뿐이었다.

# 독절(毒絕)

어젯밤 과음을 하였나 보다. 친왕이 자신의 후궁을 옆에 앉혀놓고 주루에서 술을 먹다니. 세상 사람들이 알면 박장대소를 할 일이었지만, 겨우 달랜 언상만 조용히 해준다면 그 일을 발설할 사람은 아무도 없었다. 언상과 나눌 이야기도 별로 없었으면서 그 자리에는 왜 부른 것인지. 사건과 관련한 이야기로 시작된 술자리였지만, 축시가 넘어가자 어느새 술이 사람을 마시는 지경까지 이르러 버렸다. 좋은 사람과의 자리는 언제나 그를 즐겁게 했고, 그 즐거움은 그 다음날의 숙취로 이어지곤 했다. 그런 숙취를 단번에 날려 버릴 배첩을 들고 찾아온 이는 연왕부의 대내총관 왕 노야였다.

"뭐, 낙양부주 유상지?"

연왕의 물음에 왕 노야라 불리는 노인이 배첩을 공손히 올렸다. 그 배첩 속에는 연왕의 친전이라 쓰인 또 하나의 배첩이 이미 개봉된 흔적을 남긴 채 들어 있었다.

"허락없이 먼저 보게 되었습니다."

"아니, 괜찮네. 그게 자네 일이니……. 한데 이것을 직접 나에게 가져왔다는 것은……."

"먼저 읽어보도록 하십시오."

왕 노야의 얼굴은 적잖게 굳어 있었다. 함부로 설명하고 발설할 내용이 아니었다. 배첩의 내용이 사실이라면 일진광풍이 몰아치게 될 것이었기에. 배첩을 읽어 내려가던 연왕의 눈에 진한 노기가 어리고 있었다. 광풍이 몰아치기 전의 전초였다.

"이것이… 언제 도착하였는가?"

"어제라 들었습니다. 원래는 조금 더 늦게 받아볼 뻔하였는데, 수문위장인 철마영이란 자가 이상히 여겨 직접 들고 온 것입니다."

어제 내린 명을 전달 받은 철마영이 가물거리던 기억을 더듬다, 하루 전 도착한 낙양부의 배첩이 있었음을 기억해 내고 왕 노야에게 가져간 것이었다. 그 배첩을 다 읽고 내려놓는 연왕의 손이 조금씩 떨리고 있었다. 다른 이가 이 같은 배첩을 써서 올렸다면 가소롭다 말하며 웃어넘겼을지도 몰랐다. 하나 낙양부주 유상지라면 달랐다. 그는 자신의 심복 중의 심복이었다. 그가 자신에게 거짓을 고했다면, 그는 자신의 휘하에 있는 모든 장수들을 의심해야 할 것이었다. 그만큼 그에 대한 연왕의 믿음은 지대했다. 그만큼 배첩이 가지는 신뢰도 역시 지대할 수밖에 없었다.

"감히……."

연왕은 머리를 울리는 숙취도 잊은 채 자리에서 일어섰다. 그리고 배첩을 왕 노야에게 건네며 명했다.

"당장 낙양에서 온 자들을 연왕부로 잡아들이게. 한 사람도 빠짐없이! 만약 이것이 사실이라면, 이런 간악한 짓을 저지른 자를 찾아 사지를 잘라 버릴 것이다. 하나, 이것이 거짓이라면… 한 놈도 살려서 돌려보내지 않을 것이다. 제아무리 소림이라 하여도… 왕부를 능멸한 책임을 물을 것이다."

연왕의 노기가 하늘을 찌르고 있었다. 왕 노야는 그 배첩을 들고 소리없이 방을 빠져나가고 있었다.

연왕의 분노. 그들은 잠자던 용의 역린을 건드린 것이었다.

*　　　*　　　*

"나오시오."

철웅의 감겼던 눈이 번쩍 떠졌다. 잊을 수 없는 목소리. 그가 찾아왔다.

철웅은 다급히 창문을 열었다. 그는 그곳에 있었다. 조금 멀리 떨어져 있던 전각의 지붕 위, 달빛 아래 서 있던 그의 붉은 머리카락이 바람에 휘날리고 있었다. 철웅은 서두르지 않았다. 그가 자신을 찾아왔으니 서두를 필요는 없었다. 그는 사부의 묵검과 창을 접어놓은 주머니를 허리에 묶었다. 그리고 창문을 박차고 허공으로 날아올랐다.

'암향표?'

전각 위로 날아오르는 철웅의 모습에서 적유는 암향표라는 단어를 떠올릴 수밖에 없었다. 아직은 서툴러 보이는 움직임이었고, 성취가 그리 높아 보이진 않았지만, 바람을 타고 날아오르는 듯한 그 움직임은 틀림없는 암향표였다.

'화산과 인연이 있었다더니… 내 살아생전 다시 암향표를 보게 될 줄이야…….'

적유의 눈가에 놀람이 일고 있었다. 마지막으로 암향표를 본 것이 삼십 년 전이었다. 이미 절전되었다 알려진 암향표였지만, 적유는 암향표가 절대 절전된 것이 아님을 알고 있었다.

그가 련의 좌사로 임명되기 전, 그는 화산의 한 여도사가 암향표를 펼치는 것을 본 적이 있었다. 우연한 만남이었고, 우연한 결투였지만 자신의 검을 피해 달아나던 여인이 보여준 신법에 놀란 입을 다물지 못했던 기억이 생생했다. 물론 그 여인이 현재 화산파의 남천궁을 이끄는 청상 진인이라는 것까지는 몰랐지만, 암향표가 절전된 것이 아니라는 것만큼은 분명히 알고 있었다. 그녀가 보여준 암향표는 진정 일절이라 불릴 만큼 대단한 신법이었다. 그 신법이 그에게 이어져 있었다.

'보면 볼수록 궁금해지는군. 그대의 진정한 정체가…….'

적유는 십여 장의 거리를 격하며 날아드는 철웅의 모습을 바라보다, 한순간 발을 구르며 전각의 지붕에서 날아올랐다. 철웅의 눈이 그 모습을 좇았다.

'따라오라는 것인가?!'

철웅은 암향표의 심법을 운용하며 적유의 뒤를 좇았다. 암향표는 신법이기는 하나, 이미 그 하나만으로도 극상의 내공심법이었다.

보통 신법이라 함은 보법의 연장으로 보기도 하지만, 경공이라 하여 보법과는 또 다른 의미의 무공으로 간주했다. 초식의 운용에서도 방위를 점하는 것을 중요시하는 보법과는 달리, 경공은 점과 점을 연결하는 움직임에 더욱 치중했다.

하나 초식과 빠름에만 치중한 신법에는 그 한계가 있었다. 신법은 땅과 멀어지는 것을 기본으로 한다. 한 번의 도약으로 더 먼 거리를 가기 위해선, 기본적으로 허공에 몸을 내맡기는 체공 시간(滯空時間)이 길어야 했다. 허공에 떠오르는 시간이 길어지려면, 필연적으로 건각과 연각을 고루 갖추어야만 했다. 더 큰 반동을 얻기 위한 건각(健脚)과 그 반동에 탄력을 주는 연각(軟脚). 두 가지 다른 성질의 조합이야말로 신법의 핵심이었다.

건각을 얻기 위해 육체의 수련을 해야 했고, 연각을 얻기 위해 내력의 운용을 중요시했다. 빨리 달리려면 건각을, 보다 멀리 달리려면 연각을 중요시하는 것이 강호의 통례였다. 소림의 금강부동신법(金剛不動身法)이 건각을 중시하는 대표적인 신법이었다. 외문기공으로 단련된 건각으로 순간적인 빠름을 얻을 수 있었다. 극쾌로 극둔을 얻는다. 너무나 빠른 신법이었기에, 오히려 멈추어 선 것처럼 보인다는 강호의 일절이었다. 연각의 대표적인 신법은 곤륜파(崑崙派)의 운룡대구식(雲龍大九式)이다. 구름 위로 용이 노니는 것처럼 보일 만큼, 놀라운 체공 시간을 자랑하는 신법이었다. 한 번의 도약으로 허공에서 아홉 번의 변화를 준다 하여 일초구변이라는 별명까지 가진 신법이었다. 그런 두 가지 성질의 이상적인 조합으로 불리는 것이 바로 화산의 암향표였다.

움직임 후 향기만이 남을 정도의 빠름과 일 호흡으로 십 장을 격할 수 있는 탄력. 게다가 그 자체로도 훌륭한 내공심법이었기에 내력의 소모가 극히 적은, 가히 강호의 일절로 손색이 없는 신법이었다. 전장에서 다져진 철웅의 건각과 내력으로 보조되는 연각. 워낙 오묘한 묘리를 담은 신법인지라 단시간 내에 큰 성취를 볼 수는 없었지만, 앞으로 꾸준히 수련한다면 그에게 큰 힘이 될 것이 분명했다.

하나 지금은 걸음마 수준에 불과한 철웅이었다. 제아무리 내력이 급상승하였다 하여도 급히 익힌 암향표만으로 적유의 뒷덜미를 채기에는 무리가 있었기에, 그저 그가 앞장서는 대로 묵묵히 따라가는 것에 만족해야 했다.

근 이각 가까이 철웅을 꼬여낸 적유가 신형을 멈춘 곳은 북평의 외곽 가까이에 만들어져 있는 한 관제묘였다. 철웅의 이마에 작은 땀방울조차 맺히지 않은 것을 보면, 과연 내력의 소모가 극히 적다는 암향표의 소문이 허언만은 아니었다. 적유가 그런 철웅을 바라보다 입을 열었다.

"오시느라 수고 많았소. 사람들의 이목을 끄는 것을 좋아하지 않아서 그런 것이니 이해해 주길 바라오."

철웅은 아무런 대꾸도 없이 적유를 바라보고 있었다. 그가 궁금한 것은 그가 이 먼 곳을 찾은 이유가 아니었다.

"소소는 어디 있소?"

철웅의 냉랭한 물음에 적유는 가만히 미소를 지었다.

"그 아이는 걱정하지 마시오. 내 약조한 대로 그 아이는 무사히 잘 있소. 그보다……"

적유의 말에 철웅은 다시 입을 다물었다. 그가 소소를 납치한 이유를 들어야 했으니…….

"그대에게 궁금한 것이 있소."

적유의 말에 철웅은 눈을 빛냈다. 자신에게 궁금한 점. 무언가 불길한 예감이 그의 뇌리를 스치고 있었다.

"…당신의 정체. 장철웅이라는 이름으로 살아가는 당신의 진짜 정체, 그것이 궁금하오."

철웅은 아무 말이 없었다. 그리고 그가 느꼈던 불길한 예감. 그것은 일행이 머물고 있던 객잔에도 어두운 그림자를 드리우고 있었다.

*　　　　*　　　　*

'이게 무슨 소리지?'

문득 자리에서 눈을 뜬 냉한상이 몸을 일으켜 세웠다. 조금씩 가까워지는 소음들. 냉한상의 눈에 한광이 어렸다.

'습격인가?'

냉한상은 다급히 두주개를 깨웠다. 잠에 취해 있던 두주개가 무슨 일이냐는 듯한 눈빛으로 그를 바라보았다.

"습격이다."

두주개의 눈이 번쩍 떠지며 자리를 박찼다. 냉한상이 검을 들고 방을 나서자, 그제야 방의 이곳저곳에서 부스럭거리는 소리가 들려오기 시작했다. 사람들 모두 이상한 느낌에 잠에서 깬 모양이었다.

“무슨 일인가?”

고산덕이 다급히 나오며 물었지만, 그 물음에 대한 답은 문이 부서지는 소리와 함께 들린 고함 소리가 대신하고 있었다.

쾅!

“연왕 전하의 어명이다. 모두 포박해라!”

대청에 모여 있던 일행의 주위로 이중삼중의 인의 장벽이 만들어지고 있었다. 투구와 갑주로 몸을 가린 자들. 긴 창을 꼬나 쥐고 들이닥친 자들은 다름 아닌 연왕부의 병사들이었다. 하건이 놀라 눈을 크게 뜨며 수장으로 보이는 무관에게 소리쳤다.

“아니, 이게 무슨 짓이오! 우리가 무슨 죄를 지었기에…….”

“왕명이다. 하남에서 온 동지 하건 외 전원을 포박하여 연왕부로 압송하라는 왕명이다. 대항하는 자는 왕명을 거역하는 것으로 간주, 참살하겠다.”

청천벽력. 서둘러 연왕부로 들기를 바랐지만, 이런 식으로 연왕부에 끌려가게 될 줄은 상상도 못했던 일행이다. 창검을 겨누고 있는 병사들의 앞으로 냉한상이 한 발 나섰다. 하나 하건이 다급히 그를 제지하고 나섰다.

“냉 대협, 안 됩니다! 이들은 왕명을 받고 출동한 군사들. 이들과 맞서서는 안 됩니다!”

“그럼 이대로 끌려가자는 것인가?”

냉한상의 입에서 흘러나온 냉기가 대청 안으로 흩날리고 있었다. 그가 살기 띤 눈으로 기운을 흘리자, 전면에 있던 병사들이 놀라 주춤거렸다. 하나 그들의 뒤에 있던 무장은 한 치의 물러섬도 없었다.

“검을 뽑는 자는 참살하도록 해라!”

냉한상의 눈이 꿈틀거렸다. 무인의 자존심이 더 이상의 침묵을 허락하지 않았다.

스르릉.

“…참살해 봐라.”

냉한상의 눈이 그 무장의 몸을 난도질하고 있었다. 그와의 거리는 삼 장. 하나 무장은 냉한상의 검이 자신의 목으로 날아드는 착각에 자신도 모르게 뒤로 한 걸음 물러섰다. 하얗게 질린 얼굴. 냉한상의 살기 섞인 기도를 관부의 일개 무장이 받아낼 수는 없는 일이었다. 하나 이곳을 찾은 이들의 수장은 그가 아니었다.

“검을 넣으시게. 검으로 해결될 일이 아니라네.”

겁에 질린 채 뒷걸음질치던 무장의 뒤에서 들린 목소리. 사람들의 시선이 일제히 문가로 향했다. 활짝 열려진 안채의 문으로 들어서던 노인. 연왕부의 대내총관 왕 노야가 일행의 시야를 가득 메우고 있었다.

“힘으로 해결될 일이었다면, 그대의 수급부터 취했을 것. 잠자코 따르는 것이 모두를 살리는 길이네.”

냉한상은 물러섬없이 왕 노야를 마주하고 있었다. 하지만 왠지 모를 섬뜩함에 한 발 물러서고 있었다.

‘…위험하다.’

가히 절정이라 불리는 냉한상이었지만, 눈앞의 노인에게 두려움을 느끼고 있었다. 본능적인 거부감. 냉한상은 자신이 두려워하는 이유를 알고 싶었다.

“당신은… 누구요?”

왕 노야의 입가에 옅은 미소가 어렸다. 손자를 바라보는 자상한 할아버지의 미소 같기도 했고, 하룻강아지의 재롱을 바라보는 범의 눈빛과도 같았다.

“당문도 묻지 못한 이름일세.”

‘독절?!’

냉한상은 자신도 모르게 한 걸음 물러서고 말았다. 무인이 한 걸음 물러서면 수치스러워해야겠지만, 눈앞의 노인은 그런 수치를 무릅쓰고서라도 가까이해서는 안 될 인물이었다.

독절, 단지 독절이라고만 알려진 인물이었다. 이름도, 성도, 생김까지도 알려진 바가 없었다. 단지 그가 남긴 흔적만이 그의 외호가 거짓이 아님을 말해 주는 인물이었다. 당문과의 일전이 그가 실존하는 인물임을 알려주는 가장 확실한 일화였다.

당문의 자랑이라는 당문십기가 독에 중독되어 당문으로 실려왔다. 담장 안으로 던져진 해약이 아니었다면, 독으로 일가를 이룬 당문에서도 당문십기를 살리지 못했을 거라는 이야기는 알 만한 사람은 다 아는 공공연한 비밀이었다. 그리고 아직도 당문에서 그 독의 성분과 해약을 만들기 위해 연구를 거듭하고 있다 알려진 독의 제왕이 바로 독절이었다. 그가 연왕부의 대내총관으로 있다는 것이 놀라울 따름이었지만, 그의 과거보다는 그가 이곳에 있다는 것이 더욱 중요했다.

“이미 자네들은 중독되었네. 그러니 잠자코 포승을 받도록 하게.”

냉한상은 물론 일행 모두 놀라 운기를 하였다. 그 순간,

“커헉!”

냉한상은 물론 고산덕과 이승수를 비롯한 사람들 대부분이 가슴을 움켜잡으며 주저앉고 말았다. 멀쩡히 서 있던 사람은 장 의원과 소아뿐인 듯싶었다.

"운기하지 말라는 말을 깜빡했구먼. 자네들에게 하독한 독은 산공독(散功毒)이 아니라 제공독(制功毒)이네."

왕 노야의 말에 급히 내력을 푼 냉한상이 믿을 수 없다는 듯 입을 열었다.

"제공독? 그런 물건이……."

"스스로 고통을 느꼈으면서도 믿지 못하겠다면, 더 설명할 필요가 무에 있을까. 제공독은 내력을 지닌 사람에게만 효용이 있는 물건. 억지로 내력을 운기한다면 하독된 독이 날뛸 걸세. 자네의 검이 무섭다 하지만, 내력도 없이 일천의 병사를 모두 막을 수 있을 거라고는 생각하지 않네."

사람들의 눈에 놀라움이 일고 있었다. 몸소 체험했으니 독절의 존재를 믿지 않을 도리가 없었다. 그리고 자신들에게 씌워진 그물을 빠져나갈 길이 없다는 것도. 득의한 표정의 무관이 병사들에게 눈짓을 보냈다. 그래도 강호의 고수들이라는 생각이 남아 있었는지, 창검을 쥔 손에 힘을 주며 천천히 포위망을 좁히고 있었다. 그들의 머리 위로 그의 목소리가 들린 것은 그때였다.

"이 무슨 짓들인가?"

왕 노야는 물론 모든 사람의 시선이 이층으로 향했다. 그곳을 바라보던 왕 노야의 눈이 커지며 외마디 신음을 뱉어내었다.

"……왕자 전하?"

이층의 난간에서 그들을 굽어보고 있던 그. 임정과 육당의 호위를 받으며 서 있던 그는 북평연왕의 장자 주고치였다.

*　　　　*　　　　*

“나는 한 가지 물건을 찾고 있소. 그것도 근 이십여 년 동안. 그 물건을 발견한 순간 당장이라도 뛰쳐나가 되찾으려 했소. 하나 그러지 않았소. 왜 그런지 아시오?”

적유의 말에 철웅은 아무 말도 하지 않았다. 그런 그의 모습을 바라보던 적유가 말을 이었다.

“그 물건을 가진 사람의 이름이 내가 아는 누군가와 같았기 때문이오. 한데… 내가 알던 그 사람이 바로… 그 물건과 함께 사라진 이와 깊은 연관이 있는 사람이었소. 참 재미있지 않소? 그 사라진 물건과 깊은 인연이 있는 그와 그 물건을 가진 채 그 사람의 이름으로 살고 있는 이. 어떻게 생각하시오?”

적유의 물음에도 철웅은 아무 말이 없었다. 적유는 다시 입을 열었다.

“그 사람의 고향이 청수곡이라는 것만 알고 있었소. 천하의 청수곡이란 마을만 수천 곳을 찾아 헤맸소. 결국은 찾질 못했지. 한데 소소란 아이의 고향이 청수곡이라 하더이다. 우연이라 하기엔… 뭔가 이상하다는 생각이 들지 않소?”

달빛이 부서지며 두 사람의 머리 위로 쏟아져 내리고 있었다. 적유의 적발이 더욱 그 짙은 핏빛을 더했다.

"내가 찾고 있던 물건의 이름은 주작홍기. 그리고 그 물건과 인연이 닿아 있던 사람의 이름은 장철웅. 어떻게 생각하시오, 장철웅 대협?"

철웅의 눈이 꿈틀거렸다. 침묵이 이어지고 있었다. 자신의 과거에 대해 말하는 사람. 그가 말한 장철웅이 누구인지 그가 모를 리 없었다. 그의 이름으로 살고 있는 자신이었으니. 그리고 그가 말한 인연이라는 것 또한 어렴풋이 짐작할 수 있었다. 자신에게 이 물건을 건네준 것이 바로 그였으니. 하나 그것은 이미 잊기로 마음먹었던 과거 속의 이야기였다. 그 물건이 어떤 것인지는 자신에게 중요하지 않았다. 자신의 과거를 기억할 수 있는 유일한 물건이었지만, 소소의 목숨과 저울질할 수는 없었다. 한참을 침묵했던 철웅의 입이 열렸다.

"필요한 것이 이것이오?"

철커덕!

철웅은 자신의 허리춤에 매달려 있던 주머니 속에서 창을 꺼내 들었다. 그의 손에 들려 나오던 창이 기이한 소음과 함께 결합되며, 팔 척 길이의 장창으로 둔갑했다. 그 모습을 바라보던 적유의 눈이 빛을 발했다.

"이것이 필요하다면… 가져가시오. 대신……."

철웅의 눈이 적유를 바라보고 있었다. 노기와 함께 어우러지던 감정은 무언가에 대한 걱정이었다.

"…소소를 돌려주시오."

적유의 눈이 가라앉고 있었다. 당장이라도 저자의 손에서 주작기를 빼앗아와야 했다. 하나 적유의 입은 그의 생각과는 다른 말을 하고 있었다.

"그 창에 달려 있어야 할 붉은 번이 없구려. 그것을 찾아온다면…
소소를 돌려주리다."

"……?!"

철웅이 영문을 모르겠다는 듯한 표정으로 적유를 바라보았다.

"그런 것은… 본 적이 없소."

"찾아오시오. 그것이 소소를 데려갈 수 있는 길이오."

적유의 마음이 갈리고 있었다. 한쪽에서는 당장 저 창을 빼앗고 교
도들을 움직여 천하를 뒤져서라도 주작번을 찾으라는 목소리가 들리고
있었고, 다른 한쪽에서는…….

'조금만 더… 빙화를 곁에 두고 싶구나…….'

적유의 내부에서 이성과 감정이 치열하게 대립하고 있었다. 저 창을
빼앗는 것은 여반장이었다. 하나 그렇게 된다면 소소를 볼 면목이 없
었다. 저자를 없앤 사실을 숨길 수도 있었지만 그럴 수는 없었다. 그리
고 가장 중요한 한 가지 이유가 그의 발목을 붙잡고 있었다.

'아직 저자의 정체를 알아내지 못했다. 만에 하나 그와 관련된 사람
이라면… 함부로 목숨을 취해서는 안 된다.'

그의 목숨을 빼앗을 수는 없었다. 아직 알지 못하는 무엇인가가 남
아 있는 자였다. 그것을 알아낼 때까지… 자신의 생각이 틀렸다는 것
을 알게 될 때까지는 죽여선 안 되는 사람이었다.

'만에 하나… 그가 우사와 관련된 사람이라면…….'

적유는 그 하나의 가정으로 인해 그를 쉽게 대할 수가 없었다. 그리
고 그런 적유의 내심을 알 수 없었던 철웅은 적지 않게 노하고 있었다.

"당신이 말하는 것이 무엇인지 알지도 못하는데, 세상 어디에 가서 그 물건을 찾아오라는 것이오? 억지 부리지 마시오. 어서 소소를 돌려주시오!"

철웅의 노기에 적유는 그가 소소를 어떻게 생각하는지 확실히 깨달을 수 있었다. 하나 그런 것을 따지기보다는 그를 오랫동안 옭아맬 구실이 필요했다.

"그 번의 이름은 주작번이라고 하오. 가로 일 장에 세로 반 장. 앞에는 날개를 펼친 주작의 형상이 그려져 있고, 뒷면에는 세 개의 불꽃이 그려져 있소. 번의 재질은 천잠이고, 붉은 주사를 먹여 피와 같은 붉은 기운이 어려 있소. 주변을 두른 수실은 금실로, 천잠과 금실을 꼬아 만든 것이오. 소소를 되찾을 길은 그것뿐이오."

적유의 말을 듣고 있던 철웅의 얼굴엔 변화가 없었다. 모르는 것은 모르는 것. 그런 설명 따위를 한다고 해도 자신이 찾을 수 있는 물건이 아닌 듯했다. 저들이 이십여 년 간이나 찾지 못했던 물건을 당장 어디 가서 찾아온단 말인가? 억지였지만 칼자루는 적유가 쥐고 있었다.

"…찾아오시오. 소소를… 살리고 싶다면."

적유의 마지막 말은 이미 이십여 장 밖에서 들리고 있었다. 철웅은 사라지는 그를 붙잡기 위해 신형을 날렸지만, 이미 그의 모습은 어둠 속으로 사라진 후였다. 엄청난 속도의 경공이었고, 자신과의 차이를 극명하게 보여주는 모습이었다. 철웅은 신형을 멈추고 땅으로 내려섰다. 긴 한숨이 그의 입에서 새어 나왔다.

"이게… 도대체 무슨 일이란 말인가……."

철웅은 하늘을 바라보며 한숨을 내쉬었다.

그는 아직 과거에서 벗어나질 못하고 있었고… 그의 시련 역시 아직 끝나지 않고 있었다.

*       *       *

"지금… 무어라고 했소?"

연왕의 목소리가 떨리고 있었다. 그의 앞에는 왕 노야가 시립해 있었다.

"왕자 전하께서… 그들과 함께 계셨습니다."

"왕자가 그들과 함께 있었다? 그렇다면 궁 안에 있는 그 아이는 누구란 말이오?!"

연왕은 왕 노야를 바라보며 소리쳤다. 왕 노야는 연왕의 외침에 아무 말도 할 수가 없었다. 똑같은 얼굴. 자신이 알고 있는 주 왕자의 생김과 똑같은 얼굴을 한 사내가 분명 그들과 있었다. 그리고 자신을 향해 엄한 꾸짖음을 내렸다. 자신의 노안엔 두 사람 모두… 주 왕자였다.

"그… 아인 지금 어디에 있소?"

"다른 이들과 함께 내원에 구금되어 있사옵니다."

연왕의 물음에 왕 노야가 답했다. 왕 노야가 내린 최선의 결론이었다. 아직 진위가 밝혀지지 않았으니, 왕자가 아니라고 단정 지을 수 없었다. 둘 중 하나는 가짜. 누가 가짜인지 모르니 뇌옥에 가둘 수도 없는 일이었다. 그래서 궁의 뒤편에 있는 내원에 연금해 두었다. 다른 이들 역시 함부로 뇌옥에 가둘 수는 없었다. 그들이 가짜 왕자를 데려와

왕부를 우롱하려 한 자들인지, 진짜 왕자를 구해낸 은공들인지 구분할
수 없었기 때문이다. 어차피 제공독으로 제압된 자들이었으니, 충분히
금제할 수 있다는 것도 한 이유였다.

"음… 지금 당장 가봐야겠소."

"일단 마음을 가라앉히십시오. 내일 날이 밝은 후 찾으셔도 늦지 않
으십니다."

"지금 내 장자의 진위를 가리는 문제가 다급하지 않다고 말하는 거
요?"

연왕의 호통에 왕 노야가 가만히 고개를 숙이며 말했다.

"전하, 급할수록 돌아가라 하였습니다. 왕자 전하의 진위를 가리는
것이 중요한 일이긴 하나, 무작정 달려가서서 해결될 문제가 아니옵니
다."

"후우, 그럼 어찌하였으면 좋겠소?"

연왕의 한숨에 왕 노야가 안타까운 듯한 눈빛을 보였지만, 감히 연
왕의 앞에서 내색할 수는 없었다. 자신은 그저 신하 된 도리를 다해야
했다.

"내일 날이 밝는 대로 신승과 의논하시옵소서. 그러면 좋은 방책을
강구해 줄 것입니다."

"음……."

연왕은 머리를 짚으며 자리에 앉았다. 이미 시간은 묘시에 다다르고
있었지만, 답답한 가슴에 잠이 올 것 같지 않았다.

"알았소. 내일… 다시 이야기하도록 합시다."

"예, 전하. 그럼……."

왕 노야는 시름에 잠긴 연왕을 뒤로한 채 연왕의 침실을 나왔다. 걸음을 옮기는 자신 역시 맘이 편치 않았다.

'이 일을 어찌하면 좋단 말인가……'

왕 노야는 궁의 한곳에서 잠에 들었을 왕자를 생각하고 있었다. 자신의 지시로 주고치가 잠들어 있는 궁에는 수십 명의 병사가 진을 치고 있을 것이다. 누가 진짜인지 구별할 수 없는 한, 연왕부에 존재하고 있는 두 왕자 모두 가짜일 가능성이 있었다. 자신이 왕부의 대내총관으로 있었으니, 자신의 눈을 속이고 왕자를 바꿔치기 했을 리는 없었다. 그는 내심 침소에 잠들어 있는 왕자가 진짜라 생각하고 있었다. 하지만 만일이라는 것이 있었기에 마음을 놓을 수도 없었다.

'대체 어떤 자들이 이런 짓을……'

속으로 이런 짓을 저지른 자들을 저주하며 걸음을 옮기는 왕 노야였다. 내일 어떤 식으로 이들의 진위를 판별해야 할지 그 방법을 고민해야 했다. 신승 도연이 무슨 방법을 찾아낼 터이지만, 그렇다고 그만을 믿고 손을 놓고 있을 수는 없는 일이었다.


달이 밝았다. 마치 누가 진짜인지 알아보기라도 하겠다는 듯 두 눈을 밝게 뜨고, 왕자들이 잠든 곳을 유심히 바라보고 있었다.


*　　　*　　　*


"이게 도대체……"

더 이상 놀랄 기력도 없던 철웅이었건만, 아수라장이 되어 있는 객잔의 모습에는 놀라지 않을 수 없었다. 대청에 있던 집기들은 이리저리 나뒹굴고 있었고, 객잔 안채의 문은 반쯤 부서진 채 너덜거리고 있었다. 그리고 이런 모습을 보고 경악해야 할 사람들이 보이지 않고 있었다.

"습격이 있었던 건가?"

철웅은 혹 자신을 유인해 내고 일행을 습격한 것이 아닌지 의심하고 있었다. 하지만 그런 의심은 이내 공중으로 흩어져 버리고 말았다.

'그 한 사람만으로도 충분했을 것이다.'

사라진 적유의 모습을 떠올린 철웅은 자신의 가정을 지웠다. 그가 무엇이 두려워 자신을 유인해 내었겠는가. 철웅은 무언가 단서라도 찾아봐야겠다는 심정으로 주변을 돌아보고 있었다. 그런 그의 앞에 단서 대신 증인이 나타났다.

"오오… 무사하셨군요."

객잔의 주인이었던가? 낯익은 얼굴이 다가와 자신의 안부를 물었다. 철웅은 그와 인사를 나눌 겨를이 없었다. 눈앞에 벌어진 상황을 듣는 것이 먼저였다.

"이게 어떻게 된 일입니까?"

"…연왕부의 군사들이 들이닥쳤습니다. 모두… 연왕부로 압송되었지요."

객잔의 주인은 그간의 상황을 제법 조리있게 말해 주고 있었다. 예전부터 대호표국과 거래를 트던 사이라 그들의 신변을 걱정하는 눈치였다.

"연왕부에서……."

철웅은 상황을 정리하기 시작했다. 자신들은 배첩을 넣고 왕부의 입궐 허가를 기다리는 중이었다. 한데 왕부에서 자신들을 압송했다면…….

'이런, 주 왕자의 존재를 왕부에서 알게 되었구나!'

어떤 경로를 통해 알게 되었는지는 몰라도 연왕부에서 자신들이 왕부를 방문하려 한 이유를 알게 되었고, 그 이야기를 듣게 된 연왕이 진위를 알아보기 위해 자신들을 왕부로 불러들인 것이다.

'병사들을 보내서 말이지…….'

철웅은 허탈한 웃음을 짓고 있었다. 연왕의 성격이라면 능히 그러고도 남을 것이다. 평소에는 한없이 느긋하다가도 한번 노기가 발동하면 인정사정 보지 않는. 분명 사내다운 모습이었지만, 이번에는 그 상대가 자신의 식솔들이었다. 좋지 않았다.

'왕야의 성격이라면… 당장에라도 그들을 심문할지도 모른다.'

철웅은 다급한 마음에 연왕부의 담을 넘을 생각까지 하고 있었다. 하지만 이내 고개를 저었다.

'차라리 잘된 일일지도 모른다. 어차피 만나야 할 사람들이었고, 겪어야 될 일이었다.'

철웅은 힘없이 자리에 앉았다. 그리고 두 손으로 머리를 감싸 쥐며 마음을 진정시키고 있었다.

'아니다…… 쉽게 생각할 일이 아니다. 만에 하나 그가 왕자가 아니라면…….'

철웅은 그 만약이 두려웠다. 연왕의 분노는 불을 보듯 뻔한 일이었다. 그리고 그 분노가 어떤 식으로 표출될지 역시…….

‘그냥 두고 볼 수만은 없다.’

철웅은 자리에서 일어났다. 그리고 자신을 물끄러미 바라보고 있던 객잔 주인에게 말했다.

“조반을 좀 차려주시겠소?”

부서진 문짝 사이로 동이 터오는 것이 보였다. 일단은 휴식을 취해야 했다. 빈속도 채워놔야 했다. 그는 내일을 준비하고 있었다.

＊　　　　＊　　　　＊

“급전?”

“예. 연왕부에서 급히 들어달라는 전갈이 왔습니다.”

아주 이른 아침이었다. 동이 튼 지도 얼마 지나지 않았는데 전갈이 도착한 걸 보면, 무엇인가를 위해 급히 서둘렀다는 이야기였다.

“음…….”

언상은 무언가 생각에 잠겼다. 그리고 아주 간단한 결론에 도달했다.

“그들을 찾았군.”

그들을 찾게 되면 꼭 알려주겠다 연왕이 약속했었다. 자신이 뒤쫓아 온 것들의 결실이 그곳에 당도한 모양이었다. 언상은 느긋이 깍지를 껴 머리 위로 들어 올려보곤 공유유에게 말했다.

“조반은 먹고 가자. 왕부에 가서 밥 달라고 할 수는 없으니.”

공유유의 얼굴에 미소가 걸렸다. 자신의 상관이 우습지도 않은 농담

을 할 때는, 무언가 잘되어간다는 신호와도 같았다. 공유유가 나가고
나자 언상이 자리에서 일어났다. 그리고 손끝으로 창을 밀어 창밖으로
떠돌던 찬 공기를 폐부 깊숙이 받아들였다.

“좋은 아침이군…….”

언상의 얼굴에 미소가 걸렸다. 또 하나의 사건이 해결되어 가고 있
었다. 그것이 그의 기분을 상쾌하게 만들고 있었다. 하지만 연왕부에
서 일어날 일은 시작에 불과했다.

*　　　*　　　*

“어서 오시오.”

황궁의 모처. 언상은 왕 노야라는 노인의 뒤를 따라 궁의 뒤편에 자
리해 있는 한 전각으로 들어서고 있었다. 사방이 전각들로 둘러싸여,
마치 밀폐된 공간과도 같은 인상의 전각이었다. 전각 안의 한 대청. 사
방으로 나 있던 창들 모두 두꺼운 판자로 굳게 닫혀 있었고, 그런 대청
의 상좌에 있는 몇몇 사람 가운데 연왕이 있었다. 언상을 맞는 연왕의
표정이 눈에 띄게 굳어 있었다. 하루 전과는 딴판인 모습이었지만, 내
심 짚히는 바가 있었기에 대례를 올린 언상은 말없이 서 있었다.

“…어제 하남에서 온 자들을 찾았소.”

한참 만에야 불편한 심기를 숨기지 않은 연왕이 입을 열었다. 언상
의 표정에는 변화가 없었지만, 한마디도 놓치지 않겠다는 듯한 눈빛으
로 연왕의 입술을 바라보고 있었다.

“잠시 후 이곳으로 그들이 오게 될 것이오.”

언상의 눈에 이채가 띠었다. 연왕의 표정이 좋지 않았다. 그 이유는 십중팔구 하남에서 온 자들 때문이리라. 연왕이 한 장의 서찰을 언상에게 내밀었다. 공손히 받아 서찰을 읽어 내려가던 언상의 표정이 시시각각 변하였다.

'또 다른… 왕자?'

언상은 연왕의 불편했던 심기가 무엇에 기인했던 것인지 알 수 있었다. 그리고 자신이 생각했던 것보다 문제가 훨씬 심각하다는 것도.

'소림을 침입했던 이유가… 그를 없애기 위해서였단 말인가? 하면 왕부에 있을 왕자는…….'

언상은 연왕의 얼굴을 한 번 바라보았다. 불편한 얼굴. 노기를 억지로 누르고 있는 모습에 언상은 내심 고개를 저었다.

'생각보다 일이 더욱 복잡해졌다. 왕부, 그것도 가장 강성한 세력을 자랑하는 연왕부의 장자를 상대로 음모를 꾸민 자들이 있다. 게다가 왕자를 노린 자가 주왕부의 인장을 사용했다. 연왕의 분노가 어디로 흘러갈지는 불을 보듯 뻔한 일. 하나 왕부의 인장은…….'

언상의 머리가 빠르게 회전하고 있었다. 이미 왕부의 인장은 모사되었다. 이제 누구도 쉽게 주왕부가 관계되었다 말할 수 없게 되었다. 오히려 연왕부의 분노는 병부로 향하게 될 것이다.

'일단은… 왕자의 진위를 가리는 것이 급선무다. 가짜를 찾아내어 그 배후를 밝혀야 한다.'

언상의 생각이 거기까지 미쳤을 때, 전각의 문이 열리며 양광을 쏟아내고 있었다.

"그들이 오는군."

연왕의 굵은 목소리에 언상의 시선이 문으로 향했다. 문으로 들어서고 있는 사람들, 하남에서 온 자들이었다.

*　　　*　　　*

하나도 변하지 않았다. 하늘을 찌를 듯 솟아나 있던 성벽의 위용도 그대로였고, 좌우로 이어진 긴 해자의 검은 물결도 그대로였다. 굳게 닫힌 성문을 지키고 있는 병사들의 모습마저도 그대로인데, 그곳으로 향하는 자신의 모습만은 그들과 동화되기를 거부하고 있었다.

'어찌해야 하는가. 이곳에 들어 어찌해야 한단 말인가?'

철웅의 얼굴은 검은 방갓으로 가려져 있었다. 검은 무복과 어우러져 썩 잘 어울리는 모습이기는 하였지만, 자신의 얼굴을 숨긴 것 외에는 아무런 도움이 되지 않았다.

'하건이 먼저 들었어야 했다. 이런 식의 진행이라면……'

이것이 문제였다. 하건이 먼저 왕야를 알현하여 일련의 사건을 설명했어야만 했다. 왕자를 왕부로 데려가는 것은 그 다음이었다. 하나 순서가 뒤바뀌었다. 그것이 가장 큰 문제였다.

'일련의 보고가 끝난 상태에서의 알현이었다면, 왕자의 진위와는 상관없이 우리는 제삼자로 남을 수 있었다. 얼마간의 의심은 받겠지만, 직접적인 연관이 없음을 밝힌 상태이니 큰 무리 없이 빠져나올 수 있었을 것이다. 하나 이렇게 강제로 구금된 상태라면, 제삼자로 남을 수가 없다. 왕자의 진위 여부에 따라… 어려운 상황에 닥칠지도 모른다……'

철웅의 걸음이 성벽을 따라 움직이고 있었다. 너무나 갑작스러운 일이었는지라 철웅으로서도 달리 방도가 없었다. 하건이 왕야를 알현하고 난 후, 왕자가 왕부로 드는 것과 함께 자신들은 일행에서 빠져나오려 했었다. 그것이 그의 원래 계획이었다.

'형님과 소아는 무사할까? 만일 그들의 안전에 문제가 생긴다면…….'

철웅이 성벽을 따라 걸음을 옮기는 이유였다. 자신의 식솔들이 함께 있지 않았다면 이렇게까지 걱정이 되진 않았을 것이다. 결코 연왕부 근처로 걸음을 옮기는 일 따위는 생기지 않았을 것이다.

'일단 일이 어떻게 진행되는지를 알아야 하겠는데… 그러려면 일단 안으로 들어야 하겠지.'

성벽을 따라 걸음을 옮기던 철웅의 눈이 성벽의 한곳을 좇고 있었다.

'다행이군. 아직 그대로구나.'

철웅의 시선이 닿아 있는 성벽의 한쪽. 길게 자란 덤불로 교묘히 가려진 그곳에는 작은 구멍 하나가 나 있었다.

'아직 막지 않으셨구나……. 허허.'

사람 하나가 간신히 지나다닐 수 있을 만한 구멍. 자신과 왕야만이 알고 있던 그곳. 자신들만의 비밀 통로가 세월의 흔적을 머금은 채 그를 반기고 있었다. 한데 그 구멍으로 다가서던 철웅의 눈이 크게 떠졌다.

"아이고, 힘들어… 어?"

철웅이 바라보던 구멍 속에서 누군가 나오고 있었다. 그리고 철웅의 눈과 마주친 그 여인이 놀란 듯 소리치려 했다.

“아! 당… 읍…….”

철웅은 당황했다. 얼마나 놀랐는지, 소리치려던 여인을 잡아끌며 입을 막았다. 입이 막힌 여인이 버둥거리고 있었지만, 여인의 힘으로 철웅의 품에서 빠져나올 수는 없었다.

“아이고, 마마. 이제는 이 작은 구멍으로 잘도 나가십니다. 저는… 어머나!”

여인의 뒤를 따라 나서던 두 시비가 목에 얹힌 묵검에 놀라 주저앉고 말았다.

“소리 지르지 마시오. 해치지 않을 것이니…….”

다른 여인들을 진정시킨 철웅이 조심스레 여인의 입을 막았던 손을 떼어내었다. 한데 입이 자유로워진 여인이 철웅의 팔을 밀치곤, 다른 여인들의 품으로 달려나가며 소리쳤다.

“너! 네 이놈! 내가 누군지… 알고… 어?”

한바탕 소란을 피우기 위해 목소리를 가다듬었던 여인이 놀랐다는 표정으로 철웅을 바라보고 있었다.

“이런… 당신은…….”

철웅 역시 적지 않게 놀랐다는 표정으로 여인을 바라보고 있었다.

“하… 하하, 오랜만이네요?”

철웅을 보고 웃음 짓던 여인. 연왕의 후궁 왕소군은 몸에 묻은 흙을 털어낼 생각도 하지 않고, 철웅을 보며 반갑게 웃고 있었다.

第五十八章
자객(刺客)

적유는 천천히 술잔을 들고 있었다. 그의 옆에는 자신의 호위인 적랑대의 대주 낭아도 조철산이 서 있었다.

"전 아직도 주군께서 그를 북평까지 오게 한 연유를 모르겠습니다."

적유는 멀리 연왕부가 흐릿하게 보이는 창에서 시선을 떼었다. 그리고 자신의 심복인 조철산을 바라보며 흐뭇한 미소를 지었다.

"그것이 그리 궁금하더냐?"

"……."

말은 하지 않고 있지만, 조철산의 표정은 이번 일이 참으로 번거롭게 진행된다 생각하는 눈치였다. 적유는 그런 그를 바라보다 다시금 창밖으로 시선을 보냈다.

"계책은 그런 것이다. 당장 눈앞에서 이루어지는 일만을 보아선 안 된다. 그 이후의 일들을 짐작할 수 있어야 한다.”

적유의 말에 조철산은 귀를 기울였다. 자신의 주군은 능히 지모로
천하를 아우를 수 있는 사람이었다. 그 믿음을 확인하고 싶었다.

“연왕을 움직여야 한다. 그래서 그를 연왕부로 보냈다.”

적유의 시선은 연왕부에 닿아 있었다. 그 안에서 벌어질 일들을 생
각하며…….

＊　　　　＊　　　　＊

연왕의 앞에는 모두 열 명 남짓한 사람들이 꿇어 앉아 있었다. 하나
좌중의 시선은 오직 한 사람에게만 고정되어 있었다.

“어찌… 이런 일이…….”

연왕의 놀람은 이루 말할 수 없었다. 자신의 눈앞에 앉아 있는 사내.
그는 틀림없는 자신의 장자였다.

“네가… 정녕 고치란 말이냐?”

“아버님…….”

주고치의 눈에 눈물이 일렁이고 있었다. 부자 상봉. 설마 했던 일이
현실로 벌어지고 있었다.

‘정녕 주 왕자였단 말인가?’

언상의 놀람은 좌중 모두의 놀람과 다름없었다. 주고치를 호위했던
고산덕과 하건마저도 놀람과 함께 안도하고 있었다. 하지만 모든 사람
의 생각이 그러했던 것은 아니었다.

“왕야, 고정하십시오.”

도연의 말에 연왕의 고개가 돌아갔다. 그의 시선을 받으며 도연이 차분히 말을 이어나갔다.

"왕자 전하, 저를 아시겠사옵니까?"

주고치가 자리에서 일어섰다. 신하 된 자 앞에서 무릎을 꿇고 답을 할 수는 없는 일.

"물론 알고 있소. 신승 도연, 그대는 황제 폐하의 곁을 지키던 십이노학(十二老學)의 일 인으로, 내 아버님을 보필하기 위해 친히 황제 폐하의 명을 받고 북평으로 온 사람이오."

도연은 주고치의 답에 고개를 끄덕여 보였다. 그리고 귓속말로 연왕에게 무엇인가를 아뢰었다. 연왕 역시 가만히 고개를 끄덕여 그의 말에 동조하는 듯했다. 그리고 뒤이은 연왕의 명에 도연이 말한 내용이 무엇인지 좌중 모두 알 수 있었다.

"…궁에 있는 왕자를 불러오라."

두 왕자의 대질, 가장 확실한 방법이었다.


*　　　　*　　　　*


"연왕도 지금쯤 많이 혼란스러울 것이다."

"하나 그 진위는 금방 밝혀질 일 아닙니까?"

조철산의 물음에 적유가 술잔을 내려놓으며 말했다. 이제 모든 일이 끝났으니 자신의 수하에게는 말해 주어도 좋겠다 싶었나 보다.

"물론 제아무리 배교의 변체역용공(變體易容功)이 뛰어나다곤 하나, 결국 밝혀지게 될 일이다."

배교의 비전 중에 변체역용공이 있다. 하나 그 밋밋한 무공명과는
달리 정녕 놀라운 비술 중 하나였다. 자신의 얼굴을 바꾸는 비술. 인피
면구 따위가 아니라, 약물과 내공으로 신체의 모양을 바꾸는 비술은 천
하를 뒤져 봐도 쉽게 찾지 못할 비술이었다.

주고치와 비슷한 자를 찾는 것은 어렵지 않았다. 수십만 교도 중 그
덩치와 이목구비가 비슷한 자는 수백 명에 달했으니. 그런 자를 찾아
약물로 생김을 바꾸고 내력으로 골격을 바꾸어놓았다. 단지 한 가지
흠이 있다면…….

'바뀐 모습 그대로 영원히 지속된다는 것이지. 말 그대로 숨기는 방
법이 아니라 얼굴 자체를 바꾸는 방법이다.'

하나 제아무리 대단한 방법이라 해도, 그것은 타인들에게나 소용이
있는 법. 일가 피붙이의 눈마저도 속일 수는 없었다. 외모는 그들의 눈
을 속일 수 있을지언정, 그 행동이나 습관, 그리고 미세한 차이까지는
어찌할 도리가 없었다. 시간이 지나면 파해될 수법이었다.

"하나 내가 원하는 것을 이루기에는… 그것만으로도 충분하다. 연
왕을 움직이기에는… 연왕을 분노시키기에는… 후후."

적유의 말에 조철산은 아무 말이 없었다. 그의 뒤이을 말을 기다리
면서.

*　　　*　　　*

"아버님, 부르셨사옵니까."

"…이리 오너라."

전각의 뒤편에서 걸어오고 있는 사내. 사람들의 시선이 그에게 향했다. 주고치가 걸어나오고 있었다. 자신들 앞에 서 있는 주고치와 판에 박은 듯 똑같이 생긴 사내. 그 사내의 걸음걸이 하나까지도 사람들은 놓치지 않았다. 물론 진짜와 가짜를 구별하기에는 턱없이 부족한 단서였지만…….

"무슨 연유로……."

걸음을 옮기던 주고치가 놀라 걸음을 멈추었다. 자신과 똑같이 생긴 사내가 연왕 앞에 서 있었다. 그리고 그 사내의 시선이 자신에게 향한 바로 그 순간,

"카아악!!"

연왕 앞에 서 있던 주고치가 별안간 몸을 날렸다. 그 비대한 몸으로 어찌 그런 몸놀림이 가능한지 의심스러웠지만, 이미 그의 신형은 바람처럼 달려나가고 있었다.

"막아라!"

놀란 연왕의 앞으로 어느새 나타난 여덟 명의 검수가 검을 뽑아 들어 막았다. 하지만 주고치가 몸을 날린 곳은 연왕이 앉아 있던 곳이 아니었다.

"이런?! 왕자를 보호해라!"

다급한 도연의 외침에 놀란 병사 몇이 그의 뒤를 쫓았지만, 그를 제지하기엔 이미 한발 늦었다. 하지만 거침없는 주고치의 신형을 막아선 그림자가 있었다.

"이놈!"

다급한 일갈과 함께 언상의 주먹에서 강맹한 일권이 뿜어져 나왔다.

뇌성과 함께 날아간 언상의 권경이 주고치의 복부에 틀어박히기 직전, 품으로 들어갔던 주고치의 손이 빠져나오며 파공성을 일으킨 것은 바로 그 순간이었다.

퍼엉!

"크아악!"

슈슈슉!

언상의 권경에 삼 장 가까이 날아가던 가짜 주고치의 입에서 피분수가 뿜어져 나왔다. 바닥을 구르던 주고치의 곁으로 십여 명의 병사들이 달려가 창으로 사지를 압박했다. 하나 다급한 외침은 끝나지 않고 있었다.

"왕자 전하?!"

도연의 외침에 사람들의 시선이 일시에 주고치가 서 있던 곳으로 향했다. 멀쩡이 서 있던 주고치가 가슴을 부여잡고 쓰러져 있었다. 그리고 멀찍이 떨어져 있던 그곳에 그 물건이 떨어져 있었다.

"이건 왕부의 옥패?"

언상이 집어 들고 있는 옥패. 겉으로는 아무런 이상도 발견할 수 없었다. 옥패 밑으로 나 있던 작은 구멍에서 허연 연기가 피어오르지 않았다면, 그것에 어떤 장치가 되어 있었다는 것을 알아내지 못했을지도 모른다.

"이건… 암기?"

언상의 눈이 쓰러진 주고치에게 향했다. 주고치의 가슴에서도 허연 연기가 피어오르고 있었다. 그리고……

"모두 물러서라!"

다급히 달려온 왕 노야의 외침에 병사들은 물론 신승 도연마저도 한 발 물러서고 있었다.

"역시……."

하얗게 탈색되어 버린 주고치의 얼굴을 바라보던 왕 노야의 안색이 침중해졌다. 그리고 잠시도 지체하지 않으며 품에서 무엇인가를 꺼내 들었다. 왕 노야는 품에서 꺼낸 소도로 주고치의 옷을 잘라내었다. 옷이 잘라진 자리, 작은 비침 하나가 가슴에 박힌 채 허연 김을 피어올리고 있었다. 코로 그 연기를 들이마셔 보던 왕 노야의 안색이 조금 풀어졌다.

"다행이군. 그냥 학정홍일 뿐이니……."

왕 노야의 말에 놀라지 않은 사람은 왕 노야 한 사람뿐이었다. 천하에서 손꼽히는 극독 중의 극독이었다. 한 방울이면 황소도 죽인다는 극독임을 알아내고서도 다행이라니……. 하나 고산덕의 머리는 그것을 현실로 인정하고 있었다.

'…과연 독절. 학정홍마저도 그를 두렵게 하지는 못하는구나.'

고산덕의 내심을 알아챘는지, 왕 노야는 품에서 몇 가지 약병을 꺼내어 주고치의 환부에 뿌렸다. 그가 뿌린 약과 반응한 것인지 조금씩 수그러들던 연기가 다시금 피어오르고 있었다. 놀란 사람들이 뒤로 물러나자 왕 노야가 웃으며 답했다.

"괜찮소. 독기가 중화되면서 나오는 연기일 뿐이오."

연기를 맡은 사람이 괜찮다고 하니, 사람들의 눈에 그제야 안도의 빛이 어렸다. 사람들을 헤치며 다가오던 연왕이 다급히 물었다.

"왕 집사! 왕자는 괜찮은 것인가?"

연왕의 걱정 가득한 물음에 왕 노야가 가만히 고개를 끄덕여 보였다.

"너무 심려하지 마십시오. 학정홍이 대단한 맹독이기는 하나 왕자 전하를 해하지는 못할 것입니다."

왕 노야의 대답을 듣고 나서야 안도의 한숨을 내쉬는 연왕이었다. 그리고,

"…저자들을 당장 옥에 하옥하라!"

연왕의 노성에 사람들의 정신이 번쩍 들었다. 하건과 고산덕 등의 얼굴에 참담함이 어리고 있었다. 자신들의 눈앞에서 일어난 일들. 왕자를 시해하려 한 자객을 손수 이끌고 온 것이나 마찬가지였다. 이후의 일은… 상상하기조차 싫었다.

"내 저자들을 친히 심문하리라. 그리고 그 배후를 찾아내 능지처참할 것이다!"

연왕의 서릿발 같은 노기로 인해 대청 안이 싸늘히 얼어붙고 있었다. 아무도 그의 노기를 막을 수 없었다.

*　　　*　　　*

"자객인 것입니까?"

조철산의 물음에 적유가 가만히 고개를 끄덕였다. 하나 조철산의 궁금증은 거기서 그치지 않았다.

"한데… 어째서 주 왕자인 것입니까? 차라리 연왕을 직접 노린다면……."

"허허, 연왕을 죽여 얻을 것이 무엇이더냐?"

적유의 웃음소리에 조철산은 다시금 생각했다. 연왕이 죽고 나면, 대계에 지장을 줄 큰 걸림돌 하나를 제거하는 것이나 마찬가지였다. 아무런 권세도, 능력도 없는 아들을 죽이는 것이 무슨 득일지 알 수가 없었다. 하지만 그의 머리로 적유의 머리를 이해하기를 바랄 순 없었다.

"연왕은 맹장이다. 그를 죽인다면 당장의 이득은 얻을지 모르지. 엄청난 혼란은 초래할 수 있을 테니. 하나… 그런 맹장의 장자를 잃은 노여움이라면, 그리고 그 노여움의 대상이 당금 황실이 된다면?"

"……?!"

조철산의 눈에 놀람이 일었다. 그렇게만 된다면…….

'양패구상?!'

하나 그것은 가정일 뿐이었다. 그들에게서 당금 황실과의 인과를 찾아낼 수가 없었다. 그의 그런 표정을 읽었는지 적유의 눈에선 만족스런 웃음이 지어지고 있었다.

"주왕부의 인장이라는 흔적을 남겨놓았다. 연왕이 머리가 있는 자라면… 그 흔적을 놓치지 않을 것이다."

"하나… 우리의 종적 역시……."

조철산은 칠령과의 싸움을 이야기하는 것이었다. 이미 자신들, 흔히 '마교' 라고 불리는 그 이름이 사람들의 입에 올라가 있음을 이야기하는 것이었다. 하나 적유는 아무런 걱정도 하지 않고 있었다.

"우리는 숨어 있고, 그들은 드러나 있다. 드러난 자들을 먼저 치는 것이 순서. 그들을 치다 보면 우리의 종적 역시 드러나게 되겠지만…

그때는 이미 너무 늦게 될 것이다. 그리고… 난 이 모든 소행을 병부로 돌릴 생각이다.”

적유의 품에서 한 장의 밀지가 빠져나왔다. 공손히 그 밀지를 받아 든 조철산의 눈에 놀람이 일었다.

‘번쾌라는 자가 죽었다. 이자는 인장과 옥패를 모사했던 자. 한데 이자가 죽기 전에 언상을 만났다면…….’

적유가 파안대소했다.

“하하하하, 일이 너무 쉬워 내가 할 일마저 사라진 셈이다. 언상이란 자는 병부의 행적을 의심하고 있었다. 그리고 그 연결 고리를 연왕부에서 찾게 된 셈이지. 우리에게 겨눠질 화살이 그들에게 겨눠진 꼴이니, 오히려 옥영진이에게 고마워해야 할 참이구나. 하하하!”

적유의 웃음소리에 그제야 조철산의 머리 속이 환히 밝아지는 듯했다. 번쾌가 죽었으니, 언상이 가지고 있던 증거는 사라지고 없다. 하나 심증은 더욱 깊어질 것이다. 그리고 이 일련의 일들은 연왕의 분노로 귀결되고 있었다. 황실과 연왕부의 대립. 자신의 주군이 바라는 것은 바로 그것이었다.

“주군… 속하는 아직도 이해가 안 가는 부분이 있사옵니다.”

“음?”

적유는 술잔을 들어 가던 손을 멈추고 조철산을 바라보았다. 마치 학동의 질문을 기다리는 훈장과도 같은 눈빛이었다.

“음… 첫 번째는 가짜 주 왕자의 소림까지 이어진 인연이 우연이었는지 하는 것이고, 두 번째는 소교주님이 소림으로 들어 그 가짜를 죽였으면 어찌할 뻔하였을까 하는 것입니다. 세 번째 역시 북평으로 가는 도중 주 왕자가 소교주님의 손에 죽게 되었다면……."

적유는 술잔을 내려놓으며 조철산을 바라보았다. 제법 흐뭇하다는 표정이었다.

"평생 칼만 휘두를 줄 알았는데, 너도 제법 머리가 굵어졌구나."

적유의 말에 조철산이 머리를 깊숙이 숙였다. 그런 수하가 탐탁스러웠는지, 적유는 흔쾌히 그의 궁금함을 풀어주었다.

"소림과의 인연은 계획된 인연이었다. 교도 중 한 사람을 통해 소림의 속가제자에게 사건을 알리게 한 것이지. 가짜를 처음 발견했다는 노인도 우리 교도였느니라. 관부에 알리지 않고 임정이라는 소림의 속가제자에게 먼저 언질을 주도록 한 것이지. 그리고 계획대로 그 임정이라는 자는 가짜 주 왕자를 소림으로 이끌었고."

조철산의 눈에 수긍의 빛이 떠올랐다. 소림과의 인연은 역시나 인위적인 것이었다.

"두 번째, 원래 이 계획은 두 가지 묘용을 염두에 두고 실행했던 것이었느니라. 하나는 소교주의 능력을 시험해 보고자 함이었고, 두 번째는 소림의 의심을 지우기 위한 것. 가짜 주고치의 역할은 죽는 것과 죽지 않는 것 모두 준비된 것이라 할 수 있지. 소림에서 죽었다면, 소교주는 자신의 능력을 확인한 셈이니 다음 대 교주 옹립에 큰 공적을 쌓는 것일 뿐 아니라, 소림은 자신들이 보호하고 있던 가짜가 진짜 주 왕자라 믿어 의심치 않았을 것이다. 이후의 행보 역시 지금과 그다지 달라지지 않았을 것이다. 어떤 식으로든 소림은 이 사실을 연왕부에 알렸을 것이고, 진위를 가리는 것은 부차적인 문제. 자신을 속이기 위한 계략이 있었다는 것만으로도 연왕의 심기를 어지럽히는 데에는 성공했다 할 수 있지. 그런 노기에 불을 붙이는 것이야 그리 어렵지 않은 일이고. 이후의 공작에 연왕은 쉽게 참았던 노기를 폭발시키고 말았을 것이니라. 물론 소교주가 임무를 성공시키지 못했으니 공적을 쌓는 데는 실패했다 볼 수도 있으나, 천하의 소림에 직접 칼을 들이밀었으니 그 공이 어찌 적다 말할 수 있겠느냐. 거기에 소림이 발 벗고 나서 연왕부까지 그를 호위하게 되었으니, 의심이 지워졌음은 두말할 필요도 없는 일. 북평으로 가는 도중 일어난 일 역시 결과와는 상관없는 일. 연왕의 장자를 이용한 계략이 있었다는 사실은 반드시 연왕부에 전해지게 될 것이니. 결과적으로 그들이 연왕부에 도달하여 주 왕자를 암습하게 된 꼴이니 나의 계획은 성공한 것이고, 소림은 그 책임을 피할 수 없을 것이다. 또한……."

적유의 눈이 심유하게 빛나고 있었다. 그가 원하던 또 하나. 적유는 계책의 남은 부분까지 조철산에게 말해 주었다.

"연왕이 소림의 제자들을 없애는 순간 연왕부는 황실은 물론, 강호와도 척을 지게 될 것이다. 후후후."

적유의 말에 조철산이 놀라 눈을 크게 떴다. 적유는 또 하나의 노림수를 생각하고 있었다. 천하 강호의 태산북두인 소림. 그들의 제자들이 왕부에서 목숨을 잃게 된다면…….

'소림의 행동은 그들의 잣대로 보아 온당한 처사였다. 한데 연왕이 노기를 참지 못해 그들의 수급을 취한다면… 공분(共忿)?!'

연왕부는 천하무림에 공분을 사게 될 것이다. 연왕부로 칼을 들이밀지는 못할지라도, 그들에 대한 협조는 더 이상 바랄 수가 없게 된다. 조철산은 자신의 주군을 바라보고 있었다. 두려운 사람. 저 사람이 쳐

놓은 그물에 걸려 살아남을 자가 과연 있을지 의심스러웠다. 적유의
눈이 연왕부를 바라보며 말을 이었다.

"연왕은 폭급하지 않으나 그 성정이 차분하다 말하기 힘든 호한이
다. 자신의 장자를 죽인 자들을 고이 돌려보낼 리 만무하지. 하나 그들
의 수급을 취하게 된다면 연왕부는 세간의 혹독한 시선을 감내해야 할
것이다. 인심을 잃는다는 것은 생각보다 큰 위협이 되곤 하지."

적유는 한 모금의 술로 목을 적시곤 말했다.

"결과적으로 그 모든 계략의 배후에 병부가 있다면, 연왕의 노기가
어디로 뻗치게 될지 자명한 일 아니겠느냐? 육부는 황실의 수족. 병부
를 치게 된다면 황실에서 그것을 가만히 보고 있지만은 않을 것. 가뜩
이나 황태손의 황위 옹립을 위해 연왕부의 허실만을 지켜보고 있는 조
정 중신들이 연왕부의 움직임을 보고 가만있지는 않을 것이다. 천재일
우의 기회라 생각하겠지. 천하의 인심을 잃은 채 황실과 대립하는 연
왕부. 제아무리 천하를 호령하는 연왕이라 하여도……."

빠져나갈 길이 없었다. 아마 지금쯤 연왕부는 발칵 뒤집혀 있을 것
이다. 연왕은 노기에 이성을 잃고 광분하고 있을 것이고, 어쩌면 그 노
기에 소림의 제자들은 벌써 목이 떨어져 버렸을지도 모른다. 하지만
적유가 생각지 못한 변수가 존재하고 있었다.

암습은 실패했고, 진짜 주 왕자는 죽지 않았으며, 소림의 속가제자
들 역시 아직 그 머리가 떨어지지 않았다.

그리고 그 모든 일들을 무마시켜 버릴 변수가 연왕부로 스며들고 있
었다.

*          *          *

“그래서 당신의 식솔들을 구하기 위해 왕부로 들겠다는 건가요?”

왕소군의 말에 철웅은 아무 대답이 없었다. 저자에서 부딪친 인연. 그것이 이 여인과의 전부였을 줄 알았는데…….

‘왕야의 후궁이라니…….’

철웅은 이 여인을 제압한 후 왕부로 잠입할까도 생각했지만, 왕야의 후궁임을 알게 된 이상 그런 불경은 생각할 수 없게 되었다. 차라리 모든 사실을 털어놓고 선처를 바라는 수밖에. 만약 이 여인이 그것을 받아들이지 않는다면…….

‘그녀의 말처럼 당당히 정문으로 들어야겠지… 모든 것을 밝히고…….’

물러설 수는 없었다. 식솔들의 안전이 달린 문제였다. 숨겼던 자신을 밝히는 한이 있더라도… 그들은 살려야만 했다. 그런 철웅의 마음이 전달되었는지 한동안 말이 없던 왕소군이 입을 열었다.

“한 가지만 대답해 준다면… 당신을 못 본 것으로 해주겠어요.”

“……?”

철웅의 눈이 번쩍 떠졌다. 왕소군은 그런 철웅의 눈을 바라보며 어렵게 입을 떼고 있었다.

“결코 거짓을 말하지 않겠다 맹세하세요.”

“…천지신명 앞에 결코 거짓을 고하지 않을 것임을 맹세합니다.”

철웅은 혹여 왕소군의 마음이 변할까 다급히 맹세했다. 이대로 자신

을 못 본 척 지나가만 준다면 더 바랄 나위가 없었다. 하지만,

"…설화라는 이름, 아니, 정혜주라는 이름을 아나요?"

"……."

철웅은 자신의 심장이 멎는 소리를 들을 수 있었다. 둔기로 머리를 얻어맞은 듯 그의 모든 사고가 일시간에 중단되었다. 그녀의 이름, 전혀 예상치 못한 곳에서 듣게 된 그녀의 이름이 그의 심장을 옭아매고 있었다.

"어서… 대답해요. 한 치의 거짓도 없이……."

왕소군의 시선은 철웅의 전신을 옭아매는 동아줄이 되어 있었다. 철웅은 그 시선에서 벗어나기 위해 발버둥 쳤지만, 그럴수록 진실을 원하는 그녀의 눈빛은 그의 몸을 더욱 깊이 구속할 뿐이었다. 철웅은 대답해야만 했다.

"…알고 …있습니다."

철웅의 입이 힘겹게 열렸다. 왕소군의 눈에 작은 일렁임이 일었다. 하나 그것으로 끝이었다. 작은 끄덕임. 왕소군은 한 걸음 비켜서며 가로막고 있던 비밀 통로를 열어주었다. 철웅은 말없이 그곳으로 걸어갔다. 천근만근 같은 마음을 숨기기 위해 더욱 아무렇지 않게 걸어가려 애썼다. 그런 그의 뒤로 왕소군의 목소리가 들렸다.

"언니가… 기다려요."

철웅의 걸음이 우뚝 멈춰 섰다. 울컥하는 무언가가 그의 목 울대를 치고 올라왔다. 쥐어진 두 주먹은 그의 터질 듯한 심장을 움켜쥐려는 듯 보였다. 그 모습을 바라보던 왕소군은 말없이 걸음을 옮겼다. 자신이 할 일은 여기까지였다.

‘언니, 미안해요……. 언니에게 가라고… 말할 수가 없었어.’

돌아선 왕소군의 눈에서 눈물이 흘러내리고 있었다. 당장에라도 저 사내에게 달려가 소리치고 싶었다. 언니가 어찌 살아왔는지, 어떤 마음으로 그를 그리워했는지를 큰 소리로 외치고 싶었다. 하지만 그럴 수가 없었다. 여인의 본능은 저 사내가 주저하고 있다 말하고 있었다.

‘저 사내는… 언니가 기다리는 사내가 아니야.’

왕소군의 걸음이 빨라지고 있었다. 자신이 보고 들었던 것들에게서 멀어지려고 하는 듯 그녀는 철웅에게서 멀어지고 있었다.


*　　　*　　　*


철웅은 성벽의 어둠 속에 기대서 있었다. 어디로 가야 할지 방향을 잡아야 했기도 하였거니와, 기억 저 멀리 묻어두었던 한 이름에 대한 아련함이 그의 다급했던 발걸음을 잠시 잡아두고 있었다.

‘나를… 기다리고 있었소?’

자신은 이미 오래전 기억 속에 그녀를 묻었건만, 그녀는 십오 년이 지난 지금까지도 자신을 잊지 않고 있었다. 그 말로 형용하기 힘든 기분에 철웅은 쉽게 머리 속을 정리할 수 없었다.

‘기쁜가?’

스스로에게 물었다. 기뻤다. 아직 자신을 기억하며 그리워해 주는 여인이 있다는 사실에 기뻤다.

‘괴로운가?’

괴로웠다. 이제는 다가갈 수 없기에 그 괴로움이 더했다. 이미 과거

속에 잊힌 자신이 아니라, 현실의 자신을 기다리는 여인이 있다. 두 여인의 마음을 저울질한다는 것 자체가 불경스러웠다. 두 사람 다 자신에게 소중한 존재였다. 하나 자신의 과거와 현재는 공존해선 안 되었다. 선택의 여지가 없었다.

'그녀가 없었다 하더라도… 당신에게 돌아갈 순 없었을 거라오.'

철웅은 마음속으로 사죄했다. 다른 길이 없었다. 두 여인을 모두 취하고 싶은 욕심도 그의 마음 한구석에서 머리를 들고 있었다. 하나 그는 그 욕심을 힘껏 내리눌렀다.

'과거를 묻는 대가로 그들의 목숨을 담보했다. 너 하나의 욕심을 채우기 위해 그들의 희생을 모른 척할 셈이냐?'

철웅은 기억의 또 다른 곳에 잠들어 있던 그들을 떠올렸다. 자신의 과거를 위해 죽어간 이들. 모든 감정의 소용돌이가 그들의 등장으로 잠잠해지고 있었다.

'고민할 가치도 없는 일이었음을……'

마음을 진정시킨 철웅이 어둠을 따라 움직이고 있었다. 성벽이 높을수록, 전각들의 위세가 당당할수록 그의 움직임을 숨겨줄 어둠이 더욱 깊을 뿐이었다. 철웅의 부유를 눈치챌 사람은 아무도 없었다.

第五十九章
노병귀환(老兵歸還)

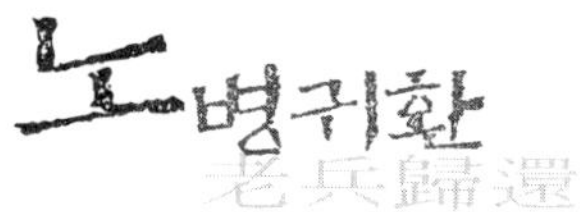

노병귀환
老兵歸還



연왕부의 성벽 아래로 해가 저물고 있었다. 성벽의 긴 그림자 탓에 연왕부에는 한발 먼저 어둠이 깔리고 있었다. 하나 연왕부의 그림자를 걷어내던 횃불들이 넓은 연무장을 두르고 있었다. 연무장의 중앙에는 십여 명의 인물들이 무릎 꿇려져 있었다. 일렁이는 횃불들의 날름거림에 그들의 고통스러운 얼굴이 더욱 일그러져 보였다.

"일이 어쩌다 이 지경이 되었는지……."

고산덕의 인상이 불길을 따라 일그러지고 있었다. 부귀영화를 누리기 위해 표행을 나선 것은 아니었지만, 이렇게 타지에서 명을 달리하기 위한 것도 아니었다. 왕부에 드리워진 음모를 밝히기 위해서라는 대의명분을 따라, 지엄한 사문의 명을 따라 위험을 무릅쓰고 찾아온 북평이었건만, 북평의 하늘은 무심하기 짝이 없었다.

"잠시 후 심문을 할 것 입니다. 그때 최대한 우리의 무고함을 연왕께 아뢰어야 합니다."

하건의 목소리가 들렸지만, 그도 목소리에 묻어나오는 떨림을 숨기지는 못했다. 그런 기회가 있을는지 모를 일이었다. 자신들의 눈앞에서 암습이 있었다. 학정홍이라는 치명적인 극독. 그리고 그것을 손에 쥐고 있던 자는 다름 아닌 자신들이 주 왕자라 굳게 믿고 있던 가짜. 무고함을 말한다 하여도 부질없는 짓이 될 것이리라.

'의제는 무사한지……'

장 의원의 얼굴이 핼쑥해 보였다. 평생 의원으로 지내왔던 그였기에 이러한 살벌한 분위기는 난생처음 겪어보는 것이었다. 그 심적 고통은 앞으로 다가올 육체적 고통에 대한 두려움과 맞물려 그를 더욱 고통스럽게 하고 있었다. 그 와중에도 보이지 않는 의제 걱정이니, 그가 얼마나 철웅을 아끼는지 알 수 있었다.

"연왕 전하 납시오!"

한 사내의 호령에 모든 이들이 긴장했다. 천천히 걸어나오는 연왕의 모습에 모든 이들이 흠칫 놀랐다. 평소와 다름없는 모습이었지만, 그의 허리춤에 걸려 있는 장검이 사람들의 시선을 끌어 모았다.

'평소 왕부에서 검을 패용하는 일이 없으셨건만……'

도연은 연왕의 노기가 쉽게 가라앉지 않을 것임을 짐작하고 있었다. 과연 자리에 착석한 연왕의 목소리에는 점점 노기가 드러나고 있었다.

"내 친히 죄인들을 심문하겠다. 형구는 모두 거두어라."

장 의원과 영우, 소아 등의 눈에 안도감이 어리고 있었다. 보기에도 끔찍해 보였던 형구와 형틀들이 병사들의 손에 의해 사라지고 있었다.

하나 고산덕과 강추 등의 눈에는 지울 수 없는 긴장이 어리고 있었다.

'…심문 후 …즉참할 생각이다.'

연왕은 고문을 즐기는 편이 아니었다. 일벌백계. 전장에서 다져진 그만의 고문 방법이었다. 지저분한 고문은 그와 어울리지 않았다. 진실이 아니면 …죽음뿐이었다.

"누가 사주한 것이냐?"

고산덕의 안색이 침중해졌다. 역시 연왕은 자신들의 행적보다는 결과를 중히 여기고 있었다. 억울한 마음의 호소는 하건의 몫이었다.

"전하! 억울하옵니다! 저희의 말씀을 들어주십시오!"

"네놈은 누구냐?"

"신은 낙양부에 배속되어 있는 하건이라 하옵니다."

연왕의 눈에 이채가 띠었다. 낙양부주라면 자신의 심복이라 할 수 있는 유상지를 뜻하는 것이었다. 하나 그 이름만으로 연왕의 노기가 가실 리 없었다.

"말해 보라."

하건은 지나간 일들에 대한 이야기를 하나도 숨김없이 꺼내놓았다. 소림으로 가짜 왕자가 옮겨진 것부터, 소림에서 있었던 일들. 그리고 소림에서 북평으로 오게 된 경위와 그간의 사건들을 차분히 설명하였다. 그 이야기를 듣고 있던 사람들 사이에 술렁임이 있었지만, 연왕의 표정에는 변화가 없었다.

"…해서 연왕부에 배첩을 올리고 아뢰올 때를 기다리고 있었던 것이옵니다."

하건의 말에는 한 치의 거짓도 없었다. 사람들의 이목이 연왕에게 집중되었다. 도연이 다가와 연왕의 귀에 속삭였다.

"거짓으로 꾸몄다 하기에는 전후가 틀림이 없사옵니다. 깊이 생각하셔야 할 듯싶습니다."

도연의 말에도 연왕은 아무 말이 없었다. 그런 연왕의 모습을 바라보던 도연이 얼굴에 난감한 기색이 떠오르고 있었다.

'아차, 연왕께서는 내가 저들을 옹호하려 한다 생각하시는구나.'

도연의 출신 역시 소림이었다. 그런 그의 말이 연왕에게 씨가 먹힐 리 없었다. 그나마 자신의 측근 중 한 사람이기에 면박을 주지 않고 있는 것일 뿐, 어쩌면 이 자리에 동석시킨 것만으로도 충분한 믿음을 보여주었다 할 수 있었다. 도연은 더 이상의 조언을 삼갔다. 저들을 안타깝게 여기는 마음이 오히려 역효과를 낼 수도 있었기 때문이다.

"너희 말은 잘 들었다. 하나 그 행적의 비밀스러움과 석연치 않은 부분에 대한 해명이 부족하다. 만약 황실과 연루된 행적을 발견했다면 관부에 먼저 알리는 것이 순서였을 것임에도, 감히 공적을 탐하여 일개 사찰에서 그 행동을 주관하였다는 것이 그 첫 번째 의심이다."

하건의 눈이 놀라고 있었다. 자신들의 행적을 공적을 탐한 행동이라 여기는 연왕의 말에 억울함마저 들었다. 하나 그것은 서로의 입장 차이에서 온 결과였을 뿐, 연왕의 말에도 분명 일리가 있었다.

"또한 소림을 습격하였다는 풍문을 들은 적도 없거니와, 이곳으로 오는 여정에 그대들을 습격하였다는 마교라는 집단에 대한 풍문도 들은 바가 없다. 그대들의 말처럼 그 마교라는 곳이 경천동지할 능력을 지닌 집단이었다면, 필시 그들에 대한 이야기가 천하에 번져 있어야 하거늘, 나는 그런 풍월을 들은 바가 없다. 그것이 그대들에 대한 두 번째 의심이다."

자신들이 그토록 쉬쉬했던 비밀이 오히려 족쇄가 되어 그들을 옭아매고 있었다. 하나 연왕의 마지막 말에 자신들이 살아날 방도가 없음을 깨달아야 했다.

"그대들이 품에서 찾아낸 옥패와 주위들은 풍문만으로 왕자의 진위를 가리지 못하였음은 인정해 줄 수도 있다. 그 모든 이유들은 내가 아직 모르는 것이니, 추후 알 수 있을지도 모른다 넘어갈 수도 있다. 하나 그대들이 이끈 자가 내 장자를 암습하였고, 그자가 죽어버린 지금 그대들의 말을 증거할 것이 없다. 이유 여하를 막론하고 황족에 대한 암살 기도는 삼족을 멸하는 중죄이다. 그대들은 그러한 중죄를 지은 자를 이곳까지 인도하였으니 그 죄를 면할 수 없다."

연왕의 사형 선고였다. 다른 말은 필요가 없었다. 그의 말처럼 분명 황족에 대한 암습이 있었고, 자신들은 그 일에 연루되어 있었다. 자신들이 북평까지 이르게 했던 가짜는 언상의 일격에 결국 죽고 말았다. 다급한 상황에서의 일이었기에 그를 나무라는 사람은 없었다. 가짜 주고치가 죽은 이상 그들에게 결백은 없었다. 연왕의 말에 자신들은 실수를 한 것이지, 죄와는 무관하지 않음을 깨달아야 했다.

'빠져나갈… 길이 없구나…….'

하건은 좌절하고 있었다. 차라리 자결이라도 하여 자신의 무고함을 증명해 보이고 싶었지만, 몸속의 내공을 제압하고 있는 제공독 탓에 두 손을 묶은 포승이 두껍게만 느껴졌다. 그들은 결코 빠져나갈 수 없는 함정에 걸리고 만 것이었다.

"전하, 저들에 대한 심문을……."

언상이 나서며 입을 열었다. 하나 연왕이 손을 들어 그의 말을 제지시켰다.

"심문은 필요없소. 죄과에 대한 응징이 있을 뿐이오. 그리고 그 응징은 누구도 피할 수 없을 것이오. 당장 옥영진을 무릎 꿇려 전말을 파헤칠 것이오. 천하를 뒤집어서라도 그 마교라는 곳의 뿌리를 뽑을 것이오. 감히 나를 우롱한 것이 얼마나 우매한 짓이었는지를 똑똑히 알게 해줄 것이오. 그 상대가 누가 될지라도……."

연왕의 몸에서 감히 항거할 수 없는 기운이 뿜어져 나오고 있었다. 언상은 흠칫 놀라 한 발 물러섰다.

'황실과의 일전이라도 불사할 생각이구나. 과연 북평의 제왕이라 불리기에 손색없는 사람이다.'

언상의 눈에 연왕의 모습이 크게만 보였다. 항거할 수 없는 절대자의 기운. 그는 그것을 느끼고 있었다. 그런 절대자의 입에서 대항치 못할 명이 떨어졌다.

"저들을 참수하라!"

무릎 꿇려진 사람들의 눈에서 생기가 빠져나가고 있었다. 그들에게 다가오는 병사들의 모습이 흉신악살처럼 보였다. 일렁이던 횃불이 녹아 있는 장검이 보기에도 흉측하게 혀를 날름거리고 있었다. 사람들의 목덜미를 노리며… 탐욕스럽게도…….

"전하! 억울하옵니다!"

"살려주십시오! 전하!"

살아남은 표사 몇이 무릎으로 땅을 기며 소리치고 있었다. 모든 것을 포기한 듯 고산덕의 눈은 검게 물든 하늘을 바라보고 있었고, 하건은 다가오는 죽음을 직시하지 못하겠다는 듯 땅을 바라보고 있었다. 이승수와 육당 등은 억울하다는 눈빛으로 연왕을 쏘아보고 있었다. 진립과 장 의원은 아무 말 없이 눈을 감고 있었다. 사람들은 저마다 체념과 두려움의 감정 속에서 자신들의 최후를 준비하고 있었다. 어린 소아의 눈물방울이 땅으로 떨어지고 있었지만, 그것을 가상히 여기는 장검은 어디에도 없었다. 그들에게 다가가던 죽음을 피할 길이 없어 보였다. 바로 그 순간,

"멈추시오!"

횃불의 일렁임 너머로 담장을 타고 날아드는 인영이 있었다. 죄인의 목을 치기 위해 뽑혔던 검들이 들려온 외침을 향해 방향을 틀었다. 연무장에 있던 병사들은 일제히 창검을 번득이며 그 인영을 막아갔다. 인영은 그 창검들을 물리치지 않았다. 오히려 연무장의 중앙까지 달려오던 그 인영은 창검들의 포위 속에서 한쪽 무릎을 꿇었다.

"전하! 그들의 단죄를 거두어주십시오!"

연왕이 자리를 박차고 일어섰다. 그의 두 눈에선 노기가 불을 뿜고 있었다. 왕부에 자객이 난입한 지 얼마나 되었다고 또 다른 괴인이 왕부의 심처까지 모습을 드러낸단 말인가. 하나 연왕은 경거망동하지 않았다. 스스로 무릎을 꿇은 모습에서 적의를 느끼지 못했던 까닭이다.

"그대는 누구인가?"

연왕의 물음에 사내는 대답을 하지 않았다. 연왕은 사내를 유심히 바라보았다. 담장을 차고 오른 한 번의 도약으로 십여 장 가까이를 날아왔다. 신법을 알아보는 안목은 부족할지 모르나, 한 번의 도약으로 십여 장을 격할 수 있는 신법은 들어본 바가 없었다. 내려선 사내의 모

습도 그의 호기심을 자극했다. 검은 무복에 검은 방갓. 허리에 찬 검마
저도 검은색이었다. 무릎을 꿇고 앉은 모습이 낯설지 않았다. 군관이
라면 너무나도 익숙한 자세. 사내에게서 느껴지는 모습은 강호인이 아
닌 무관의 그것이었다.

"왕부에 난입하여 행사를 막았다면, 자신의 신분을 먼저 밝히는 것
이 예의일 것. 그대의 신분을 밝혀라."

연왕의 옆에 서 있던 도연이 한 발 나서며 정체를 밝힐 것을 종용했
다. 하나 사내는 묵묵부답이었다. 스스로 모습을 나타내었음에도 아무
말이 없는 사내, 참으로 괴이한 일이었다. 하나 그들이 어찌 알 수 있
을까. 다급한 마음에 모습을 드러내긴 했지만, 함부로 자신을 밝혀 보
일 수 없는 철웅의 심정을.

'하아… 어찌해야만 하는가…….'

방갓 속에 숨어 있는 철웅의 두 눈은 쉽게 결정을 내리지 못하고 있
었다.

"저자의 방갓을 벗겨라."

연왕의 입에서 짧은 명이 떨어졌다. 병사들이 한 걸음 다가섰다. 하
나,

스릉.

철웅의 손에서 낮은 울음소리와 함께 묵검이 반쯤 뽑혀지고 있었다.
그리고 그와 동시에 그의 전신에서 뿜어진 강맹한 기운이 다가서던 병
사들의 걸음을 뒤로 물리고 있었다.

"무엄한!"

도연이 인상을 찡그리며 나섰지만, 오히려 연왕이 손을 들어 그를

제지했다.

'이 느낌이 무엇이란 말인가……'

사내가 뿜어낸 기운은 연왕에게까지 흘러가 닿았다. 연왕은 그런 사내의 기운 속에서 익숙한 무언가를 느끼고 있었다.

'그대는… 누구란 말인가?'

이질적이면서도 살가운 느낌. 알 듯 모를 듯한 그 느낌이 연왕을 곤혹스럽게 만들고 있었다.

"전하, 제가 나서리까?"

보다 못한 언상이 연왕에게 물었다. 언상도 느낄 수 있었다. 병사들로 막아낼 수 있는 자가 아니었다. 쉽게 볼 수 없는 고수. 언상은 이곳에서 그를 제압할 수 있는 사람이 자신밖에 없음을 알 수 있었다. 하나 연왕은 쉽게 고개를 끄덕이지 못하고 있었다.

철웅 역시 쉽게 답을 내리지 못하고 있었다. 저들을 살릴 방법이 있었다. 아무리 대역 무도한 죄인이라 하여도, 자신의 말이라면… 친우라 아꼈던 자신의 말이라면 한 번쯤 다시 생각해 주실지 몰랐다. 그와 그들에게 있어 유일한 구명줄이었다. 하지만 그렇게 된다면…….

'어찌해야 좋단 말인가…….'

철웅의 고뇌가 이어지고 있었다. 무력으로 시위하기 위해 몸을 나타낸 것은 아니었다. 목숨이 경각에 달렸기에, 당장 자신의 식솔들 위로 검이 내려쳐질 것을 알았기에 모습을 드러낼 수밖에 없었다. 하나 거기까지였다. 그는 아직 결정을 내리지 못한 상태였고, 그것은 모습을 드러낸 지금도 마찬가지였다.

"어서 저자의 방갓을 벗기지 않고 뭣들 하느냐!"

　　도연의 호통에 병사들이 다시금 한 걸음 다가섰다. 하나 철웅의 주변을 맴돌던 기운은 일개 병사들로서는 어찌할 수 없는 거대한 벽이었다. 언상의 눈 꼬리가 흔들렸다. 자신이라면 제압할 수 있었다. 제법 강맹한 기운을 토해내고 있었지만, 자신이라면 능히 제압할 수 있었다. 한데 연왕은 주저하고 있었다. 마치 저자의 정체를 알게 될 것이 두렵다는 듯. 언상은 연왕에게 다시 한 번 물었다.

　　“전하.”

　　“으음…….”

　　연왕은 더 이상 참을 수가 없었다. 언제까지 자신의 머리 속을 어지럽히는 느낌만 좇을 수는 없었다. 하나 연왕의 고개가 끄덕여지려는 그 순간,

　　“전하! 그를 해쳐선 안 됩니다!”

　　중인들의 귓가로 날카로운 여인의 외침이 들리고 있었다. 연무장으로 이어진 문 하나가 활짝 열리며 한 여인이 달려오고 있었다. 검은 궁장의 여인. 검은 면사로 얼굴을 가린 여인이 긴 흑발을 날리며 달려오고 있었다.

　　“아니! 그대는?”

　　연왕이 놀라 한 걸음 내디뎠다. 그녀는 분명 자신이 알고 있는 여인이었다. 그리고 이곳에 있을 이유가 없는 사람이었다. 달려오던 여인은 병사들에게 둘러싸인 사내의 뒤편까지 다다라 무너지듯 주저앉았다. 그리고 눈물을 흘리며 연왕에게 외쳤다.

　　“전하! 이분께 검을 겨누시면 안 됩니다. 결코 그러셔서는 아니 되옵니다.”

　여인에게 향해 있던 연왕의 시선이 사내에게로 향했다. 좌중의 누구도 여인의 정체를 알지 못했다. 그리고 저 여인이 저리도 애타게 부르짖는 이유를 알지 못했다. 저 여인의 눈에서 왜 눈물이 흐르고 있는지 역시 결코 알 수 없었다. 하나 그는 알 수 있었다. 저 여인의 눈에서 흐르는 눈물의 의미를… 다른 누구도 아닌 연왕 자신은 알 수 있었다.

　"서… 설마……."

　연왕이 힘겹게 걸음을 옮겨 단상을 내려서고 있었다. 도연과 왕 노야가 다급히 그 뒤를 따르려 했지만 연왕은 그런 그들을 제지했다. 연왕은 홀로 걷고 있었다. 그런 연왕의 걸음 앞에 그가 앉아 있었다. 연왕이 다가서자 병사들이 주춤거리며 물러섰다. 병사들을 막아서던 사내의 기운은 어느새 사라져 있었다. 사내와 연왕 사이를 가로막고 있는 것은 아무것도 없었다. 사내에게 다가선 연왕이 무릎을 꿇으며 눈높이를 맞추었다. 연왕이 무릎을 꿇자 연무장에 있는 모든 자가 오체투지했다.

　"정녕… 자네란 말인가?"

　연왕의 목소리가 심하게 떨리고 있었다. 그리고 그 물음에 못지않은 떨림이 연왕의 귀에 들리고 있었다.

　"…신 …이세민 …복귀하였사옵니다."

　잊혀졌던 한 사내의 과거가 부활하고 있었다.

＊　　　　＊　　　　＊

사공이 물었다, 어디로 가는지.

객(客)이 답했다. 강물을 따라간다고.

사공이 다시 물었다. 강물이 어디로 흐르는지 아느냐고.

객이 다시 답했다. 어디서 시작되었는지는 안다고.

사공이 또다시 물었다. 어디서 내릴 것이냐고.

객이 또다시 답했다. 강의 흐름이 멈추면… 배가 더 이상 나아가지 못하면… 그때 다시 물어달라고…….


＊　　　　＊　　　　＊


붉어진 연왕의 두 눈이 검은 방갓에 가려 있는 옛 기억을 더듬어갔다.

"그동안… 어디서… 무엇을 하며 지냈던 것인가……?"

"……."

"얼마나 멀리 있었기에… 이제야 돌아온 것인가……?"

연왕의 물음에도 장철웅, 아니, 이세민은 답이 없었다. 하나 연왕은 그를 꾸짖지 않았다. 주변에 일렁이는 횃불들이 그의 얼굴에 떠오르는 반가움과 안타까움을 엷게 비추고 있었다. 철웅의 침묵에도 연왕은 아랑곳하지 않고 미소가 번지던 입을 다시 열었다.

"아니다. 그대가 어디서 무엇을 하고 지낸 것이 어찌 중요할 것인가? 지금… 내 곁에 그대가 있다는 것으로 된 것을……."

철웅의 어깨에 작은 요동이 일었다. 그 모습을 바라보던 연왕이 철웅의 어깨를 다독였다.

"저들을 죽여서는 아니 된다 했는가? 정녕 그것을 원하는가?"

"저들에겐 죄가 없사옵니다. 부디… 자비를 베풀어주시옵소서."

목이 멘 듯 웅어리진 목소리가 철웅의 입에서 겨우 토해지고 있었다. 황족에 대한 시해 기도는 삼족을 멸할 수 있는 중죄였다. 용서라는 말을 꺼내 담기도 버거운 그런 죄였다. 그의 말에 연왕은 잠시 침묵했다. 하나,

"…그대의 말을 …믿겠다. 여봐라! 저들의 포박을 지금 당장 풀도록 해라! 그리고 왕 집사는 저들에게 가해졌던 금제를 해제하라!"

연왕의 일갈에 놀란 것은 철웅뿐이 아니었다. 왕 노야와 도연은 물론, 언상과 그곳에 자리하고 있던 모든 이들의 눈이 경악으로 물들고 있었다.

"전하!"

도연이 다급히 외쳤다. 왕명은 쉽게 내릴 수도 없는 것이지만, 한 번 내려진 왕명을 거두는 것 또한 결코 쉬운 일이 아니었다. 아니, 쉬워선 안 되는 일이었다. 스스로 내린 명을 이리 쉽게 거두어 버린다면, 누구도 왕의 권위를 어려워하지 않을 것이다. 도연은 그것을 두려워하고 있었다. 하나 연왕은 그의 말을 귀에 담지 않은 듯했다.

"저들에 대한 일체의 함구를 명하노라. 추후 연왕부 밖으로 오늘의 일이 발설된다면… 지휘 고하를 막론하고… 내 친히 단죄할 것이다!"

파격. 그 누구도 상상치 못했던 파격적인 명이었다. 정체조차 알 수 없는 한 사내의 부탁에, 뽑았던 칼을 다시 집어넣은 것이었다. 연왕의 불같은 성정을 아는 자라면, 가히 괴사라 부를 수도 있을 만한 명이었다.

"전하, 아니 되옵니다. 어찌 이리도 쉽게 명을 거두려 하시옵니까?"

"그만!"

도연은 막아야 한다 생각했다. 자신 역시 저들의 무고함을 짐작치 못함은 아니었지만, 그것은 그들의 운명. 하나 연왕은 그래선 안 되었다. 스스로도 일벌백계를 논하지 않았는가? 이런 식의 사면은 일어나선 안 되었다. 죄가 있고 없고를 떠나, 이런 선례를 남겨선 결코 안 되는 일이었다. 하나 도연의 다급한 외침은 연왕이 내뻗은 손에 가로막혀 버렸다.

"저들의 죄가 없음을 알게 되어 더 이상 단죄를 논할 수 없게 되었으니 저들을 풀어줌이 마땅한 일이오."

연왕의 말속에는 굳은 결심이 담겨 있었다. 황족에 대한 암습. 그것도 자신의 장자를 노린 자와 함께 온 자들이었음에도 주저함이 없었다. 그리고 그것을 진실로 받아들이고 있는 사람은 연왕 자신뿐이었다. 도연은 사내의 말을 믿을 수가 없었다. 아니, 사내를 믿을 수가 없었다.

"전하! 저 사내가 누구인지는 모르겠사오나 어찌 그 말을 이리 쉽게 믿으시옵니까? 저 사내의 한마디에, 어찌 이리 쉽게 왕명을 거두실 수 있으시옵니까?"

도연의 말에 연왕이 일어섰다. 그리고 자신만을 바라보는 수많은 사람들을 둘러보았다. 의혹이 가득한 시선들. 수많은 눈동자들이 해명을 원했다. 자신들이 이해할 수 없는 그의 명에 대한……. 연왕은 단 한마디로 그들이 원하는 자신의 답을 내놓았다.

"나는 내 친구가 결코 나에게 거짓을 고하지 않을 것을 믿소."

좌중의 경악은 극에 달했다. 도연과 왕 집사, 천하의 언상마저도 벌어진 입을 다물지 못했다. 친우라 했다. 감히 천하에 누가 있어 연왕에게 친우라는 부름을 들을 수 있을까? 그리고 그 어떤 자가 저토록 지고한 믿음을 연왕에게서 얻어낼 수가 있을까? 그의 한마디에 도연조차 입을 다물 수밖에 없었다. 이해하고 못하고를 따질 일이 아니었다. 자신이 제아무리 충언을 올린다 하여도, 연왕이 결코 뜻을 굽히지 않을 것임을 느꼈기 때문이다. 저 사내에 대한 연왕의 믿음이 감히 범접치 못할 만큼 두터웠음을 느꼈기 때문이다. 도연은 왕 노야를 바라보곤 힘없이 고개를 끄덕였다. 왕명의 지엄함은 기이하다 하여 어겨질 수는 없는 일. 왕 노야의 품에서 해약으로 보이는 약이 꺼내짐과 동시에, 고산덕과 하건 일행을 포박하고 있던 포승줄이 힘없이 바닥으로 떨어졌다.

"가세. 듣고 싶은 이야기가 많네."

연왕이 무릎 꿇고 있던 철웅의 어깨에 손을 올렸다. 철웅의 떨림이 그의 손길을 따라 이어지고 있었다.

"전… 하……."

"들어가세. 들어가서 이야기함세."

연왕이 친히 철웅의 양어깨를 잡고 일으켜 세웠다. 그리고 그의 등 뒤로 자신의 손을 뻗어 그를 이끌었다. 병사들이 물러섰다. 도연이 물러섰고, 왕 노야가 물러섰다. 그들의 걸음마다 길이 열리고 있었다. 그들의 뒤를 바라보는 여인의 눈에선 아직도 눈물이 멈추지 않고 있었다.

'…가가.'


여인의 눈물이 연왕부의 밤을 적시고 있었다.

＊　　　＊　　　＊

"내가 부를 때까지 아무도 들이지 말라. 은자팔영 그대들도……."

연왕의 말에 도연이 고개를 숙이며 방을 나갔다. 그리고 서서히 멀어져 가는 기운들을 철웅도 느낄 수 있었다. 이제는 정녕 그들 두 사람만의 시간이었다.

"이제… 자네의 얼굴을 보여주지 않겠나?"

연왕의 말에 철웅은 말없이 방갓을 벗었다. 연왕의 눈에 작은 경련이 일고 있었다.

"많이… 변했구먼."

연왕이 그의 얼굴을 바라보며 말했다. 눈가의 주름이 그와 함께하지 못했던 시간이 짧지 않았음을 말해 주고 있었고, 그의 목덜미에 나 있는 긴 상흔이 그가 보내온 세월이 그리 쉽지 않았음을 보여주고 있었다.

"어디에 있었는가?"

연왕의 물음에 철웅은 답하지 못했다. 자신이 이곳에 있다는 것 자체를 실감하지 못하고 있었다. 연왕은 다시금 물었다.

"왜 돌아오지 않았는가?"

이번에도 철웅은 답하지 못했다. 연왕은 그의 답을 종용하지 않았다. 그저 가만히 고개를 내저으며 그가 말하지 못하는 세월의 무게를 짐작할 뿐이었다. 그런 연왕의 귓가로 오랜 침묵을 깬 철웅의 목소리가 들리고 있었다.

“이세민이란 이름은… 이미 칠 년 전에 죽었사옵니다.”

“……?”

“지금은… 장철웅이라는 범부로 남아 있사옵니다.”

연왕은 그의 말이 무엇을 뜻하는지 알 수 있었다. 과거를 지웠다는 것. 사내가 자신의 이름을 버린다는 것은, 정녕 모든 과거와의 단절을 뜻하는 것이었다. 놀랐던 연왕의 눈이 다시금 잠잠해지고 있었다.

“장철웅… 좋은 이름이군.”

“……?!”

“좋아. 자네가 장철웅이라 한다면, 나도 그렇게 불러주어야겠지.”

“왕야…….”

연왕은 철웅을 바라보며 웃고 있었다.

“나는 자네의 이름과 교분을 쌓은 적 없네. 자네가 장철웅이라 한다 해도 자네가 내 친우임에는 변함이 없네.”

철웅은 말없이 고개를 숙였다. 이 끝 모를 믿음을 어찌 감당해야 한단 말인가? 자그마치 십칠 년이었다. 무너진 가문을 일으켜 세우기 위해 전장으로 떠날 때에도 그를 찾지 않았었다. 황명으로 사라진 가문, 연왕에게 기댈 수는 없었다. 스스로의 힘으로 가문을 일으켜 세우겠다는 포부도 있었다. 그렇게 흐른 시간이 자그마치 십칠 년이었고, 단 한 번도 그를 찾은 적이 없었다. 그럼에도 그는 자신을 친우라 부르며 살가워하고 있었다.

“전하…….”

“말하게.”

“…연왕부의 백주(白酒) 맛이 그립군요.”

"음? 하하하! 그래! 오랜만의 해후에 술이 빠진다면 말이 안 되지! 여봐라! 당장 주안상을 올리도록 해라!"

연왕의 목소리는 격앙되어 있었다. 자신이 보여준 믿음에 보답이라도 하듯 그 역시 과거의 그로 돌아와 주었다. 다른 무엇이 필요할까? 서로의 믿음을 확인하였다면 그것으로 족한 것을.

"오늘은… 결코 걸어서 문밖을 나서지 못할 것이네."

"허허, 왕야의 침소는 이번에도 제가 봐드리게 될 것 입니다."

"뭐? 하하하!"

연왕은 정녕 즐거운 듯 보였다. 그의 웃음소리에 철웅의 가슴 위에 올려져 있던 만근 석 하나가 사라지고 있었다.

'내가 못났던 것이다. 이분은 나의 과거를 묻지 않으셨다. 나를 친우로 생각해 주시는 마음만이 남아 있을 뿐이었다. 하나 나는 그렇지 못했다. 왕야의 마음을 의심하고 있었다. 못났다. 참으로 못났다. 내 이름이 변한다 하여… 나란 존재가 변할 수 있는 것이 아니었음을…….'

철웅은 깊게 숨을 들이마셨다. 모든 것이 그대로였다. 왕부의 공기도 그대로였고, 연왕의 마음도 그대로였다. 자신이 어디에 있었든, 어떤 삶을 살았든 연왕에게 있어 그것은 그리 중요한 것이 아니었다.

'…내가 과거로 돌아가지 않을 것임을… 왕야께서 받아들여 주셨다.'

철웅은 그것이 정녕 고마울 따름이었다. 자신이 이세민이란 이름을 버렸음에도, 연왕은 괘념치 않았다. 그것은 이후의 삶 역시 이세민으로 살지 않을 것임을 인정하였다는 뜻이었다. 참으로 고마울 따름이었다.

 방문이 열리며 시비들이 몇 개나 되는 상을 들고 들어왔다. 미주가 효가 가득한 상을 바라보는 철웅의 눈이 일순 멈추었다.

 '혜주…….'

 철웅의 심장은 멈추어 있었다. 호흡도 멈춘 지 오래였다. 시비들과 함께 들어오던 여인의 모습과 함께 일체의 움직임이 멈추어 버렸다. 연왕의 표정도 함께 굳어져 갔다. 철웅과 설화, 두 사람 사이에 만들어지고 있던 기이한 열류가 그에게도 전해지고 있었다.

 '그래… 그대들은… 다시 만났어야 할 사람들이었지.'

 연왕의 눈에 일말의 안타까움이 일었다. 두 사람의 모습은 그에게 작은 고통으로 다가오고 있었다. 하나 그것을 내색할 수는 없었다. 이 순간만큼은 그도 철웅의 친우일 뿐이었다.

 "……."

 "……."

 설화는 철웅의 눈빛에도 아무 말이 없었다. 그리고 말없이 다가와 말없이 대례를 올렸다. 철웅을 향해.

 "…무사하셔서 …다행입니다."

 철웅의 눈에 아픔이 스쳤다. 여인의 한마디가 비수가 되어 그의 마음을 도려내고 있었다.

 "…미안하오."

 철웅은 나오지 않으려 하는 목소리를 억지로 밀어내고 있었다. 십칠 년 만에 만난 사람들의 대화치곤 너무나 건조했다. 혼례를 약속했던 사이였건만, 십칠 년의 세월은 한 번에 건너뛰기 힘들 만큼 넓고 깊었다.

"…돌아가신 줄만 알았습니다."

"…이세민은 …죽었소."

철웅의 말에 설화가 흠칫했다. 겨우 진정되었던 눈이 다시금 흐려지고 있었다.

"…정혜주란 여인도 …이미 죽었습니다."

설화의 덤덤한 목소리에 철웅의 찢어졌던 가슴이 다시 한 번 붉은 피를 토하고 있었다. 자신의 시간만이 힘들고 괴로웠던 것이 아니었을 것이다. 오히려 여인의 몸으로 홀로 버텨온 세월이 더욱 거세었을지도 몰랐다. 이 기막힌 운명의 끝에서 다시 만난 두 사람이었지만, 서로의 감정에만 충실하기엔 두 사람이 살아온 세월이 결코 짧지 않았다.

"…장철웅이라 하오."

철웅은 자신의 과거를 다시 한 번 단절시켰다. 설화 역시 그가 단절시킨 과거 속에서 이미 빠져나와 있었다. 그녀에게도 장철웅이라는 이름과 어울리는 또 다른 이름이 있었으니.

"…설화라고 합니다."

'당신이 원하신다면…….'

설화는 영리한 여인이었다. 울고불고 매달리는 것이 능사가 아님을 알고 있었다. 그가 과거를 묻었다면, 자신 역시 그의 과거에 매달릴 필요가 없었다. 마음만 변하지 않았으면 된다. 마음만…….

"저… 미안하네만, 목이 컬컬해서 말이야……."

팽팽하게 당겨져 있던 두 사람 사이의 끈을 잘라낸 것은 다름 아닌 연왕이었다. 연왕의 말에 두 사람 모두 화들짝 놀라며 정신을 차렸다.

앞으로의 일들에 대한 막연한 두려움과 복잡한 상상이 연왕의 한마디
에 공중으로 흩어져 버렸다. 철웅의 입가에 희미한 미소가 걸렸다. 그
리고 술병을 들기 위해 손을 뻗쳤다. 하나 철웅의 손이 닿기 직전 술병
을 가로채는 손이 있었다.

"명색이 기루의 주인이 자리해 있는데, 어찌 제 할 일을 빼앗으려 하
십니까."

설화가 고혹적인 미소를 지으며 연왕의 잔을 채우고 있었다. 놀란
철웅의 눈이 연왕에게 향했으나, 연왕은 어깨를 한 번 으쓱해 보일 뿐
이었다.

"그런 눈으로 보지 말게. 난 그저 그녀를 조금 도와준 죄밖에 없네."

"그렇지요. 제가 선택한 길이지요."

설화의 눈이 철웅에게 향했다. 철웅은 말없이 잔을 들었다. 그 술잔
을 채우는 손이 그렇게 희고 고울 수가 없었다. 그의 시선을 의식했는
지, 설화가 곱게 눈을 흘기며 입을 열었다.

"천한 손이라 욕하지 마세요. 아무에게나 술을 따르는 기루의 기녀
는 아니랍니다."

"그럼! 그건 내가 보증하지!"

설화의 말에 덩달아 맞장구를 쳐주는 연왕이었다. 조금 어이없다는
듯 술잔을 받아 들던 철웅이 술잔을 입으로 가져가며 조용히 말했다.

"그렇군요……. 앞으로도… 그랬으면 좋겠습니다."

철웅의 말에 설화의 눈동자에서는 미약한 떨림이 일고 있었다.

'아직… 변하지 않았다.'

여인의 직감은 무섭다. 설화는 아직 철웅이 자신을 마음속에 간직하

고 있음을 느낄 수 있었다. 그의 과거 속에서 자신은 지워지지 않았다. 그의 한마디. 그녀가 듣고 싶었던 모든 것이 그 한마디 속에 담겨 있었다.

＊　　　＊　　　＊

"전하, 신 도연이옵니다."

"음? 무슨 일인가?"

무르익는 분위기에 찬물을 끼얹기는 쉬웠다. 물론 문밖에 당도한 사람들의 의도가 그러하진 않았겠지만, 술잔 위를 맴돌던 애잔함을 털어내기엔 부족함이 없는 방문이었다. 문이 열리자 도연과 함께 몇 사람의 모습이 눈에 들어왔다. 왕 노야와 언상이었다. 무슨 일인가 궁금해 찾아온 듯했지만, 연왕은 그리 달갑지 않은 표정이었다. 오랜만의 정겨운 술자리에 그들은 방해자일 뿐이었다.

"무슨 일인가?"

연왕의 심드렁한 목소리에 도연이 헛기침을 했다. 자신들을 반기지 않음이 분명한 목소리였지만, 그래도 이대로 물러설 수는 없었다.

"전하, 소신께도 술 한잔 주십시오."

머뭇거리던 도연의 뒤에서 거친 사내의 음성이 들려왔다. 연왕의 얼굴이 조금 난처하게 변했다. 자신의 가신인 도연이나 왕 노야야 그냥 물리쳐도 별 상관이 없었지만, 언상은 그럴 수가 없었다. 곁에 두고 싶은 자였고, 마음에 드는 자였다. 나름의 욕심에, 연왕은 철웅과 설화를 바라보며 어렵게 말을 꺼냈다.

"저 사람들이 자네를 보기 위해 저 난리군. 괜찮겠는가?"

철웅은 문밖의 사람들을 바라보며 미소 지었다.

"왕야께서 주인이신데 어찌 소신께 물으시옵니까?"

"아니, 자네가 불편하다면야……."

연왕의 말에 철웅이 조금 낮은 목소리로 말했다.

"제가 누구인지만 기억해 주신다면 저는 상관없습니다."

연왕은 걱정하지 말라는 듯한 웃음을 지어 보이곤 그들을 불렀다. 연왕과 철웅이 나란히 앉아 있었고, 그 맞은편에 도연과 언상이 자리했다. 함께 온 왕 노야는 조용히 연왕의 뒤에 시립했다.

"왕 집사도 이리 와 앉게. 오랜만의 주연인데, 그렇게 홀로 서 있으면 내가 불편하지."

"저는 괜찮사옵니다."

"아니야, 그래도 그런 게 아니지. 그러지 말고 이리 와 앉게."

연왕의 재촉에 왕 노야 역시 한쪽에 자리를 잡고 앉았다. 잠시 어색한 분위기가 이어지고 있었다. 언상과 도연은 철웅의 정체를 파악하기 위해 힐끔힐끔 눈짓을 하고 있었고, 왕 노야는 연왕의 심기를 읽어 내려가기에 여념이 없었다.

"전하, 하온데 저분은……."

도연이 조심스레 운을 띠웠다. 연왕이 직접 친우라 소개한 사람이기에 함부로 할 수가 없었다. 그의 그런 물음에 연왕이 짐짓 근엄한 표정으로 답했다.

"이 사람은 장철웅이란 사람으로, 나와는 잔을 나란히 할 수 있는 사람일세. 모두 그렇게 알고 행동해 주었으면 하네."

도연의 눈이 다시금 놀라 떠지고 있었다. 친우라는 말도 받잡기 어려울 지경인데, 잔을 나란히 할 수 있는 사이라니? 감히 황실의 친왕과 잔을 나란히 할 수 있을 사람은 황족을 제외하곤 아무도 없었다. 그런 예를 깰 정도로 막역한 사이라면……. 하나 언상의 눈에 어린 놀람은 도연과는 조금 다른 것이었다.

"혹… 섬서에 적을 두고 계시지 않습니까?"

"…그렇습니다."

언상의 물음에 연왕이 조금 이상하다는 듯 바라보았다. 장철웅이란 이름을 듣고 섬서를 논하는 것이 평범해 보이지 않았기 때문이다. 뒤이은 언상의 말에는 연왕조차 놀라지 않을 수 없었다.

"그렇다면, 혹 섬서의 파검 장철웅 대협이 아니신지?"

"과분한 별호입니다."

영문을 모르겠다는 연왕의 눈빛에 언상이 부연할 수밖에 없었다. 천하를 독보한다는 검절로부터 파검이라는 외호를 부여받은 사내. 이미 파검이란 명호는 낯선 이름이 아니었다. 아직 그 이름을 듣지 못했던 연왕만이 놀랐다는 표정으로 철웅을 바라보았다.

"호오, 자네 꽤 유명한 사람이 되었구먼."

"허허, 다 과장된 풍문일 뿐입니다."

연왕의 눈에 정이 넘쳤다. 과거를 묻지 않겠다고는 했지만, 왜 궁금하지 않을 것인가? 한데 그런 그가 강호의 고수가 되어 있다는 얘기는 그를 흡족하게 하기에 충분했다. 그가 숨긴 과거의 한 자락을 훔쳐본 기분이었다.

"이런, 자네에게도 이 사람들을 소개해야지."

연왕이 차례로 도연과 언상, 그리고 왕 노야를 소개하기 시작했다. 왕 노야의 본래 신분이 독절이라는 말에 철웅보다는 오히려 언상이 더 놀라는 눈치였다.

"허허, 내가 복이 많은 사람이었군. 독절을 곁에 두고 있고, 권절과 친교를 맺었고… 게다가 검절에게 인정받은 사람이 내 친우라. 이거야 말로 천군만마가 아니겠는가? 하하하!"

연왕의 흡족한 웃음에 좌중 모두 가볍게 마주 웃고 있었다. 한쪽에 앉아 있던 설화의 미소 역시 아름다웠지만, 그 미소의 대상이 달랐다.

'그러셨군요……. 강호에 몸담고 계셨군요.'

설화는 마음 한편이 뿌듯해지고 있었다. 과거의 인연이 끊어졌다 하더라도, 그는 분명 자신의 정혼자였다. 그런 장부가 강호에 이름 높은 고수가 되어 있다 하니, 그녀가 느끼고 있는 대견함은 어쩔 수 없는 것이었다. 얼마간 가벼운 술잔이 좌중을 맴돌았다. 철웅과 연왕의 술잔만을 채우는 설화의 모습에 언상이 의아해했지만, 연무장 한가운데서 눈물을 뿌리던 모습을 떠올리곤 그들의 사이가 보통이 아님을 짐작할 뿐이었다.

소소한 잡담들로 겉돌던 이야기가 도연의 입을 타고 가운데로 모인 것은 시간이 제법 흐른 뒤였다.

"한데… 앞으로의 일은 어찌하실 생각이신지……."

도연의 조심스러운 물음에 연왕의 눈빛이 조금 굳어갔다. 오랜만에 만난 친우의 앞이기에 일부러 이야기 자체를 꺼내지 않고 있었다. 하나 도연만을 탓할 수는 없는 일이었다. 언젠가는 논해야 할 이야기였기에.

"옥영진이는 절대 용서할 수가 없지. 반드시 이 빚을 받아낼 것이네. 그것은 그 마교라는 곳도 마찬가지."

철웅은 그들과의 대화에서 자신이 알지 못했던 많은 것을 알게 되었다. 병부에서 주왕부의 인장을 위조했다는 사실은 그들이 이번 일과 무관하지 않음을 말해 주는 것이었다. 언상이 병부의 뒤를 더 캐보겠다는 이야기를 하고 있었지만, 철웅의 걱정은 병부 따위에 가 있지 않았다.

'마교… 그들이 원하는 것이 정녕 무엇이었을까?'

병부, 옥영진은 두렵지 않았다. 자신의 가문을 멸문시킨 자. 자신을 또다시 사지로 몰아넣었던 자였다. 하나 그는 원수일지언정 두려운 자는 아니었다. 그러나 마교는 달랐다. 철웅은 그들에게서 두려움을 느끼고 있었다.

'사람의 이지를 마음대로 조종할 수 있고, 죽은 자마저도 살려내는 자들. 그리고 붉은 머리의 노인. 그 노인의 강대한 기도는 아직도 잊을 수가 없다. 그리고… 그런 자들이 얼마나 더 있는지 알 수 없다는 것이 가장 두려운 일이다.'

철웅은 그들의 존재를 잊지 않고 있었다. 지금까지 일어났던 일련의 사건을 주도했던 그들. 그들이 꾸미고 있을 또 다른 계략들이 그를 두렵게 했다.

"병부의 일은 제가 더 파헤쳐 보겠지만… 아무래도 마교가 가장 마음에 걸립니다."

철웅의 마음을 읽기라도 했는지, 술잔을 내려놓던 언상이 마교에 대한 이야기를 꺼냈다.

"기실 십 년 전에 모두 주살되었다 믿었던 그들이기에, 의심 반 호기심 반으로 시작된 조사였습니다. 한데 그들이 건재함을 알게 되었으니, 아마 조만간 전 중원이 발칵 뒤집힐 것입니다."

언상의 미간에 깊은 주름이 지고 있었다. 그도 관부에 있다고는 하나 태생이 강호임은 어찌할 수 없는 일이었다.

"마교가 백련을 이름이라면 나 역시 들은 바가 있네. 과거 내 아버님이 원을 무너뜨리는 데 그들의 힘이 컸다는 것. 하나 그들의 사이한 교리를 걱정하신 황상의 명으로 와해되었고, 그 후 그들의 잔존 세력이 강호로 스며들어 존재한다는 이야기는 들었네."

"전하, 마교의 위세는 그 정도가 아니었습니다. 그들은 광신도들입니다. 자신들의 교리를 따라 천하를 전복시키려 하는 자들이옵니다. 아직도 곳곳에 그들의 교리를 따르는 자들이 넘쳐 난다 하옵니다. 그들의 무공 역시 천하에 짝을 찾기 어려울 정도로 사이, 악랄하여 수많은 정도 무인들이 그들의 손에 목숨을 잃었사옵니다. 하나 수십 년에 걸친 각고의 노력으로 그자들을 모두 제거하였다 생각했는데… 그런 자들이 다시금 마각을 드러냈으니, 그 본체가 수면 위로 떠오를 날도 그리 멀지 않았음입니다. 그들이 본격적으로 움직이기 시작한다면……."

언상은 말끝을 흐렸다. 천하대란이었다. 마교는 지난 수십 년간 천하를 정복하기 위해 호시탐탐 기회를 노리고 있었다. 그들은 그 발판으로 강호를 선택했다. 강호를 일통하고, 그 여세를 몰아 황실마저도 전복하려는 자들이었다. 물론 정파 강호인들의 생각이었지만, 그리 틀린 말은 아니었다. 백련교의 교리가 용화세계의 건설이었고, 천하에 그들의 교리를 퍼뜨리는 것을 목표로 하고 있었으니. 이상이 다르고 목표가 다른 두 세력의 충돌. 그것은 언제나 무수히 많은 피의 희생을 동반했다. 그 조짐이 다시금 나타나기 시작한 것이니 두렵지 않을 수 없었다.

'천리를 거스르는 무리들…….'

술맛이 썼다. 사부가 마지막까지 걱정하던 자신의 고난과 무관하지 않음을 느낄 수 있었다.

그것이 자신의 천리였음을… 철웅은 느낄 수 있었다.

*　　　*　　　*

"돌아간다고?"

패를 바라보던 혁련옹이 입을 열었다. 그의 물음에 패가 웃으며 답했다.

"예."

"그 몸으로?"

"뭐, 조금만 더 요양한다면……."

패의 얼굴에는 아직도 병색이 완연했다. 흐트러진 장기가 제자리를 잡는다는 것이 결코 쉬운 일은 아니었다. 그나마 지금은 많이 좋아져 이 정도지, 며칠 전까지만 해도 몸을 구부리는 것조차 힘들어하던 그였다. 한데 이런 몸으로 돌아가겠다 하니, 혁련옹이 혀를 차는 것도 무리가 아니었다.

“그래… 가기는 가야겠지. 그래, 어디로 가면 되나?”

“……?”

혁련옹의 말에 놀란 패가 그를 바라보았다.

“뭘 그렇게 놀라? 한 며칠이면 다 나을 몸이 아니야. 그리고 그런 몸으로 혼자 움직이다가는 나을 병도 도져. 내가 가까운 곳까지 바래다 줌세. 쉬엄쉬엄 가다 보면, 자네도 많이 나아지겠지.”

“하지만…….”

혁련옹의 말에 놀란 것은 호의 때문만이 아니었다. 지금은 비록 주객이 전도된 상태였지만 엄연히 자신은 쫓는 입장이었고, 그는 쫓기는 입장이었다. 그런 자신과 함께하겠다는 것은 범의 아가리로 머리를 들이밀겠다는 것에 다름 아니었다. 혁련옹이 그 정도도 구분 못할 사람이 아닌 것을 알기에 더욱 놀랄 수밖에 없었다. 하지만 혁련옹은 별거 아니라는 투로 말하고 있었다.

“왜? 설마 내 걱정을 하는 건 아니겠지?”

“그럴 리가요…….”

패도 어렴풋이 느끼고 있었다. 이 노인이 왜 자신에게 이토록 정성을 쏟는 것인지. 자신의 모습에 누군가의 모습을 투영하고 있다는 것을 느낄 수 있었다.

‘그렇게 함께하고 싶으십니까, 그 누군가와?’

패는 가만히 웃으며 혁련옹에게 답했다.

“북평으로 가지요. 그곳까지만 함께 가주십시오.”

“허허……. 그러세.”

패의 눈이 웃고 있었다. 자신을 바라보는 혁련옹처럼. 북평이라면

이 노인에겐 아무런 위험도 없을 것이다. 자신이 돌아가야 할 그곳과
는 아주 멀리 떨어진 곳이었으니까.

북평, 자신이 가야 할 곳과는 아주 멀리 떨어진 곳이었지만, 그곳은
그가 생각지 못한 위험과는 너무나 가까운 곳이기도 하였다.

第六十章
대계(大計)

"실패했다?"

"…예."

적유의 앞에 부복한 청년은 북평의 공작을 담당하고 있던 추령(秋怜)이란 자였다. 북평에 어렵사리 심어놓은 간세 하나가 전갈을 보낸 것이 어제저녁이었다. 추령은 총단의 최고위 간부인 적유에게 사실을 보고한다는 것이 퍽이나 두려웠던 모양이었다. 서찰을 올리고 난 후 처분을 바란다는 듯 고개를 숙이고 있는 모습이, 마치 도살장에 끌려온 우마(牛馬) 같은 모습이었다. 하지만 서찰을 읽어가던 적유의 표정에는 변화가 없었다. 일상적인 보고를 받는 듯 무심해 보이기까지 했다.

"흠… 무언가 변수가 있었던 모양이군. 아쉽군."

적유의 말은 그것이 전부였다. 단지 아쉽다는 한마디가 근 넉 달에 걸친 공작의 실패를 접한 반응의 전부였다. 추령을 물린 적유가 조철산을 바라보았다.

"일단 이곳에서의 볼일은 끝났구나. 일이 이렇게 되었으니, 더 이상 남아 있을 이유가 없지."

"더 알아보시지 않으시겠습니까? 만약 그자가 사로잡혀 토설이라도 하였다면……."

철산과 적유의 대화를 들으니, 연왕부 내부에서 일어난 일의 전모를 파악하지는 못한 모양이었다. 하나 아무리 연왕의 함구령이 내려져 쉽게 소문이 퍼져 나가진 않을 것이라 해도, 얼마간 파헤쳐 보면 충분히 전모를 알아낼 수 있었음에도 적유는 고개를 저었다.

"실패에 대한 보고는 나중에 받아도 된다. 궁금하긴 하지만, 얼마나 걸릴지도 모르는 사후 처리로 시간을 보낼 순 없지. 그리고 그놈이 사로잡혔다 하더라도 토설할 것이 없으니 상관없다. 그놈에게 걸어놓은 이중의 정신 금제가 모두 해제된 이상, 살아 있어도 백치가 되어 있을 것이다."

"하나……."

"아마 내가 생각지 못한 변수가 있었겠지. 뭐, 명색이 연왕이니 그 주위에 포진한 숨은 고수가 더 있었다고 볼 수도 있고. 아쉽지만… 그래도 소기의 목적은 달성했으니 되었다."

적유는 비밀에 관해서는 크게 걱정하지 않는 눈치였다. 가짜 왕자에게 펼쳐진 금제는 이중의 정신 금제. 주고치와 마주쳐 살인 명령을 시행하는 순간, 성사와는 관계없이 모든 기억이 사라지게끔 만들어놓았다. 소림에서 일차 금제가 풀렸고, 연왕부에서 이차 금제가 풀렸을 것이다. 사라진 기억을 되돌릴 방법 따위는 없으니 걱정할 필요가 없었다. 어찌 되었든 연왕의 동요는 기정사실이다. 당장 남경으로 움직이지는 않겠지만, 이후의 공작이 훨씬 수월해질 것은 틀림없었다.

"흠. 그래도 고산덕 일행이 무사한 것만은 정녕 의외다. 그들이 심처로 옮겨졌다 함은 무언가 밝혀지기는 했다는 뜻인데……."

적유에게 전갈을 전한 간세는 고산덕 일행에 대한 심문 과정을 알지 못했다. 당연히 철웅의 등장도 알지 못했으니 적유로서는 결과를 유추하기가 쉽지 않았다. 그러나 적유는 실망하지 않았다. 결과에만 매달려 있기엔 준비 중인 대계의 발동이 머지않았기 때문이다. 그리고 그가 기다리던 소식이 당도한 것은 실패의 소식이 전해진 후 불과 한 시진 만의 일이었다.

"총단에서 손님이 당도했습니다."

추령의 안내로 방으로 들어선 자는 평범한 인상의 사십대 중년인이었다. 입은 옷도 평범한 장삼이었고, 특이할 것 없는 인상의 사내였지만, 그의 정체를 아는 사람이라면 감히 그를 평범하다 말할 수 없었다.

"오랜만에 뵙습니다, 좌사."

"어서 오게. 난 또 누군가 했지. 혈마(血魔) 우중생(優仲生)이 그런 차림이라니, 거참, 세상 오래 살고 볼 일이구먼."

혈마 우중생.

백련교 최고의 고수를 일컫는 아홉 마인, 구마의 일 인이기도 한 절정고수였다. 혈마라는 섬뜩한 별호와는 어울리지 않는 수더분한 인상이었지만, 그의 손속이 얼마나 잔혹하고 매정한지 백련교 내부에서도 '무공으로는 구마 중의 수위를 다툴 수 없지만, 독심으로는 백련교 전체에서 따를 자가 없다' 라 불리는 자였다. 하나 그의 손속의 매정함이 황실의 백련교 탄압으로 인한 것이었기에, 황실에 적대적인 주전파의 선두에 서 있는 사람이었다. 적유 역시 황실 전복을 꾀하는 주전파에 속하고 있었기에, 우중생과의 유대가 남다르기도 하였다.

"그래, 순찰교령께서 이곳까진 어인 걸음이신가?"

적유의 물음에 우중생의 입가에 만족스럽다는 미소가 그려지고 있었다.

"…신탁이 내려왔습니다."

"……?!"

적유의 놀란 눈이 우중생을 바라보며 다시 한 번 확인시켜 줄 것을 요구했다. 그만큼 신탁이란 그에게 있어, 아니, 백련교 전체에 있어 각별한 의미를 가지고 있었기 때문이다.

"…그게 …사실인가?"

"그래서 제가 직접 찾아온 겁니다. 진실을 증거 하기 위해서……."

적유의 눈에 흐릿한 물기가 어리고 있었다. 가늘게 떨리는 그의 어깨가, 그가 얼마나 놀라고 있는지를 짐작케 해주고 있었다.

"…언제 …인가?"

"내달 스무 나흘째 되는 날, 붉은 별이 떨어질 것입니다."

적유는 참지 못하고 벌떡 일어섰다. 그의 몸을 휘감고 있던 격정이 얼마나 심했는지, 방 안의 기류가 그의 몸을 따라 거세게 맴돌고 있었다. 실내에 있던 집기들이 조금씩 적유의 떨림을 공유하기 시작했다. 때 아닌 세찬 바람이 실내에 몰아치고 있었다. 조철산은 급히 내력을 끌어올리며 적유의 기운에 맞섰다. 하나 그의 얼굴에 떠오른 표정은 적유만큼이나 세찬 떨림을 간직하고 있었다. 혈마의 두 눈이 지그시 감겼다. 실내에 있던 세 사람 모두 그간의 고난을 기억하는 사람들이었다. 그들이 강호에 잠적할 수밖에 없었던 이유. 그들이 밝은 세상에 나가지 못하고 암중으로 활동할 수밖에 없었던 이유. 드디어 그들이 그리도 갈망했던 하늘의 뜻이 전달되었다.

남경으로 향하던 뱃전에서 한림아가 등에 일검을 맞고 떨어진 이후, 백련의 신탁은 거두어져 버렸다. 신탁을 받지 못하는 한, 교리로 똘똘 뭉친 골수 교도들의 호응을 얻어낼 수는 없었기에, 이번 대계에서도 그들은 배제된 상태였다. 헤아릴 수 없을 만큼 많은 은자를 소모하면서까지 외부의 고수를 영입한 것도 모두 그런 골수 교도들의 지지를 얻지 못한 까닭이었다. 하나 그렇게 학수고대하던 신탁이 내려왔다면…….

"총단으로 가야겠네."

"서두르셔야 할 겁니다. 소교주님 역시 총단으로 출발했습니다."

혈마의 말에 적유의 눈이 한광을 발했다.

"…소교주님께 그 소식을 누가 전했는가?"

"누가 있겠습니까? 우사 쪽 인물이겠지요."

적유의 안색이 침중해졌다. 소교주에게 소식을 전한 것이 잘못된 것은 아니었다. 하나 신탁의 전달 순서가 잘못되었다. 엄연히 소교주는 명목상의 후계자. 아직은 실권을 가질 수 없는 존재였다. 하나 신탁을 받은 신궁에서 교주에게, 그리고 다시 교주에게서 좌사인 자신과 우사에게 전해진 이후에야 신탁을 공표하는 것이 순서였다. 하나 자신보다 먼저 소교주에게 신탁이 전달되었다는 것은 자신을 무시한 것이나 다름없었다.

"철사자 그놈이……."

"소교주 쪽 세력이 너무 두드러지고 있습니다. 소교주의 교위 옹립을 반대하는 사람은 없지만……."

혈마의 표정도 어두워지고 있었다. 후계 구도에 관해서는 누구도 이견이 없었다. 물론 일각에서는 좌사를 다음 대 교주로 추대하려는 움직임이 있기는 하였지만, 좌사 자신이 그럴 생각이 없음을 혈마는 누구보다도 잘 알고 있었다. 하나 그것은 그들의 생각. 현재의 우사인 철사자(鐵獅子) 강자량(强孜亮)은 소교주의 후계 구도에 과하다 싶을 정도로 열을 올리고 있는 실정이었다.

"…강자량이 우사로 봉해진 지는 이제 고작 십 년. 전대 우사가 비명에 가지만 않았더라도……."

좌사인 적유와 우사인 강자량은 철저히 배척 관계에 있었다. 본래 백련의 핵심은 교주를 중심으로 좌사와 우사의 삼분 체제였다. 교주가 교리를 전파하고, 좌사는 교권의 수호를 맞는다. 우사는 교도들을 단속하여 천하에 그 교리를 전파한다. 이것이 본래 백련의 모습이었다.

하나 십 년 전, 정도연맹의 눈을 피해 다시 한 번 분루를 삼키며 지하로 잠적해야 했던 그때, 백련교 내부에서도 적지 않은 갈등이 팽배해 있던 상태였다. 죽은 전대 우사의 자리가 공석으로 남아 있었기에, 적유 혼자의 힘으로는 천하에 산재해 있는 교도들의 통제가 힘들었던 까닭이었다. 그런 이유로 교의 체제가 심하게 흔들리고 있었고, 또한 교주가 나이 들어감에 따라, 그 후계 구도를 놓고 백련의 내부에서도 적지 않은 분란이 일어났던 것 역시 사실이었다. 그런 내우외환을 종식시키기 위해 교주는 특단의 조치를 내릴 수밖에 없었다. 수십 년간 공석으로 비어 있던 우사를 새로이 선출하였고, 좌사와 함께 교 내외의 분란을 잠재울 것을 명했다. 그런 배경을 가진 우사의 선출이었기에, 백련의 최고수인 구마와도 자웅을 겨룰 수 있다는 철사자 강자량이 우사의 자리에 앉게 되었다.

강자량은 분명 유능한 인물이었다. 무공도 강했고, 지모도 뛰어났다. 하나 그는 교의 혼란을 종식시킨 이후, 교의 내부에 눌러앉고 말았다. 전대 우사는 교의 내부에 자리한 적이 거의 없었다. 교주를 보필하는 데에는 한 사람의 참모면 족했고, 외부의 교도들을 단속하는 것도 쉬운 일이 아니었기에 평생을 교의 외부에서 생활했었다.

하나 강자량은 달랐다. 외부의 혼란이 잠잠해지자, 은근슬쩍 소교주의 측근으로 눌러앉아 버린 것이었다. 교주 역시 그런 그를 제지하지 못했다. 이미 자신의 천수가 그리 많이 남지 않았음을 알고 있었기에, 자신의 후계자 곁에 든든한 후견인이 남는 것을 환영한 까닭이었다. 이후 좌사와 우사는 서로의 영역을 침범하는 일이 잦아졌다. 아직 대계의 주도는 좌사가 하고 있었지만, 적지 않은 부분을 우사가 차지하고 있는 것도 어쩔 수 없는 일이었다. 외부 고수의 영입 문제도 은연중 우사의 몫으로 자리해 있었다. 대계를 위함이라는 것 때문에 쉽게 제지하지도 못할 상황. 적유의 심기가 편할 리 없었다.

"내 그자의 행보를 그리 심각하게 여기지 않았건만……."

"염불보다 잿밥에 더 관심이 많은 자입니다. 저를 비롯한 다른 형제들도 그의 행보를 탐탁지 않게 여기고 있습니다. 하나 그자의 수완이 좋아 아직까지 외부에서 아무런 문제도 일어나지 않고 있기에, 뭐라 말을 못하고 있는 실정이지요. 한데……."

적유의 말에 우중생이 답했다.

"무슨 일이 있었는가?"

"들리는 소문에… 그자가 옥영진과 자주 접촉을 한다는 소문입니다."

"옥영진? 그 늙은 돼지와 우사가 무엇 때문에……?"

말을 이어가던 적유의 뇌리로 이상한 예감이 스쳐 갔다.

'옥영진, 그자와는 오월동주(吳越同舟)와 같은 처지. 우리가 그를 이용하듯 그자 역시 내심 우리를 이용하려 들고 있다. 하나 그것은 어디까지나 대계를 위한 포석일 뿐. 그는 분명한 사석(捨石)이다. 한데 우사가 그와 접촉을 한다?

적유는 그들의 움직임을 포착하지 못하고 있었다. 하나 눈앞의 혈마는 순찰교령. 대내외적으로 일어나는 교의 모든 일을 직간접적으로 가장 빨리 보고받는 위치였다. 그런 그가 이상하게 여길 정도라면 우사와 옥영진의 관계가 상당히 밀착되어 있다 생각할 수 있었다.

'둘 다… 원하는 것이 있다. 옥영진이 역모를 꿈꾸고 있다는 것은 오래전부터 알고 있는 일. 하나 강자량 그자가 옥영진과 접촉하는 이유는 무엇이란 말인가?'

적유의 머리가 빠르게 회전하고 있었다. 이미 신탁까지 내려왔으니, 주작홍기만 찾게 된다면 모든 일이 일사천리로 이루어지게 될 것이다. 한데 우사의 은밀한 행보라는 변수가 등장하고 있었다.

"…그자를 잘 감시해 주게. 느낌이 좋지 않아."

"알겠습니다. 교에 있는 다른 형제들도 그의 행보를 주목하고 있습니다. 하나 아직은 그의 세력이 그리 걱정할 만한 수준이 아니라 지켜보기만 할 뿐, 조금이라도 이상한 낌새가 느껴진다면 결코 좌시하지 않을 것입니다."

혈마의 단호한 대답에 적유가 고개를 끄덕였다. 좋은 소식과 나쁜 소식. 어떤 이유에서든 서둘러 총단으로 복귀해야만 했다. 신탁의 정확한 내용과 우사의 움직임 모두 총단으로 돌아가야 그 윤곽이 잡힐 듯했다.


적유가 백련교의 총단으로 떠난 것은 그날 밤. 곱게 잠든 소소를 깨우는 것이 미안하긴 했지만, 뜬눈으로 밤을 보낼 바에야 서둘러 움직이는 편이 나았다. 적유와 소소가 탄 마차는 그렇게 북평을 떠나고 있었다.

*     *     *


"오랜만이오."

"오랜만이오."

궁을 나와 집으로 향하지 않았던 옥영진의 마차가 모습을 드러낸 곳은 남경의 한 고급 주루였다. 겉보기에는 그리 화려해 보이지 않는 곳이었지만, 이곳이야말로 병부의 수장인 병부상서 옥영진의 심처였다. 수십 겹의 기관으로 보호되는 주루의 내부. 제아무리 강호의 고수라 하여도 옥영진이 자리한 주루의 난간을 밟기도 전에 비명횡사할 수밖에 없었다. 그런 주루의 삼층에 있던 내실. 옥영진이 비밀스러운 회동을 할 때 사용하는 그곳에 두 사람이 마주 앉아 있었다. 비대한 몸을 기대어 누운 옥영진의 앞에는 굵은 수염이 얼굴 가득 고슴도치처럼 나 있는 흑발의 중년인이 앉아 있었다.

"전갈을 받고 깜짝 놀랐소. 설마 나를 직접 보자고 할 줄은……."

"입을 건너 전달할 만한 성질의 이야기가 아니었기에 이렇게 찾아왔소."

옥영진의 물음에 답하던 중년인. 검은 장포가 마치 갑주처럼 보일 만큼 우람하고 당당한 체구의 거한이었다.

"과연 백련교의 우사께서 직접 전해야 하는 이야기가 무엇인지 궁금하군."

"병부의 상서께서 직접 들으셔야만 하는 이야기요."

옥영진의 빈정거림에 흑발사내가 지지 않고 맞받아쳤다. 백련의 우사. 옥영진의 앞에 자리한 사내는 다름 아닌 철사자 강자량이었다. 이미 환갑이 지난 나이였지만, 고작 사십대로밖에 보이지 않을 정도로 고강한 무공을 지닌 절정고수였다. 그의 몸에서 풍기는 패도적인 기운이 옥영진의 동공을 찔러왔지만, 옥영진은 그런 눈빛을 담담히 받아내고 있었다.

'과연 늙은 구렁이. 내 일수도 받아내지 못할 자이지만, 그 음흉한

심계만큼은 무시할 수 없군.'

능글맞은 웃음으로 자신을 바라보는 옥영진의 눈빛에, 강자량은 내심 쓴웃음을 지으며 찾아온 본론을 꺼내놓기 시작했다. 오래 만나 좋을 것 없다는 듯.

"…조만간 시작될 것 같소."

"……!!"

옥영진의 작은 눈이 번뜩였다. 표정을 애써 감추고는 있지만, 끓어오르는 흥분을 참느라 애쓰는 모습이 역력했다.

"신탁이 내려왔소. 아마도 신탁으로 내려온 길일이 거사일이 될 것 같소."

"그렇다면……."

옥영진은 저들과 자신의 계약 관계를 다시 한 번 상기했다. 저들은 황실의 전복을 꿈꾸고 있었다. 하나 정작 황위에는 관심이 없었다. 단지 주가의 멸족만이 그들의 지상 과제였을 뿐, 어떤 왕조가 들어서든 백련의 포교만 막지 않는다면 상관하지 않겠다는 뜻을 밝혔다. 그리고 자신은 다음 대의 황제로 등극하는 데 보탬을 준 대가로 백련교를 호국교로 삼을 것을 약속했다. 그것이 지난 삼십여 년을 내려온 그들과 옥영진의 계약이었다. 이제야 그 계약의 결실이 눈앞으로 다가온 듯하였다.

"정녕 가능하겠소?"

옥영진의 걱정스러운 물음에 강자량은 속으로 비웃음을 보내었다. 하나 그런 것을 내색할 만큼 어리석지는 않았다.

"그것은 내가 하고 싶은 말이오. 약조를 지키는 것은 상서가 먼저요."

"물론 그것은 걱정하지 마시오. 준비는 모두 끝난 상태이니."

"알겠소. 상서는 그저 발 빠르게 움직여 주기만 하면 되오."

"그건 걱정하지 마시오. 연왕이 역모를 꾀했다는 증거는 이미 충분히 확보되어 있소. 아니, 잘 만들어졌다고 해야겠지. 후후."

"잘 처리해 줄 것이라 믿고 있겠소."

강자량의 말에 옥영진의 입가로 긴 선이 그어졌다.

"참으로 잘된 일이오. 솔직히… 난 좌사란 자의 계획이 미덥지 않았소."

"좌사는 이상주의자요. 나 역시… 그가 준비한 대계가 성공할 것이라고는 생각지 않소. 하나 이제는 다르오. 이미 그의 대계는 사라지고… 우리의 대계가 실행되고 있으니……."

옥영진과 강자량은 서로를 바라보며 웃고 있었다.


강을 따라 흐르는 배는 흔들림이 없어 보였다. 이대로 간다면 오월 동주의 안착에는 아무런 문제가 없어 보였다. 그 배가 안착하는 순간, 천하대란이 일어나는 것 역시…….

＊　　　＊　　　＊


"뭐?!"

언상이 자리를 박차고 일어섰다. 도찰원에서 날아든 첩지. 그 첩지를 받아 든 언상의 인상이 와락 구겨지고 있었다. 그 모습에 놀란 연왕이 물었다.

“무슨 일인가?”

“…증인을 …잃었습니다.”

남경으로 떠나기 위해 차비를 하던 언상에게 번쾌의 실종 소식이 전달된 것은 그가 남경을 떠나고 보름이나 지난 후였다. 서둘러 내려가 이번 일의 전모를 밝히려 하였지만, 번쾌의 실종으로 그것은 쉽지 않은 일이 되어버렸다. 자신의 수하 두 명의 시체가 발견되었다는 것을 보면, 번쾌는 다시 병부의 손아귀에 떨어진 것이 분명했다.

‘내 불찰이다. 번쾌는 이미 죽은 것이 분명하다.’

언상은 자신의 이마를 짚었다. 중요한 증인을 잃고 말았다. 자신의 실책이었다. 도찰원까지만이라도 자신이 직접 호송했었더라면…….

“이제 그들의 죄를 증명할 길이 없는 것입니까?”

말없이 앉아 있던 철웅이 입을 열었다. 언상은 무겁게 고개를 끄덕여 그의 물음에 답했다.

“흐음…….”

연왕이 낮은 신음을 흘려 심기가 불편함을 알렸다. 그 모습에 언상이 고개를 숙였다.

“죄송합니다. 소신의 불찰입니다.”

“아닐세. 이제 와 잘잘못을 따져 무엇 하겠는가.”

덤덤히 말하고 있었지만 실기한 안타까움은 가시지 않았다. 옥영진의 목에 비수를 꽂을 수 있는 절호의 기회였건만…….

“제가 당장 남경으로 가 더 조사해 보겠습니다. 구린 곳이 많은 자이니 더 파헤치다 보면 무언가 새로운 단서를 얻게 될지도 모릅니다.”

　연왕은 언상의 말에 가만히 고개를 끄덕였다. 그것이 현재로서는 유일한 방법인 듯 싶었다. 아직은 자신이 움직일 때가 아니었다.

　"내 잠시 정사를 좀 보고 오겠네."

　"알겠습니다."

　자리에서 일어서는 연왕을 향해 철웅이 고개를 숙였다. 연왕과 언상, 철웅이 자리했던 곳은 연왕이 정사를 보던 곳이 아니었다. 아직은 표면에 그 모습을 드러내길 꺼려하는 철웅을 위해, 그에게 내어준 전각으로 연왕이 친히 왕림한 것이었다. 철웅은 전각 밖으로 나가는 연왕을 바라보며 작은 한숨을 내쉬었다.

　'왕야의 심려가 이만저만이 아니실 것이다. 왕부에 자객을 보낸 자가 옥영진임을 알고 있으면서도, 증거가 없어 단죄하지 못하다니……'

　이미 철웅은 가짜 주고치를 보낸 자가 마교와 내통한 옥영진이라 단정하고 있었다. 철웅 역시 그에게 가문의 빚이 있었지만, 함부로 나설 수가 없었다. 그것은 연왕 역시 마찬가지. 제아무리 북평의 제왕이라 할지라도, 병부상서의 목을 원한다면 그에 합당한 이유가 있어야 했다. 심중과 정황만으로는 옥영진을 단죄하기 어려웠다. 증인이 있을 때야 당장에라도 남경으로 내려가 한칼에 베어버릴 수 있었지만, 증인이 사라진 지금 그것은 어려운 일이 되어버렸다.

　철웅은 답답한 마음을 털어내지 못한 채 걸음을 옮겼다. 그리고 깊은 한숨을 쉬며 방문의 문고리를 잡아갔다. 조금은 힘겹게 열린 방 안. 그곳에는 자신의 의형이 있었다.

　"……"

　자리에서 일어나 자신을 맞이하는 장 의원의 모습. 하나 장 의원은 자신에게 아무 말도 하지 않았다. 그들 사이에는 쉽게 건너지 못할 장벽이 쌓여 있었다.

　"…돌아가야겠네."

　장 의원이 어렵게 입을 열었다. 그의 말에 놀란 철웅이 그를 바라보았지만, 장 의원은 그런 철웅에게 시선을 주지 않았다.

　"더 이상 이곳에 머무를 이유가 없네. 이곳과도 인연이 없고……."

　철웅은 장 의원이 하려다만 이야기를 알 수 있었다. 자신과의 인연, 청수곡과의 인연이 거짓이었음을 안 이상, 이 서먹한 관계를 받아들이기가 쉽지 않았으리라.

　"형님……."

　"미안하네……. 대장군부의 후인을 아우로 둔 기억이 없네."

　장 의원은 물론, 고산덕 등 몇몇 이들에게 자신의 과거를 밝힐 수밖에 없었다. 그들이 보았던 모습을 납득시켰어야 했고, 어설픈 거짓으로는 연왕과의 인연을 설명할 수가 없었다. 하지만 철웅은 장 의원과 생각이 달랐다.

　"형님… 혹시 기억하십니까?"

　"……."

　"마을을 떠날 때… 형님이 그렇게 물으셨지요. 제가 누구냐고……."

　장 의원은 기억을 더듬었다. 분명 마을 사람들에게 내침을 당했을 때, 그것을 덤덤히 받아들이던 그에게 그렇게 물었었다.

　"마을에 든 산적을 물리쳤을 때… 촌장님도 그렇게 물으시더이다."

　"……."

“…형님, 다시 한 번… 물어주겠습니까?”

“……?!”

장 의원은 철웅에게 주지 않았던 시선을 다시 내어줄 수밖에 없었다. 그가 물어달라고 하는 것, 그것은 자신도 묻고 싶은 것이었다.

“…자네는 …누구인가?”

철웅의 시선에 안타까움이 어렸다. 그리고 나지막한 목소리로 그의 물음에 답해 주었다.

“…저는 장철웅입니다. 그리고… 형님의 의제이지요.”

“……?”

“변한 것은 없습니다……. 형님이 변하지 않았듯… 저도 변하지 않았습니다.”

장 의원의 시선도 안타까움을 가득 머금고 있었다. 그는 진짜 장철웅을 알지 못했다. 나환자의 집안. 사람들과 따로 떨어져 살았다는 집안의 둘째 아들. 그것이 그가 아는 장철웅의 전부였다. 그가 장철웅으로 살아야 했다면, 그만한 이유가 있었을 것이다. 이름을 속였다는 것만으로 아끼는 의제를 잃고 싶지는 않았다. 하지만 불감청고소원(不敢請固所願)이라. 차마 자신의 입으로 꺼낼 수는 없었다. 어쩌면 장 의원 자신도 저 대답이 듣고 싶었는지도 모른다. 믿음을 확인하는 것은 그저 믿는 수밖에 없었다. 그리고 자신의 의제는 그 믿음을 저버리지 않았다.

“내가… 아직 자네의 의형인 것인가?”

“언제나 제 의형이셨습니다.”

장 의원이 고개를 끄덕였다. 역시 이 정 많은 의형은 그의 믿음을 저

버리지 않고 눈가에 눈물을 머금고 있었다. 철웅은 가만히 다가가 그의 손을 잡았다. 그리고 그에게만은… 그에게만은 해야 할 이야기를 꺼내놓기 시작했다.

"장철웅은… 죽은 장철웅은 제 수하였습니다."

"……."

"칠 년 전… 저는 호광에 있었습니다. 만족들의 반란을 진압하기 위해 그곳으로 배치되었지요. 그때 당시… 제 휘하에는 약 오백의 군사가 있었습니다. 대부분 군역으로 징집된 자들이었지만, 그중에서도 특별한 사람들이 있었지요. 제가 가문의 재건을 위해 전장으로 다시 돌아왔을 때부터 함께했던 사람들, 십 년 가까이 저와 함께했던 역전의 용사들. 그중에 장철웅 그 친구가 있었습니다. 아니, 청수곡의 군역자 마흔여덟 명이 저와 함께 있었습니다."

"……?!"

장 의원은 놀란 입을 다물지 못하고 있었다. 무언가 관계가 있을 것이라고는 생각했지만, 설마 마을 사람 전부가 그와 함께했었을 줄이야. 하나 뒤이은 철웅의 이야기는 더욱 놀랍기 그지없는 것이었다.

"그들은 정녕 용자들이었습니다. 십 년간 전장을 누비며 마흔여덟이나 되는 한마을 사람들이 모두 살아 있었다는 것 자체가 기적이었습니다. 저마다 뛰어난 재주를 가지고 있었고, 서로가 서로의 등을 받쳐 주는… 아군이라면 누구보다도 믿음이 가고, 적이라면 결코 피하고 싶은… 그들은 그런 사람들이었습니다."

"……."

"그들과 십 년을 함께하면서 서로에 대해 많은 것을 알게 되었지요.

그중에 장철웅… 그 친구는 저와 아주 각별했지요. 고향의 우물이 몇 개인지, 가호가 몇 인지까지 모두 기억할 수 있었을 정도로요.”

장 의원은 고개를 끄덕였다. 그 정도로 가까운 사이였으니, 그렇게 감쪽같이 그 사람 행세를 할 수 있었을 테지.

“어느 날… 하늘이 붉은 빛으로 물들었던 어느 날… 명령이 하달되었습니다. 적 본진으로의 야습이었지요. 저희와 함께 오천이 선봉에 서게 되었습니다. 여느 때와 다를 바 없는 바람, 어김없는 일몰… 총 삼만의 대군세가 출정하는 전투였지만, 평소와 다를 바 없는 죽음을 담보로 한 행진이었지요.”

“…설마.”

“그날이었습니다. 본진에 버림받은 오천의 미끼가 처참하게 살육되던 날이… 오만의 적 군세에 포위당한 채, 오지 않는 구원을 기다리며 죽어야 했던 날이…….”

“오… 이런…….”

장 의원의 눈에 놀람과 함께 죽음의 느낌이 엄습해 오고 있었다.

“무언가 잘못되었다는 것을 느꼈을 때는 이미 너무 늦었습니다. 이미 너무 깊이 들어와 있었기에 되돌아갈 수도 없었습니다. 내가 휘두른 칼에 쓰러지는 자가 적인지 아군인지조차 분간할 수 없을 정도로, 어두운 밤이었습니다. 죽음과… 어울리는 밤이었지요.”

“그만…….”

“미친 듯이 싸웠습니다. 죽여도, 죽여도 끝없이 쏟아져 들어오던 적들 앞에서 팔뚝으로 활을 막고, 온몸으로 창과 칼을 막아서던 사람들의 모습이 아직도 눈에 선합니다.”

"그만… 그만……."

장 의원은 고개를 세차게 흔들었다. 듣고 싶지 않았다. 정말 듣고 싶지 않았다. 무슨 이야기를 하려는 것인지 짐작했기에, 그는 더욱 세차게 고개를 저었다. 하지만 누군가는 반드시 들어야 하는 이야기였기에, 철웅은 이야기를 멈추지 않았다.

"촌장님의 아들, 연이는 제 앞에서 목이 잘리면서도 웃고 있었고, 장 노대는 심장이 꿰뚫리고도 어서 가라 손짓을 하더이다. 소소의 오라비인 상이도… 제 앞에서 죽었습니다. 모두 그렇게 죽었습니다. 모두 필사적이었습니다. 살고자 했던 것이 아니라, 저를 살리고자 필사적이었습니다. 그렇게 포위를 뚫고 나와 뒤를 돌아보았을 때는… 아무도 없었습니다… 아무도……."

"제발 그만 하게……."

"그날… 그들도 죽었고… 이세민이란 이름도 죽었습니다."

"으흐흑……."

장 의원의 흐느낌이 실내로 퍼지고 있었다. 죽었다는 것은 알고 있었건만… 이미 알고 있었건만…….

"장철웅은 그렇게 고향으로 되돌아온 겁니다……. 마흔여덟 영혼을 짊어지고……."

철웅의 독백은 그렇게 끝이 났다. 장 의원은 그를 이해할 수 없었다. 마흔여덟 목숨의 무게가 얼마만큼인지를 어찌 이해할 수 있겠는가? 그저 주책맞은 흐느낌이 그가 할 수 있는 행동의 전부였다.

그런 장 의원을 뒤로한 채 철웅의 눈이 창가로 향했다. 청수곡 장정 마흔여덟의 전사 통지. 그의 가슴속에 봉인되었던 과거 하나가 또다시 열리고 말았다. 이로써 그의 존재는 과거와 현재의 갈림길에서 보다 분명해지고 있었다. 그의 이름은 철웅이었지만, 그의 존재는 세민으로 돌아와 있었다. 하지만 끝내 못다 한 마지막 말을 뒤로한 채, 철웅의 눈이 조용히 감겼다. 마치 지난 칠 년간의 기억이 담긴 마지막 봉인만큼은 결코 열지 않겠다 다짐하는 듯.

그리고… 그의 기억 속 마지막 봉인을 풀기 위한 열쇠가 허름한 마차에 몸을 실은 채, 북평으로 향하고 있었다. 인연은 그렇게 이어지고 있었다.

『노병귀환』 7권에 계속…

# 청 어 람 신 무 협 판 타 지 소 설

## 최고의 신무협 작가 『설봉』의 최신작!

다시 한번 당신을 잠 못 들게 만들
# 불후의 대작!

# 사자후

사자후(獅子吼) / 설봉 지음

## 깊게 깊게 빠져드는 몰입의 세계!
## 온몸을 전율케 하는 짜릿한 강렬함을 느낀다!

그에게서는 묘한 악취가 풍겼다. 그가 창을 겨눴을 때……

화염이 이글거리는 눈동자를 보았을 때……

비로소 악취의 정체를 짐작해 냈다.

피와 땀이 켜켜이 쌓여 자연스럽게 뿜어져 나오는 살인마의 냄새.

그는 허명(虛名)을 좇아 비무를 즐기는 낭인(浪人)이 아니라 야성(野性)이 살아서 꿈틀거리는 진짜 살인마였다.

투지가 끓어올라 활화산처럼 꿈틀거렸다.

그의 눈길을 정면으로 맞받으며 묘공보(妙空步)를 밟기 시작했다.

우리의 첫 만남은 그렇게 시작되었다.

- 환봉개(幻棒丐)의 회고록(回顧錄) 中에서 -